異托邦指南

閱讀卷：魅與祛魅

廖偉棠——著

目錄

第二輯

第三輯

自序

來自威斯卡河畔的泥濘岸邊

——饑餓一代的反省

生於上個世紀七〇年代的大陸，後來在自己曾經臆想為「正朔所在」的台灣，被按照「正朔」的編年列入六年級作家，我一直對這個「歸隊」如有榮焉。不過後來慢慢發現，自己似乎更接近台灣的五年級作家、或者香港的六〇年代作家（生於四〇年代末），有著相似的胃口，或者說：同等的饑餓。

其實是每次搬家收拾書籍和音像藏品的時候，它們提醒我的，這種饑餓，既值得驕傲，也帶有病態。在八〇年代末開始醒覺的一個大陸沿海地區文青，面對的荒涼狂亂，並非像台灣解嚴後的那個快速變得正常健康的豐盛文化社會，而更像解嚴前十多年多少帶著地下、野生狀態的文化泥石流。我的高中時代，就像上一輩的大學時代，是饑不擇食的。

在我書櫃的壓艙物中，有大量八、九〇年代大陸出版的哲學、美學原著翻譯及普及讀物，從尼采、海德格爾到伽達默爾、德希達，從索緒爾、施特勞斯到羅蘭巴特，它們滋養了二十歲前後的我，當時我按照哲學史列出的書單，生吞活剝地啃下這些經典。然後這些名字又再度於一批六七〇年代台灣出版的像志文、水牛出版社的文庫本上出現，印刷質量和裝幀同樣的簡陋，因為我一九九七年移居香港後，饑餓症二度爆發，在舊書店裡重又蒐羅了一遍這些耀眼的名字。

這種饑餓症，一直延續到近兩年，每次我去台北還會復發，買回來很多早已是台灣同代人的父輩架上讀物的舊書。其實我早已不缺乏精神食糧，這種行為如果不是一個彙集記憶的病態行為，就只能理解為我對「啟蒙時代」的一種致敬。中國大陸經歷過兩次（最終夭折的）啟蒙時代，所謂的「五四時代」和短促的八〇年代，我有幸以少年之姿遇見後一次，懵懵懂懂地打開自己，放肆吸收，所以對那個時代的致敬也是對自己的少年初心的一次顧影自憐。

應該以批判眼光視之的是，年輕時我們對思想界革命者的崇拜，本質上和同齡人對娛樂明星的崇拜是很像的。思想的饑餓毋寧是一種審美上的饑餓，因為相對於教科書和大眾媒體上面那些死板的面孔，這些異端大師們酷斃了，別開生面的思想加上傳奇性的生平，滿足著一個生於共產幻象時代末端的少年的「犧牲」情結。信仰共產主義和信仰宗教的人，自然有一大批他們組織安排的聖徒可供膜拜學習，而我等流離於黑暗水域的諾斯替異教徒，從自己尋找來的英雄上得到更大的快感。

所幸這種帶著審美快感的朝聖式閱讀，還是給我留下了很多不止於快感的東西，否則今天也無法反省——我後來認識了不少在這種幻象中不能出來的父兄一輩和同齡人，他們擅於誇誇其談終極問題，而對眼前的美醜或悲喜視而不見。思想巨人們的財產，有幸得到另一種資源的修正，那就是文學，比如說做為作家的那個齊克果在修正著哲學家齊克果，詩人尼采修正著思想家尼采，海德格爾喜歡的荷爾德林、里爾克和特拉克爾、策蘭，同樣引導我去修正那個龐大、高聳、偶爾蹈空的神祕主義者海德格爾。

在文學修正之後，我留下了十五歲所遭遇的叔本華的虛無和尼采的決絕，十七歲從海德格爾處習到的向思之深淵、語言之瀚海溯源的毅力，是這些加持著我去面對如今從青年步入中年所遭遇的種種矛盾與不堪的現實。我習慣了那個少年的幽靈隨身與我碎碎念，常常提醒我抽離身處的漩渦，以初心行事，原來不難。

二十歲前後我給自己留下佐證那個饕餮精神盛宴的，是十多本日記本，所謂的日記其實只有兩項內容：閱讀筆記和畫夢錄。大概二十六歲我停止了寫日記，前幾年我從防潮箱裡找到它們，重讀之時寫下了這麼一首詩：

讀舊日記

嘿，這位長髮過肩的搖滾青年

你以爲你體驗過黑暗
我今天向同一雙手嵌進更多的石頭

嘿，這位目光灼灼的哲學青年
你以爲你嘗試過饑餓
我今天向同一個胃埋進更多的松露

你曾經在炎夏清晨走過異鄉的堤灣
不回頭，好吧，那些屍骸我來收拾
把腐爛了的旗幟也給我，還有鐵心
你的背囊難道不應該更輕嗎？

你的坐騎難道不應該是消失的外星信號？
你的吉他難道不是捅向我的光劍？
你的陰莖難道還在寫詩嗎？

你裸體行於珠絡之市，已經一萬個晝夜

通讀衰老經的人在拿你的傷勢圖來紋身
我今天向同一尾青魚撕碎同一朵雲

我瞧見你擁有這些金色的霧
我嫉妒你，並未夢見我也擁有同樣的霧
依舊濕淋淋，在威斯卡河畔的泥濘岸邊。

「威斯卡河畔的泥濘岸邊」是另一個屬於那個時代的接頭暗號，那是超脫搖滾樂隊 Nirvana 的主唱 Kurt Cobain 在一九九四年自殺之後，樂隊出版的最後一張現場專輯的名字（From the Muddy Banks of the Wishkah），這個名字擊中我，因為它就和我們一代的青春一樣草莽、糾結、荒涼。Kurt Cobain 的自殺相信是六年級同齡音樂人記憶中一件大事，就像海子在一九八九年自殺一樣，他們客觀上成為了我們成人禮的一件代祭品，從此以後，我們的前路不再存在兄長式的人物，我們開始成為兄長，在泥濘河岸上為饑腸轆轆的弟妹們尋找新的食糧。

另一個充溢於我心的饑餓是良心的饑餓，一九八九年的鎮壓，除了是一代人的精英被瘋狂摧毀，也是迫使精神變得怯懦、犬儒、蒼白的一次浩劫，我年少狂狷，不能接受犬儒，更不能接受鄧政府此後為了安撫民心而拋出的資本主義狗糧，因為後者把大陸的貧富懸殊赤裸裸地拉大到極點。做為一個年輕的「知識分子」彷彿帶有原罪：你擁有知識已經使你更靠近權力和利益，唯一自救的可能是批判與自我批判，因此只可以選擇左翼。

我從接觸新左派開始，十八歲讀馬爾庫塞，後不喜大陸的一批心繫權力的偽左派，轉向更純粹、更有想像力的無政府主義。來香港後接觸了托派，也迷上了切．格瓦拉、拉美左翼和解放神學，最後還是回到無政府主義的自由當中。二十一世紀初在北京生活的五年，因為從事紀實攝影工作，得以親身見識基層人民的艱難生活，之前對切．格瓦拉那種對不公的義憤的認同更加強烈，這直接導致我回到香港後積極參與社運，不缺席每一次嘗試阻撓資本齒輪運轉的行動，因為無論是切．格瓦拉還是孔子還是蓋瑞．斯耐德，都教導我坐言起行是一個赤子的基本素質。

從饕餮形而上的精神食糧，到親自到人間去尋找答案，我同時感謝這兩者的餽贈，並不因為接受了後者的殘酷鍛鍊而否認前者的超越性。此刻我想起我的思想啟蒙書之一：紀德的《地糧》（又譯作《人間食糧》），它幾乎是宿命地在十六歲左右給我奠定了美學和人生觀的基礎，就是對美永存敬意、不否認「無用」的事物、同時面對光明與黑暗——保存神祕，然後敞開自身去迎受命運拋給你的所有風浪，知道它們都有其意義。後來我在卡繆的小說和散文、荷索的電影、更多人的詩裡面再次確認這一切。

從虛無始，到反抗虛無，這是一個有力的胃所應該匹配的隱喻。我曾經在多篇文章中論述我們這一代的反叛、堅忍和清醒，最後它們都匯聚到這個有力的胃周圍，準備去消化那個更頑劣的未來：中年——這就是我對自己的祝福和期許。

第一輯

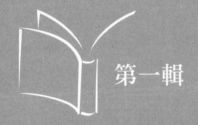

反抗，為革命祛魅

坐言起行，太陽花運動從言到行，前進的速度以秒為單位，在樸素、直接的理念驅使下，人民用腳投票，迅速以行動去印證理念，這符合一場社運的無邪特徵。當行動轉入潛行默長之時，就當重新坐下來反思言說與行動，此刻有幾本書從行動到宣言到精神，連結當下、革命的星火時期和曾經的狂飆時期，為我們提供鏡鑒。

最貼近我們日常的一本，是鶴見濟的《脫資本主義宣言》。《脫資本主義宣言》首先論證了脫離資本主義生活模式的必要，它昭示了資本的變形盤剝已經無孔不入，而且我們只要繼續著我們的時尚生活就都多少成為幫兇。消費社會中，無論是核能、體育還是牛仔褲、易開罐，原來都是資本主義的大鼈上那些密密麻麻的蝨子，巨細無遺地勾勒出這一本簡明的血汗地圖。

「不拚經濟，我們也可以活下去」是《脫資本主義宣言》的核心思想，此語破除經濟迷思，也讓我們回到反服貿甚至反世貿的初心，拒中不過是反對發展至上的資本邏輯的一面，假如入侵的是日美，小國民眾照樣得拿出拒絕的勇氣，因為若賣國與中是眾目睽睽，賣民與後者則是潛移默化的暗通款曲，後者更需要清醒警惕。

《脫資本主義宣言》和《共產黨宣言》都是小冊子的寫作方法，俱有一目了然的棒喝作用，前者特別之處還有「抗爭錦囊」，羅列出各種可行的反抗方法。現時代的行動雖然未必如兩百年前那樣訴諸直接暴力，但抗爭方法倒是也比《共產黨宣言》時代要多樣化得多，這恰恰也同時反抗了後者曾衍生的許多革命的清規戒律。

波瀾從未絕，《共產黨宣言》列入麥田的「時代感」系列重刊適逢其時。新版本的《共產黨宣言》最重要的是收錄了霍布斯邦的〈論共產黨宣言〉，還有林宗弘的長篇導讀，使它的原文更有發散性，與當下的勾連也更明晰。讀之識其對人類壓迫與反抗的關係永恆不變的剖析，也應省視一百五十年過去，宣言中哪些話語被利用扭曲，而哪些又在新的鬥爭環境中出現了新的變異。

《共產黨宣言》有一個著名的開頭：「一個幽靈——共產主義的幽靈——在歐洲遊蕩」，共產主義曾經做為一個幽靈有它反叛的鬼魅吸引力，隨後又曾躋身神靈的隊列反而成為自由的威脅。而現在我們必須祛魅，使它不只是一個幽靈，而成為當下抗爭行為的一面鏡子，那樣我們才可能深入「反抗」的內核，去思索「反抗」對於人類存在的決定意義。為何卡繆說：「我反抗，故我存在」？當你認識了你的目的（而不是革命導師告訴你的目的），你才可能為自己的行動找到更有想像力的突破口。

卡繆寫於六十多年前的《反抗者》，也是非共產主義者卡繆在歐洲知識界普遍左傾的一九五〇年代所做出的一種獨立的祛魅宣言，他論證反抗的普遍性凌越於階級鬥爭之上，其本意並非否定共產主義曾經的先鋒性，實質是追溯左翼的反抗精神在人類血脈裡的根源，但此舉觸怒了其時唯主義是舉的沙特，這本書成了他倆決裂的主要引爆物。

卡繆的書名叫「反抗者」而不是反抗（行為），更反應出他思想中一貫以人而非主義為出發點的用意。在反抗行為中首先獲得意義的是個人、是無所依傍的孤獨存在。反抗是受奴役的人獲得尊嚴的唯一形式，是精神站立的前提。如果說資本主義通過物質消費去奴役人類和耗損地球，後來變質的共產主義則通過集體意志吞噬個體意志來從精神上泯滅人性，兩者都是卡繆的反抗對象。

覺醒的個人又為群體賦予意義，基於反抗而生的人類的互助覺醒，在資本主義社會被舒適消費的柔軟手段予以隔絕（這也是《脫資本主義宣言》所揭露的），卡繆早在戰後經濟上揚的初期就看出這一點，因此《反抗者》特別強調個體的「互助」，實際上與早期無政府主義者克魯泡特金等的主張相承，卡繆的思想也通過此與今日反資本主義者當中的積極無政府主義匯流。

「奴隸起而反抗是為了同時代所有的人，因為他認為，這種命令否定了他身上的某種東西，而這種東西不僅屬於他自己」，這是自由也是尊嚴，反抗的最高意義在此，是形而上的互助精神。而自我的立命精進，在運動中除了反抗，還建立著自身存在的意義，則是我們在一場一場更替的運動中可以秉持的初心。卡繆提示出兩點，實乃反抗者之於革命者的不同，當下，我選擇前者。

「未知生，焉知死」
——卡繆的初心與變奏

主動對存在進行否認，也許是人類在必有一死這一強大虛無面前唯一可以進行的反抗：如果人類不能逃避虛無，那麼至少可以選擇提前擁抱它。因此殺人與自殺，就是弱小的人在死亡之永恆背景前面所能擁有的唯一「自由意志」。

這很荒謬，也很嚴肅。殺人與自殺是卡繆幾部經典著作中的關鍵詞：《薛西弗斯的神話》第一句是：「只有一個哲學問題是真正嚴肅的，那就是自殺。」；《反抗者》在引言已經點出殺人也是一個哲學問題：「在否定的時代，思忖自殺問題是有用的。在意識形態的時代，必須清理殺人的問題」；《異鄉人》涉及的他殺，實際上是自殺的條件，莫梭從被動殺人到主動拒絕救贖的過程，是他一步步獲得靈魂自由的過程。

然而如何從否定的存在轉向肯定的存在？這是卡繆一生思考的問題，我們沒有想到的是，問題的發端與答案，都埋藏在他生前並未出版的處女作裡。第一次譯成中文的《快樂的死》幾乎包括了卡繆所有的關鍵詞，而且技巧完美，我猜想卡繆不出版這本傑作的唯一理由是：這是一顆豐滿的種子，要留待它來孕育其他作品。尤其卡繆的成名作《異鄉人》，就是以極端方式從《快樂的死》中吸取了思辨的精髓。

《快樂的死》與《異鄉人》結構上最大的相似，均是以殺人為主人翁思考存在的轉折點——當然莫梭的殺人遇到了過度闡釋的審判，而梅爾索的殺人是被殺者委託的，被偽裝成自殺，他得到了被殺者的酬勞過上了富裕自由的生活——但是他們最後都從中獲得覺悟，都選擇了清醒、拒絕安慰地面對自己的死，從這點來說，他們的死與薛西弗斯的下山一樣，是真正快樂的。

從描寫心理、景致的細膩華麗程度看，《快樂的死》可謂豪華版的《異鄉人》。這首先取決於青年卡繆的銳氣，二十出頭的卡繆充滿對世界的熱情，尤其展現在梅爾索殺人後漫遊歐洲然後回到阿爾及利亞的描寫中，他「感到自身有極強且深的力量，能去愛這個有著淚水和太陽臉孔的人生」。但這些享樂主義的修辭，實際上是為了呈現對死亡的思索，「未知生，焉知死」，梅爾索殺人的意義正是通過此後對生的品嘗才得以顯露，他理解了求死者並非死於絕望，他才能從容堅毅地接受自己的死亡。

這幾年台灣也出版了《異鄉人》新版本以及楊照的深度解讀《忠於自己靈魂的人：卡繆與《異鄉人》》，對照閱讀可知卡繆的更多變與不變。在《快樂的死》

裡梅爾索通過離群索居於天地間的思索達致的自我確認，《異鄉人》裡則是極致地通過不公平的審訊、囚獄和處決，迫使莫索置身於義無反顧的存在覺醒中。拒絕希望者，獲得存在，莫梭最後「欣然接受這世界溫柔的冷漠」，使死亡置入自己的經驗中——他在囚禁的日子中才真正親近了母親的死。

以入獄為分界線，莫梭體驗到地獄與煉獄的不同，如果說之前的莫梭有罪，在他被定罪後才是他獲得救贖的開始。監獄是一個覺悟之地，他的真正的罪在於他之前未嘗覺悟自己對現實、當下的忠實。在《快樂的死》中，卡繆沒有安置這麼一個絕境，梅爾索是直接在對當下的快樂體驗中反思死亡的。「漫長的冬天即將展開。但他已經成熟得足以迎接它了。」寫作《快樂的死》時的卡繆正如他筆下的梅爾索，在處女作已經獲得秋天的豐盛，所以他才可以在其後《異鄉人》等作品中以更決絕的筆法迎接存在之凜冽真理。

卡繆曾列出他心愛的十個詞：世界、痛苦、大地、母親、人類、沙漠、榮譽、苦難、夏日、大海。這十個詞包含在他寫作生涯的開端《快樂的死》，繼而在《異鄉人》等後來各個著作中結出果實，一直延續到他未完成的遺作《第一人》之中。卡繆正是無意地以自己的意外死亡來完成這最終收穫，我以前曾以為「意外死亡」對於論證以「自殺」獲取自由的卡繆來說，無異於一個虛無的諷刺。但楊照在《忠於自己靈魂的人》中提出的解讀更有力：直面卡繆之死的荒謬，才正符合了卡繆思想的核心取向——忠實於真實，即使真實是虛無。

七〇年代台灣學界曾經有過卡繆熱，除了多個譯本，傅佩榮還編輯過論文合集《卡繆的真面目》論及卡繆創作與思想的種種。今天卡繆在台甚至在華語圈迎來一個新的閱讀熱潮，《忠於自己靈魂的人》是一本總結性的著作，啟示的也許就是為什麼我們和七〇年代一樣熱衷於卡繆：因為在虛無橫行的時代裡，我們更需要忠實自己。

像一塊滾石？

——評 Bob Dylan 回憶錄

Bob Dylan 回憶錄的第一卷英文名字叫做 Chronicles——《編年史》，中文譯本在大陸江蘇人民出版社出版，名字改為《像一塊滾石》。中文版的名字來自 Dylan 膾炙人口的那首「Like a Rolling Stone」，明顯比英文名更加「詩意」和「搖滾」——當然，也更煽情。但是那絕非 Dylan 的本意，讀罷全書，你會發現那是一次刻意的誤讀，投合了中國讀者對 Bob Dylan 一廂情願的浪漫化情意結。

封面設計也為這種誤讀推波助瀾，英文版的封面是一張紐約的夜景照片：車流、濕漉漉的大街、路中央孤獨的人，在中文版它被放到了封底，原來的封底卻成了中文版的封面：一個眼神憂鬱、衣著樸素的帥哥，那就是青年時代的 Bob Dylan。這個包裝更為討好，符合中國大多數名人傳記的風格，但是也因此和周杰倫寫真集的邏輯無法區分。

其實，拉雜談了這許多「表面」文章，是想要說穿一點：出版社和讀者所期待的 Bob Dylan 回憶錄，應該是青年、叛逆時期的 Bob Dylan，是「像一塊滾石」的「抗議民謠教父」Bob Dylan，是另一本《在路上》。然而本書並不是，Bob Dylan 再一次反對自身，就像他在六〇年代先以搖滾反對民謠，再以自白派詩歌的私人性反對他被人定為「抗議歌曲」的公共性。

所以，他把回憶錄命名為「編年史」，客觀而且把主題定在時間而非故事上，像這樣一個「歷盡滄桑」的人，「故事」當然數不勝數，即便他不刻意渲染，他的每一個瞬間也都成為公眾視野裡的「故事」。但是 Bob Dylan 採取的是普魯斯特《追憶似水年華》般的筆法，隨意漫遊於回憶之中，從一件事跳到另一件事，從一個人想到另一個人，之間的聯繫是微茫的，就像四十年前紐約歡迎他的一場大霧。但是這些聯繫結成了一張浩瀚的網，它的名字，不可避免地，叫做「時代」。

沒有顯赫的故事，時代一樣存在、不容辯駁。Bob Dylan 的筆好像故意和好事者捉迷藏，許多在「搖滾史」上重大的事件被輕輕帶過，甚至一字不提。比如說，他的著名歌曲「答案在風中飄」、「像一塊滾石」是怎麼誕生的？標誌性的專輯《時代在變》、《重返六十一號高速公路》的錄製過程如何？他是怎樣鼓起勇氣在新港民謠音樂節上把吉他插上電的？他和 Joan Baez 的私人恩怨和政治理想衝突如何等等，這些，你們在這本書上都找不到答案。反而，Dylan 會津津樂道於一個我們聞所未聞的地方演員、過氣歌手，一張我們普遍認為是失敗的專輯（比如《噢，仁慈》）的艱難成型，他和妻子的一次短途摩托車旅行的細枝末節等。

時代則在這喃喃回憶之河中浮沉。五〇年代美國的彌天大霧、青年存在主義者的思想騷動、做為革命工具的音樂藝術在其中的掙扎彷徨、垮掉派（Beats）重估一切價值的決心……這些都在Dylan的意氣風發中能見一斑，時代的細節就是時代精神，青年Dylan對一切困難都無所謂，深知自己正踏在一個新世界的門檻上，背後是熊熊大火，「我的意志堅強得就像一個夾子，不需要任何證明」。但是風雲變幻，在衝浪的高處，Dylan醒覺自己是一個詩人而非政治「氣象預報員」，他更願意在歌曲中談論一件事情而不是宣揚一種觀點，他的歌詞曾經深受布萊希特（Bertolt Brecht）早期的歌謠體詩的影響，他也秉承了布的懷疑精神——這懷疑必須指向自身。

於是這本回憶錄直接從他初抵紐約的朦朧時期跳向他成名後反省和隱匿的時期，他最輝煌的一段「樂與怒」時期被略過不談。這會讓大多數人失望，包括情感上的我本人。我當然傾心於做為迷惘一代／憤怒一代／垮掉一代三位一體的那個Bob Dylan，並曾經把離棄「抗議歌曲」的「後期Bob Dylan」視為六〇年代精神的叛徒。如今我理解他的決定，做為一個藝術家，過早的被強力話語定型絕對是一件壞事，更何況，什麼是「六〇年代精神」，是否只有一種？他在七〇年代之後的多次風格轉變，誠然沒有一次能達到早期的輝煌，但卻滿足了一個藝術家的冒險精神、完成了一個人的多樣面孔。對我們而言，也許「像一塊滾石」比「雨天女人十二和三十五號」更加偉大，但對藝術家本人來說它們一樣重要。

Bob Dylan 自己又何嘗沒有困惑過，「我錯了嗎？」在他後來遇到創作困境的時候他不止一次問自己。他一再地卡於創作的瓶頸，其實他要回到原來順手的風格仍然是可以的，但是他不，他甚至拒絕在演出時演唱他最有名的那些歌曲。這種決絕令人肅然起敬。他是誠實的，他曾經自信地說過：「美國在改變。我有一種命中注定的感覺，我正駕馭著這些改變。」但他現在卻承認「對於我生活其間的世界，以及社會可以利用我們的方式，我一無所知。」為什麼？為什麼他不再樂觀？因為樂觀是容易的，可以自我安慰，悲觀卻是困難的，有助於尋根問柢、背水一戰。

必須承認，Bob Dylan 認為是其轉折點之一的專輯《新的早晨》是一張失敗之作，《噢，仁慈》也是。撇開歌詞不說（實際上他更靠近詩了），音樂是明顯的沒有主張，看他的回憶便知道究竟，他那時沒有一個固定的合作樂隊，每次錄音時總是找來一些職業樂手——他們徒有技巧沒有精神，而監製和錄音師都太有主見，聲稱要做出他們心目中最 Bob Dylan 的音樂，但離題萬丈。Dylan 也發現，這些加上林林總總配器和風格的音樂，並不比他最初的一把木吉他和一個口琴更有力量，但他卻不願意回頭，正如他反覆在歌中強調的：「Don't look back!」

正是有這些困頓，他在最後一章的敘事突然回去他最開始的地方令人感動，並且使前兩章獲得更大意義。這才是一個有血有肉的人，不是一個音樂評論家和樂迷們非要他充當的「旗手」、「教父」那樣的簡單象徵符號。他追溯他的血脈根源，明白得很：他的真實、不妥協精神來源於伍迪．格斯里（Woody Guthrie）；他的歌詞／詩深受布萊希特和蘭波啟迪；他的音樂突破的導火索是羅伯特．約翰遜（Robert Johnson）。Dylan 形容布萊希特的詩的一句話其實也是他自己的詩歌理想：「這首歌把你打倒在地，它要求你認真對待。它繞梁不絕。伍迪從來沒有寫過這樣的歌。這不是抗議歌或者是時事歌，這裡面也沒有對人的愛。」他還這樣說約翰遜的歌：「你無法想像他會唱『紐約是資產階級的城市』。他肯定沒有注意到過，即使他注意到了，也一定覺得無關緊要。」Dylan 的歌也一樣，它不是戰鬥手冊，而是這荒誕世界的地形圖。

這個世界誠如本書的最後一段話所形容：「一個烏雲密布的世界，有著被閃電照亮的犬牙參差的邊緣。很多人誤會了這個世界，從來沒有真的有過正確的認識。我徑直走進去。它敞開著。有一件事是確定的，它不僅不受上帝的主宰，也不被魔鬼所控制。」這就是一個赤裸裸無依靠的人的醒覺，在 Dylan 的歌詞裡，「Like a rolling stone」後面有個「?」前面是「To be without a home／Like a complete unknown」——它讓我想起凱魯亞克的《達摩流浪者》，而不是《在路上》，這才是真正的起點。

美國夢志異

歐巴馬當選的時候，我在讀《老美國志異》（*The Old, Weird America*），美國文化評論家 Greil Marcus 寫於一九九七年的這本書恰恰在彼時才被翻譯成中文，這是一本關於「美國夢」之幻滅的書。一九九七年，我在讀《伊甸園之門》，書寫美國六〇年代的文化和思潮的名著，關於「美國夢」在火熱的年代如何被重新詮釋，而當時我的同齡人，他們很多都在讀一套上下冊的《美國讀本》。

《美國讀本》是九〇年代中國大學生之中的暢銷書，由紐約大學教授 Diane Ravith 編輯，一九九五年出版中譯本，此後一直再版、修訂、再版、甚至被盜版。這本書收集了美國自殖民時期至今的一些經典文本如演說、詩歌、政論文等，內容都和「美國夢」有關，那是不斷奮鬥著、樂觀向上的「美國夢」，大致都符合並且超越了維基百科中對美國夢的定義：「美國夢（American Dream）源於英國對美國的殖民時期，發展於十九世紀，是一種相信只要在美國經過努力不懈的奮鬥便能獲致更好生活的理想，亦即人們必須透過自己的工作勤奮、勇氣、創意、和決心邁向繁榮，而非依賴於特定的社會階級和他人的援助……」為什麼說超越了呢？後者只是說物質成功，《美國讀本》所選擇的卻是象徵了一些精神理念上的追求的文字，如《獨立宣言》、《為出版自由辯護》、《論公民的不服從》、《向華盛頓進軍演說詞》（即「我有一個夢」），而且關乎普世價值，因此那是一個更高層次的「美國夢」。

九〇年代中國大學生曾信奉或者為之困惑的「美國夢」則兩者兼之。實際上在八九前後就有關於美國價值觀的討論，而對現實的失望不但加劇了對「美國夢」的朦朧嚮往，同時現實對於大學生的限制和「懲罰」也迫使年輕人遠走他方，人們不得不相信美國有一個更寬容的空間。很多年輕的自由主義者就是在這個時候堅定了自己的信念。

當然在中國的語境中討論自由主義和新左派永遠是困難的，因為兩者常常殊途同歸——要是從好的角度來看。八九前後，我們非常認同自由主義，或者說我們都曾信仰「美國夢」——信仰對個人價值的尊重。這和後來我認同新馬克思主義的理念其實緣由一樣，前者反抗政治集體對自我個人的壓抑，後者反抗經濟、官僚集體對底層個體的壓抑，並且兩者都引向一個更高的層次：反抗對他人、對沉默大多數的壓抑。

《伊甸園之門》所代表的美國六〇年代精神可以說是對原本的那個「美國夢」

的重新發揮，它和《美國讀本》的「六〇年代」一章有三個交集：甘乃迪的就職演說、學生領袖 Tom Heyden 的《休倫港宣言》和小馬丁．路德．金的《向華盛頓進軍演說詞》，六〇年代對個人價值的強調有了更張揚的意味，也更為進取和富有激情，「美國夢」不止是一個現實的事業，更是一個良心的拷問：比方說，美國人之夢應該容納越南人之夢，甘乃迪之夢應該容納小馬丁．路德．金之夢，愛國主義者之夢應該容納國際主義者之夢。原本的「美國夢」同時是強烈愛國主義的，因此有其狹隘之處，六〇年代精神卻大大拓寬了它的普世性。

一個強烈的象徵：黑人吉他手 Jimi Hendrix 在胡士托音樂節演奏的那首〈星條旗〉，混雜了他用電吉他模擬的直升機聲、機槍聲和哀嚎聲，那就是六〇年代五味俱雜的美國夢。甘乃迪、小馬丁．路德．金和 Malcolm X（黑豹黨首領）的遇刺、Jim Morrison 和 Jimi Hendrix 之暴斃更為之抹上一筆黑暗色彩，在冷戰時代來臨後堅信「美國夢」不容易，要創造更新的「美國夢」更為不易。

我所理解、所傾心的美國六〇年代的建設性力量，包括了 Beat 文學和民謠音樂，九〇年代我和我同齡的年輕知識分子大量閱讀艾倫．金斯堡的詩歌和沉迷於傑克．凱魯亞克的《在路上》，這是對美國精神自身充滿批判的叛逆者，他們質疑已經被反覆複述的那一套美國夢，其中有很多已經變成中產階級的虛偽面具，他們建立起新的價值觀：在實現個人自由的同時也為他人謀取自由、並且在精神上開拓

「自由」的更多定義。實際上，他們也更新和豐富了「美國夢」，在追求精神超越上，他們延續了他們的前輩梭羅、埃默森甚至傑斐遜的激進。而這種激進和自由傳達給我們一種全新的體驗：原來面對資本主義全球化的壓力，早在四十年前就有人提供了選擇的可能性，我們也許可以在固有的規則之外尋找逃逸甚至反抗的方法。那是屬於個人的革命，對我來說，是被顛覆所以新鮮的夢想。

音樂是銜接美國文化和我們的最重要的橋梁，日後我也發現它是最本質的力量，而且它也在反覆傾聽和閱讀中更新自己和美國夢的意義。Bob Dylan 就是這一切矛盾的綜合體，他彷彿一個老巫師（雖然其時只有二十出頭），敏感地感知了六〇年代中「美國夢」的激變。《老美國志異》記載的就是這個特殊時刻，以 Bob Dylan 插上電吉他「放棄」民謠開始，到他祕密地在地下室「回歸」民謠製造出傳奇的 The Basement Tape 為終，《老美國志異》分析的表面是 Bob Dylan，實際是分析隱藏在人所共知的「美國夢」後面那一個更為複雜甚至黑暗的美國精神——我們要到了九〇年代看到大衛．林區的小鎮電影才覺察到的黑暗。

這之前就是六〇年代民謠復興運動的力量。正如《老美國志異》所說：「它（民謠復興）事實上仍然從屬於一個更廣大、更危險，也更加重要的事件——民權運動。民謠復興中那種道德的力量既是來源於此——也就是它那種重新發現一個新世界，把它帶入現實生活，為之鬥爭並取得勝利的意識。」這是民謠給美國帶來的意義，給我們則帶來了「一個曾經從遠方被窺看，如今卻可以在內心深處感受的國度。」而Bob Dylan更進一步，他嘗試說出美國夢的幻滅，以及這幻滅也擁有的意義。「勾勒出這樣的國家也不會使你感覺到：自己所處的時代中的罪變得輕鬆，只會讓它們變得更加沉重，正如夢想施加給靈魂的重負比現實更甚。」Greil Marcus一針見血指出了Bob Dylan所唱「美國夢」之「夢」的苦澀一面。

如果說曾有一種美國精神讓我佩服，這種對黑暗和痛苦的承認就是，雖然大多數的美國人並不意識到Bob Dylan或其他敏感者所啟迪的這點。意識到夢想之重、之痛並非要讓人拋棄夢想，而是要人學習承受的技巧。

請劉小楓重讀海德格爾

大約二十年前，十多歲的我第一次讀到海德格爾，就是來自劉小楓的著作。他的《詩化哲學》以一個詩字吸引了我，把我引向德語哲學與文學的高寒熠熠之山巔：海德格爾、荷爾德林、雅斯貝爾斯、里爾克等等都在他的激情引介下進入我的視野。尤其是海德格爾，他的思想和語言本身就是一首玄奧和孤高的詩，我接著閱讀了郜元寶、熊偉、孫周興等老師翻譯的海德格爾各種著作，還迫不及待地從香港買回繁體版的《通向語言之途》、《林中路》等專著，當時海德格爾研究方興未艾，讀者對他的認識剛剛從存在主義轉向現象學、語言哲學（詩與思），至於他後期對技術時代的沉思、對道與邏輯的融會等等也剛開始得到重視，這一深化，劉小楓的著作和編譯有其一功。

二十年來，劉小楓唯一沒變的，就是持續推動海德格爾、尼采、荷爾德林等相關譯、著出版，我也緊隨之一本接一本的買下。但是我們本身都變了，我對海德格爾的閱讀，在二〇〇九年左右讀完《面向思的事情》基本停下來了（荷爾德林還在持續），原因有二，一是覺得海德格爾最吸引我的部分我已經讀得差不多，我並非哲學研究者，只是在他那兒取吾所需的對藝術之思；二是陸續有文章披露海德格爾的親納粹經歷，對漢娜．阿倫特的態度等等，都是我不願意面對的，所以索性與之隔離。至於劉小楓教授、大師、國師一路的演變，雲譎波詭，我也無從追蹤，最近猛然被他一驚，發現此劉非彼劉甚矣，從談論詩與思，到談論國父與文革民主，這樣兩個極端令我百思不得其解。

還是海德格爾啟迪了我，原來劉小楓現在做的事，海德格爾也做過。劉小楓當下的言論和行動，意義上與海德格爾當年讚頌希特勒與國家社會主義是一樣的，但海德格爾是面對未知者的被蒙蔽，劉小楓卻是面對歷史明知其非而為之飾非，為之強行正名。而且海氏後來的確有止步和羞愧，劉小楓卻自信滿面，躊躇滿志，看來還會向國師之惡道更進一步。一代人的怕與愛，一代人的賤與妄，堪嘆之。

對海德格爾有這進一步省思，是因為最近讀了《海德格爾與雅斯貝爾斯往復書簡》（瓦爾特．比默爾、漢斯．薩納爾編，李雪濤譯，上海人民出版社二〇一二年出版）。海德格爾與雅斯貝爾斯的關系，就如海德格爾與漢娜．阿倫特的關係一樣已成為公案，閱讀當事人本身的書信是還原他們的「心理真相」的唯一途徑。

無論是互相激盪共同進攻陳腐學院的戰前，還是關係面臨破裂的戰時，還是不再見面但坦率面對彼此靈魂的戰後，海德格爾與雅斯貝爾斯在信件文字中始終展現出一種偉大的克制和超拔。讀這些書簡彷彿在歌德的峰頂上目睹寂靜之力閃電般來往。兩個聳峻的靈魂遭受過如此痛苦的煎熬，又力圖超越時代的桎梏共同致力於「面向思的事情」。但毋庸迴避的是海德格爾晚年對自己一度親納粹的行為保持沉默和逃避，此舉傷害過策蘭、阿倫特、雅斯貝爾斯（雅的妻子是猶太人），本書亦是明證。

「運偉大之思者必行偉大之迷途」，海德格爾曾引用過的荷爾德林這句詩令我印象深刻，但至今發現這不可能成為他自己的開脫。海德格爾一直是雅斯貝爾斯眼中最卓越的德國思想家，甚至在戰後雅斯貝爾斯仍向學院書面保證海德格爾的學術水平（同時也不迴避分析批評他的親納粹迷途，此迷途絕非偉大），海德格爾唯一表示過的羞愧也僅獻給雅斯貝爾斯——他主動坦承「一九三三年以後，我沒有到您的家中去過，這並不是因為那裡有一個猶太女人，而只是因為我自己感到很羞愧……三〇年代末，當最邪惡者開始粗野的迫害的時候，我馬上想到了您夫人」。他通過自己的關係獲得保證雅斯貝爾斯夫人不會被傷害。但即使這樣，雅斯貝爾斯最終沒有原諒海德格爾，因為這不只是兩人私交的矛盾，而是一個思想者對另一個思想者的錯誤的嚴厲監督。正如漢娜·阿倫特一九六四年對採訪者所說：一九三〇年代的德國知識分子「虛構了關於希特勒的理念，這在部分意義上是可怕的、值得深思的事情」。這種迷誤某種程度助長了邪惡，為邪惡正名，因此難以原諒。

這是一本真誠、又嚴酷的書，思想者讀此書應以之為鑒，因此我此刻就很想推薦劉小楓閱讀，讓雅斯貝爾斯和阿倫特對迷惑於獨裁者的人的高貴譴責，也落在他迷狂的頭腦上。同時也希冀他能借此回憶起曾幾何時思想的純真時代。「在一個多岩石的、寬闊的高原的山頂上，同時代的哲學家們見面了。他們從那裡俯視雪山和人類居住的更深的河谷，以及天空下處於廣闊的地平線上的所有一切。那裡的太陽和星星比任何地方的都要明亮……在多條路上攀登的人，只要能夠下定決心，不斷地離開自己的住處一會兒，去這個山上獲知事物的本來面目，就可能進入……這一高原依然在世界上，是世界上的奇蹟：人類的思想超越了每一個界限，同時又不會落入虛無。」雅斯貝爾斯這樣向海德格爾描繪他們曾擁有的精神國度，那兒的思與詩之美，遠非此地的權與欲之迷狂所能媲美，幻想把自己才藝「貨與帝王家」的某類中國知識分子，可能回憶起來否？

從明月構想到碧山共同體

早在一九九六年，我對烏托邦的認識還停留在哲學課本上一筆帶過的聖西門、空想社會主義之上的時候，我卻在一本從海外偷運進內地的《今天》雜誌上看到了一部反烏托邦小說。

小說名為《明月構想》，作者竟是日後中國最著名的建築家劉家琨——其實它最初吸引我閱讀的正是存在小說內容和形式上雙重的空間實驗，這是一個建築家理所當然擅長的事。小說裡的狂熱理想主義者歐陽江山帶領先遣小隊，在一九六〇年代的漢彝並居山區進行烏托邦式建設，然而他們歷盡艱辛建成雛形的「明月新城」，輕易地毀於村民們的日常生活欲望，最終理想主義者只能壯士斷腕，引水把烏托邦淹沒。

「明月構想」的「一九八四」本質潛藏在它那些不可思議的細節裡：比如它的布局極端形式主義，高度邏輯化，因此其地圖容易烙印在居住者的腦海，人們會時刻把自己所在位置與地圖位置重疊，自我觀察那個隱喻世界中的自己——「會感覺到冥冥之中有一雙無形的眼睛正看著自己，從而下意識地加強自我監督」，這比《一九八四》裡面的「老大哥」更加恐怖。更能說明問題的是烏托邦的建設階段，階級的刻意區分讓人想起延安傳統，「階級」本來就是建築元素，後來成型的食堂的強調公平實際上以具體建造的水泥「階級」強調了階級。

獨立於軍事化節欲生活以外，被命名為「新戰士培育中心」的夫妻生活帳篷就是一個烏托邦中的異托邦，是對嚴肅的革命建設的第一個反諷，關於捉奸的狂歡，是最饒有意味的黑色幽默。「異托邦」是來自法國思想家傅柯最有創意的發明，實際上比「反烏托邦」更能定義劉家琨的小說。傅柯的精彩比喻是：鏡子裡面的世界是烏托邦，但鏡子所構成的雙重空間並存本身是異托邦——我們也可以說一本虛構烏托邦的小說本身是一個異托邦。異托邦與烏托邦的差異在於前者承認烏托邦存在的荒誕，強調了不確定性。

傅柯說：「異托邦的最後一個特徵是……異托邦有創造一個幻像空間的作用，這個幻像空間顯露出所有在其中人類生活被隔開的場所。」可以說，證明理想主義者與世俗百姓的「區隔」（不一定是布爾迪厄的）、直面這種區隔，是這部異托邦小說在小說以外的一個意外貢獻，假如我們把它與近百年中國此起彼伏、屢敗屢戰的新農村建設理想聯繫起來的話，這些幻想和諷刺，就不失是另一種建設力量。

比起烏托邦與反烏托邦，我們的新農村實驗也曾帶有異托邦的色彩，但是它們的目標，應該是「有托邦」：一種具有實際操作可能、永續可能、不排斥商業元素的互助合作共同體——倒是它們的批評者更像烏托邦原教旨主義者歐陽江山，以極端的道德潔癖要求著實驗者的「純粹」，殊不知正是這種「肅反」般的激情將是毀掉理想主義實驗的因素。最近對安徽碧山計畫的批判，某些極端反對者呈現出的正是這樣的激情，在他們眼中理想主義的運動不容得一絲雜質，而且外來者被要求是道德聖徒，對碧山的任何問題都負有完美解決之的責任，比如路燈、甚至書店裡的每一本書的霉點，都要負上知識分子贖罪的陰影。

書中明月新城的徽志之爭，隱喻著現實建設者與局外評判者對農村烏托邦運動的不同期待。被否決掉的橙子更像現實的碧山：「本地又出產柑橘，何不以此做為徽志，象徵豐收、富足、溫暖的陽光和甜蜜的生活」？但是「橙片要切開來才感受得到」，不如蓮花，更像被要求純潔完美的碧山（或其他新鄉村建設），「這朵從舊世界的汙泥中升起的蓮花，將體現出新城建設者們對完美無瑕的新生活的追求，體現出信念之虔誠、理想之純粹，不含雜質。」橙子是「與文化毫不相干的濁物，廉價，易腐，訴諸口欲，滲透了甜蜜墮落的享樂意識……只能象徵這種理想將在腐化墮落中迅速瓦解」——這和批評者質疑碧山計畫參與者的小資情調、藝術家氣質多麼相似。

在外來建設者與本地居民之間的「區隔」是必然存在的，刻意迴避這種存在或者幻想可以輕易彌平它，都是天真的烏托邦期許，歐陽江山的「明月計畫」正敗於此。反而是村民們的逆向占領，使得明月新城獲得另一種異托邦氣息。傅柯界定異托邦性質的其中有趣的一點是它的時間矛盾性：「最常見的是，異托邦同時間的片斷相結合……當人類處於一種與傳統時間完全中斷的情況下，異托邦開始完全發揮作用。」這種與傳統時間的中斷帶來兩個相反的極端空間表現，一是對永恆渴求：呈現為圖書館和博物館；一是碎片化：呈現為流動市集。可以說歐陽江山的「明月計畫」設計是一個類似共產主義生活博物館的永恆紀念碑，而村民們占領後肆意放養、交易、嬉戲的明月廢墟更像後者。

也可以說目前對中國新農村實驗的高道德要求也在塑造一個紀念碑，但得以存在的往往是自由散漫的後者。後者是異托邦的缺口，也是異托邦顛覆日常生活的一種正面的可能（「在傅柯這裡，異托邦並沒有非常明確的定義，它有正面和反面的意思，但它顯然是要來質詢，或者是顛覆一般習以為常的生活或生命的空間、結構，或者是約定俗稱的韻律。」見王德威〈烏托邦，惡托邦，異托邦——從魯迅到劉慈欣〉），在西方更多呈現為嬉皮村落、無政府主義者 Sguat 占屋運動基地等，而我對歐寧等人的「碧山共同體」寄予希望的，也正是他們聲稱的無政府主義互助精神取向（「碧山計畫」據執行者自述，「是一個關於知識分子回歸鄉村，接續晏陽初的鄉村建設事業和克魯泡特金（Peter Klopotkin）的無政府主義思想，重新啟用農村地區的公共生活的構思，它主要是針對目前亞洲地區迫人的城市化現實和全球農業資本主義引發的危機，試圖摸索出一條農村復興之路。」）所蘊含的積極動力。這明顯並非攻擊者所說的「鄉紳理想」，而是一種超越烏托邦和反烏托邦的可能，有托邦。

從漢字去理解有托邦，可以拆解為「有托之邦」，那是「眾鳥欣有托」的有托，陶淵明所寫的「眾鳥欣有托，吾亦愛吾廬。既耕亦已種，時還讀我書。」豈不也是碧山計畫團隊的一個最樸素的理想，在這個理想出發，兼容各種不同的「鳥」與「廬」、「讀書」與「耕種」之間並非絕對的矛盾，我們才可以繼續談知識分子參與鄉村建設的下一步。

抗爭何為

——墨西哥革命之詩

「我是所有詩人之母，我不允許（命運也不讓）那場噩夢打垮我。現在，淚水從我麻木的面頰流下來。一九六八年九月十八日那一天，我在系裡。那一天，軍隊踐踏了大學自治權，衝進了校園，見人就抓，見人就殺……」

在智利作家波拉尼奧的小說《護身符》裡，流亡墨西哥的烏拉圭女詩人奧克西里奧這樣回憶起她一生最重要的經歷：一九六八年墨西哥政府鎮壓學生運動（又稱特洛特洛爾科慘案），她躲在大學的廁所裡讀詩，一躲就是十三天，大學復課後她才被人發現。「一首詩不能抵擋一架坦克。」愛爾蘭詩人悉尼這句話不需要她也早已反覆證明，然而苦難使她成為詩歌之母，詩歌之母，在古希臘神話裡，就是記憶女神。詩歌需要活著，並且記住。

從此捍衛記憶，成了不只是詩人還是一代代墨西哥的母親們的義務：在墨西哥政府持續的白色恐怖下，一九七八年，一群婦女創設EUREKA委員會，以絕食抗議，要求政府統計失蹤或死亡的政治犯的人數和生平——我是在墨西哥查巴達民族解放軍（EZLN）副總司令馬訶士（S.Marcos）的童話《記憶的度量》裡讀到她們的故事的，馬訶士說：「我們多數失去記憶的人們，虧欠這些女士甚多，但女士們卻允諾我們，讓我們知曉記憶並未消失或休息，尊嚴也沒有尺寸或年齡。」

拉美的前衛作家也都像這些母親，抗拒對現實的遺忘。直到二十世紀末，墨西哥著名小說家富恩特斯（C.Fuentes）還以長篇小說《狄安娜，孤寂的女獵手》紀念，小說以一九七〇年的墨西哥（革命餘燼未熄、社會風聲鶴唳）為背景寫就，一九九九年翻譯為中文，也是這本書讓我首次知道那場慘烈的運動。

而此後三、四十年，墨西哥發生過無數運動和鎮壓，其中一九八二年契帕斯省對工農及印第安原住民的鎮壓最大規模，在阿布薩隆將軍的統治下數百人被殺被失蹤被監禁被酷刑，但正因為這樣，在契帕斯埋下了日後革命的種子，一九八三年馬訶士及他的反叛同志們來到契帕斯成立了查巴達民族解放軍。而當一九九四年北美自由貿易協定（NAFTA）在墨西哥生效的同日，查巴達正式起義。二〇〇一年，他們更發動過三千里長征，包圍了墨西哥市。

馬訶士，做為一個擅用後現代傳媒的革命領袖和詩人、作家，也是在這時進入漢語讀者眼中，二〇〇三年，台灣作家吳音寧譯著《蒙面叢林》，二〇〇六年，北京學者戴錦華和香港學者劉健芝編譯《蒙面騎士》，都是馬訶士的文集，包括童話、散文詩和檄文。

這些都留存在我的記憶裡，最近由墨西哥又一暴虐事件喚醒：九月二十六日，至少四十三名格雷羅州伊瓜拉市的勞爾．伊西德羅．布爾戈斯鄉村師範學校學生，被當地警察與黑幫聯合虐殺、焚屍，事件被曝光後，該市市長夫婦被證為幕後黑手，與涉事警察、黑幫一併被捕，但是墨西哥人民的怒火並沒消歇，在過去兩個月來多次發起向政府問責的抗爭運動，大有重燃一九六八年的鬥爭之勢。十一月九日，一支由死難者家屬組成的遊行隊伍，經過七日七夜的長征，就像十多年前的查巴達游擊隊一樣到達墨西哥市，和當地抗議者會師。

墨西哥的社會毒瘤錯綜複雜根深柢固，而歸根到柢是政治問題，長期腐敗的革命制度黨（PRI）積重難返，即使在聲稱改革的現任總統佩尼亞帶領下重掌墨西哥政權，也難以改變墨西哥對美國及黑社會力量的依賴。且不管政府貌似決心改革真假如何，學生和人民持續抗爭了幾十年，但依然看不見曙光，若然，抗爭何為？

也正是帶著這個困擾墨西哥人的問題，我重讀了上述著作和買來《護身符》一書，去閱讀墨西哥及拉美的苦澀之詩。《護身符》裡的學生和詩人們也經歷了《狄安娜，孤寂的女獵手》裡那些中產階級與知識分子的絕望，但是比後者更快恢復鬥志，也許因為他們對青春和詩的力量的確信。「那些孩子們，年輕人在唱歌，一面向著深淵走去。我聽見歌聲裡談到了戰爭，談到了整整一代拉美犧牲掉的青年人之英雄偉業，我卻明白最重要的是說到了勇敢、鏡子、欲望和快樂。這歌聲，就是我們的護身符。」《護身符》結尾才開宗明義的這一段話，可以視為新世界理想主義者的驪歌，他們將告別傳統革命所索要的獻祭或者造神運動，一步一步走進沒有光的所在，注視黑暗。

《護身符》裡可能是作者自比的智利年輕詩人阿爾圖．貝拉諾，在革命失敗之後漫遊南美洲最後回到故鄉，支持左翼總統阿連德直至一九七四年阿連德被殺（而墨西哥慘案之前一年，一九六七年，阿連德的好友切．格瓦拉與他發起的玻利維亞游擊戰也被扼殺），他並無氣餒，又回到了墨西哥。在墨西哥他完成一個革命者的自我救贖：通過一次幾乎不可能卻成功了的仗義行為，而呼應了死去的格瓦拉與阿連德的義舉。革命正因為失敗而純粹——這是前革命時代的詛咒也是荊冠，在格瓦拉身上到達極端；而後革命時代，阿爾圖．貝拉諾們唱著不一樣的歌謠。

「在祕魯的馬丘比丘高地，人們不哭，或者是因為寒冷影響了淚腺調節了淚水，或者就因為在高原上甚至連眼淚都是無用的。」墨西哥詩人的母親奧克西里奧在這高寒凜冽的幻覺中頓悟此理，挺過了十三天的禁錮而重生。後革命時代不能再訴諸悲情、訴諸淚水。真實世界裡的一九六八革命倖存者馬訶士，深知淚水是無用的，他靈活地投身後現代社會的游擊戰中，掌握了互聯網、大眾媒體、前衛藝術等等新工具，讓混跡於貧困山林的查巴達民族解放軍成為《黑客帝國》等反烏托邦科幻文化所膜拜的象徵。

馬訶士在二〇〇三年的戰鬥檄文〈海螺〉裡說：「查巴達既不征服，也不願送死；既不接受有條件的投降，也不想當烈士。」這其實把切．格瓦拉《論游擊戰》裡的靈活自由的抗爭狀態提升到精神層面的獨立，這種獨立超越了所謂的革命中的個人主義和冒進主義，成為一種理所當然的新人，他們沒有烏托邦崇拜，只是告訴世界：「這個世界的一切物質已經足夠，我們需要的只是重新分配。」

他們也清晰知道資本主義世界對革命形象的消費，因此馬訶士選擇了永遠戴著面罩的形象（這比格瓦拉帥氣頭像和V怪客面具更加決絕）——所以前幾年當人們質疑馬訶士已經年老，退出了查巴達的領導回歸作家身分乃是象徵革命偃旗息鼓之時，便有新的佩戴面具者成為馬訶士，「我們都是查巴達」，這句口號不虛。

正如前述，伊拉瓜慘案的受難者家屬組成「43×43」團體進行長征，實際上就是在呼喚查巴達精神的加持。墨西哥的革命倖存者苦澀之詩歌唱了幾十年，也應該再次高亢起來。抗爭無論成功還是失敗，都讓每一個參與抗爭者獲得自己獨立於世的證據，歌德的浮士德博士就曾預言：「只有每天爭取自由和生存者，才配享受自由和生存！於是，少年、壯年和老年人，不畏風險，在這裡度過有為的年辰。」這就是查巴達對於墨西哥的意義，也是世界各地抗爭者的意義。

為了迷失的偵查

在《反覆》（*LA REPRISE*）第五十七頁，由羅伯—格里耶（Alain Robbe-Grillet）或主角的孿生兄弟飾演的釣魚者監視著我們的主角，隨著他的目光，文字描述出全書中也許唯一一個不曾反覆出現過的細節：「一灘鉛丹油漆渣……沿著不同方向濺灑開，留下一條條長長的、彎曲的、最後形成一個直角形急轉彎的線條，構成種種的交叉、分叉和死路，一道謹慎的目光落在那上面，研究著它們那不確切的、斷斷續續的、迷宮一般的路徑，不太費勁地辨認著一些斷了的鐵棍，一些鐵箍，一個希臘方形回紋飾，一個萬字形圖案，一些工廠的樓梯，一座要塞的碉堞……」這個細節不像小說中大量得過分的許多細節一般是充滿神祕主義象徵的，也不為羅伯—格里耶的偽偵探小說增加更多玄虛，但是，它卻隱喻著小說本身。

因為《反覆》本身正是這麼一個不確切的、斷斷續續的迷宮，做為羅伯—格里耶沉默近十年後重新砸向已經見怪不怪的新小說讀者的力作，這個迷宮還是前所未有那麼巨大複雜的一個迷宮。羅伯—格里耶的種種慣技在這本小說中玩到了極致：

重複出現又不斷修改的細節、象徵著不存在的意義的小道具、敘述者的多重面孔、身分的暗地轉換、仿偵探小說的懸疑……熱衷於羅伯—格里耶典型風格的讀者會大快朵頤——但也會暗暗疑惑：這就是八十歲的老羅伯送給我的新禮物嗎？他不是已經在《在迷宮》、《去年在馬里昂巴得》、《幽靈城市的拓樸學》等小說中已經把這一切手段玩膩了嗎？

不過感謝天主，永遠的惡作劇者、我們小說實驗田上最後一個大師羅伯—格里耶沒有讓苛刻的讀者失望，他這次把一切推到極致的目的竟然是最後把一切都推翻。因為他知道我們有「謹慎的目光」，對所謂的新小說特徵的辨認已經「不太費勁」了，他就給我們一記重擊，讓我們回到一個徹底的虛無中再細想小說或存在的魅力何在這個問題。

「故事」是這麼一個典型的偵探／間諜小說構成：一個多料間諜在二戰剛結束後去到（孿生的）兩個柏林，去執行一項自己也不知所以的神祕任務，但馬上就被捲入一場謀殺案中，並且發現身處困境——而要置他於死地的人是一個和他長得一模一樣的另一個特務，最後他才知道那是他從小失散的孿生兄弟……一個熟悉現代小說的讀者會嘆道：多麼俗套！因為「影子人」這一文學傳統早以被愛倫．坡、博爾赫斯這些詭譎大師們玩得純熟，以致它已成為一個能引起固定思想反應的「聖喻」（就像詩歌中的「聖詞」一樣），連羅伯—格里耶本人也不禁在他於小說中間的一次莫名其妙的突然現身中感慨道：「我又帶著一項始終準備廢除的謎一般的使命，繼續頑固地掙扎在雙重身分、在不可捉摸的閃現、在一面面重現之鏡裡反覆返回的形象之中。」

但既有掙扎，便必有改變。就像小說的引言中哲人克爾凱戈爾所說的：「反覆從本來意義上說，則是一種轉向前的回憶。」羅伯－格里耶以他已趨化境的大技巧，神不知鬼不覺地把不斷的反覆引向了一個叫人驚異的境地。在這小說裡，最起作用的就是對不同敘事角度的運用，而且這運用比現代小說中他擅用這一伎倆的前輩（如福克納）都要用得複雜和狡猾：如陳侗先生所說，小說至少有三個敘述者，但我要補充的是——即使在這三個敘述者之中，他們的身分也是非常含混並常常互相游移的。陳侗所指出的那個藏在所謂的「按語」中的敘述者，其實並非小說的虛構「作者」當然更非羅伯－格里耶本人，這個敘述者的敘述越來越詳細，做為潛台詞的「按語」也越來越長，喧賓奪主地修正著主線敘述，最後竟脫離紀錄直接和「現實」糾纏起來了。小說發展到第二章，讀者就會猜到此敘述者是屬於一個掌握主角命運的特務機構的人、審查者；到第三章，他才向我們現身他就是被主角一直懷疑著的主角的影子也即反角；到第四章他終於全面暴露：他是主角的孿生兄弟——然而這一發現已經沒有意義，他只是更大的一個陰影：羅伯－格里耶手中的一顆棋子。

羅伯—格里耶埋設這麼大的一個陷阱，首先的目的是把我們置於一個偵探小說的典型重重懷疑關係中：我們開始懷疑「作者」，「作者」又懷疑著「按語」的敘述者，「按語」的敘述者則懷疑著主角／「我」的主觀敘述和以第三人稱出現的「作者全知敘述」，「我」卻始終懷疑著他的影子——不斷和他重合的「旅行者」。然後羅伯—格里耶調動他的拿手好戲：不斷反覆的細節、隱喻來為讀者這種「偵探小說讀者」身分的代入推波助瀾，故事發展到第五章時，兩個顯在的敘述者的力量如此激烈，如果是一個「理想讀者」，到這裡已被欺騙為傳統小說中的全知讀者了，因此他會焦慮、尋覓、代入——但羅伯—格里耶突然說：「不！」就推翻了我們的閱讀期待（那種破案者的洋洋得意）。「我」沒有被影子人殺死，反而諷刺地以他的身分來繼續存在了……

而「身分」，正是超越這遊戲和惡作劇的一個關鍵詞。羅伯—格里耶的能力當然不到設置種種形式上的快樂機關為止，也不到我上面發現的對傳統小說和讀者期待的解構顛覆為止，他通過這不無荒誕的顛覆，把我們帶到了一個嚴肅的問題：身分的失落前面去。小說中「我」和「他」的身分是極其微妙的：互剋的雙生子，而矛盾的是他們不但互剋，還在羅伯—格里耶的安排下互相含混起來了。護照是羅伯—格里耶使用的重要道具，早在第一章，他就通過「我」揭去假鬍子使用另一張護照來使「我」和「他」的相似接近，然後就是兩人的共同回憶、共同愛惡、共同時空的交錯之間的糾纏，羅伯—格里耶更動用他的撒手鐧：主觀語言對敘事的暗中介入來使我們更加含混，敘述者在第一人稱和第三人稱中轉來轉去，而且名字和護照也換了好幾次，真實作者本人的回憶和感慨更多次出來添亂；最後，「我」終於「戰勝」了他的影子，然而極其諷刺地，「我」得到了「影子」的護照來逃亡，去到了「影子」曾居住的國度，愛上了「影子」的情人，甚至左眼也像「影子」一樣受了傷！「我」在竭力擺脫一個相似身分對自己身分的侵蝕的最後結果，卻是徹底的代入了他的身分，失去了自己的身分——這一切是那麼荒謬，卻又是那麼理所當然，就像卡夫卡的世界規律一樣。

如果執意要為羅伯—格里耶這本新小說找什麼「意義」的話，那麼它現在已經呼之欲出——雖然羅伯—格里耶可不會喜歡什麼「意義」。在七、八十年前，卡夫卡寫過沒有測量城堡資格的土地測量員和沒有罪狀的受審人這樣的失去身分的人，T．S．艾略特寫過《空心人》，穆齊爾寫過《沒個性的人》……現在羅伯—格里耶又在這個深淵挖深了一鋤，他通過重重反覆、偏移，不但使小說中的角色失去了身分，也使小說更一步失去了「小說」的身分，讀者失去了他們有恃無恐的「讀者」身分。然後羅伯—格里耶，在他的小鬍子下，狡黠、得意然而又有點空虛地笑了。

十五年來，我的勒克萊齊奧

二〇〇八年諾貝爾文學獎獲得者的名字，很多報紙都寫錯了。Le Clezio，根據法語姓名翻譯規則，應該寫作「勒克萊齊奧」，法語姓氏前面的 Le 應該和姓氏翻譯成一體，中間不用加連接線或者中圓點，他的全名應該是讓─馬利．古斯塔夫．勒克萊齊奧。其中克萊齊奧也不應該翻譯成克萊喬，就像德國人的名字格奧爾格不應翻譯為喬治一樣。

而勒克萊齊奧，正是十五年前，我進入法國小說的引路人之一。一九九三年夏天，高考過後漫長的暑假，我清楚地記得讀了兩本書：一本是《現代漢語大詞典》，另一本就是勒克萊齊奧的《夢多及其他故事》（*Mondo Et Autres Histoires*）——當時灕江出版社給它起了一個俗氣的中文名《少年心事》，正是這個中文名使我沒有在一九九二年它剛剛出版就買下它。一九九二年，我沉迷於中學圖書館裡奇怪地豐盛的日本現代小說，佐藤春夫、夏目漱石、三島由紀夫，然後是太宰治、坂口安吾和安部公房，我嚮往他們小說中那些熱衷幻想、游蕩頹廢的「無賴漢」形象。在離開中學圖書館的這個百無聊賴的暑假，我偶爾翻開這本《少年心事》，赫然發現裡面全都是這些流浪的「無賴」。

Mondo，譯成「夢多」真是譯者金龍格的神來之筆。在我當時的想像中那是一個比我小幾歲的少年，他流浪於巴黎街頭，髒兮兮卻頭髮「在不同的光線下變幻出不同的色彩」，不認識字卻像詩人一樣思考和說話。他是勒克萊齊奧之前和之後所有流浪者的少年時代，他們在文明的邊緣生活卻知道世界的祕密，就像象徵主義詩歌中那個天才少年韓波。《少年心事》裡還有許多這些少年時代的流浪者、偷渡客或者部落的反叛者，他們屬於一個獨立的世界，和現實世界格格不入，但是他們挑戰這個現實世界，和它做著不可能的搏鬥，因此這些故事都籠罩著一點悲傷的色彩，因為它們也記錄了現實世界是怎樣戕害那個獨立、純真的世界的。

《少年心事》讀完後借給一個畫畫的同學，最終遺失了，這本書和童年遺失的《銀河鐵道九九九》小說版就成了我的終身遺憾。後來，我在互聯網上看到了《夢多》的一些片段，例如「大堤盡頭一帶有塊水泥板。夢多最熟悉它了……他常常坐在那兒。他喜歡那塊水泥板。它微微傾斜，表面被磨得溜光平滑。夢多盤腿坐在上面，輕聲地跟它談心。向它問候。有時，他還講故事給它聽，讓它高興高興，因為它天長日久、一動不動地待在那兒，也許有點百無聊賴了。這時，夢多就跟它談起旅行、輪船和大海，還有漂游於地球兩極間的巨鯨。水泥板默然不語，一動不動，然而，想必它非常喜歡夢多講的故事，否則的話，它怎麼會那麼平滑、溫柔？」這種童話一般的詩意至今仍令人入迷，當然我現在知道這是勒克萊齊奧的一大主題：人與物齊。和世界萬物說話，不就是詩人的一個天賦嗎？就像李白說的「東風動百物，草木盡欲言」，詩人要傾聽它們又和它們說話，然後成為它們的翻譯者。

仍然記得《夢多》的結尾：找尋失蹤的夢多的越南女子蒂琴，找到了一塊夢多留下的石塊，「石塊上歪歪斜斜地刻著幾個字：永遠　熱愛」。這是夢多認識的不多的幾個字，可以說，也刻在了我的心裡。這句話和十年後我讀到的另一個流浪漢：凱魯亞克（Jack Kerouac）的《達摩流浪者》（*The Dharma Bums*）中的一句話遙相呼應：「永遠年輕，永遠熱淚盈眶」，令人魂飛魄蕩、心嚮往之的兩句話，早已成為我的一種信仰。

半年後，一九九四年春，我激動地讀到了勒克萊齊奧的成名作《訴訟筆錄》（*Le Proces-verbal*）。那是二十三歲的勒克萊齊奧寫的一個二十九歲的流浪者亞當．波洛——他比勒克萊齊奧筆下所有的人都要激進——的所思所行、他的「在蟻群中遇難之訴訟筆錄」。亞當．波洛是一個軍隊的逃兵，也是拒絕服所謂文明社會之「役」的逃兵，他獨自生活在海邊的一間廢屋裡，以觀察和挑釁不遠處這個碌碌塵世為樂，終於有一天他「瘋」了，就像「狂泉之國」裡那個唯一的清醒者，向著世上所有那些真正的瘋子演說真理，卻被投進精神病院。我如此喜愛亞當．波洛以至於在書的扉頁上繪畫了我想像中的他。

其實，亞當·波洛是一個原初意義上的犬儒主義者——犬儒主義學派由蘇格拉底的學生安提西尼創立，本意是指人應當摒棄一切世俗的事物，包括宗教、禮節、慣常的衣食住行方面的習俗等一切世俗，提倡對道德的無限追求，同時過著極簡單而非物質的生活；現在，「犬儒主義」一詞通常用來描述那些為了保護自我利益、達到自我目的而向惡妥協的懦弱卑劣之人，前後之意恰恰相反，而後者正是亞當·波洛、勒克萊齊奧和我所痛恨的人。亞當·波洛喜歡的美國詩人羅賓遜·傑弗斯（Robinson Jeffers）也是我後來很喜歡的詩人，一個真正憤世嫉俗的犬儒主義者，一個尼采式的「非人道主義者」，曾寫下「生命並不比一塊石頭有更多的欲望」這樣的句子，他應該是亞當·波洛，或勒克萊齊奧的前生。

因為日後勒克萊齊奧的每一部小說都在向文明世界宣戰。國內陸續出版了《戰爭》（一九九四）、《流浪的星星》（一九九八）、《金魚》（二〇〇〇），台灣出版的印數極少的《他方：勒克萊齊奧訪談錄》（一九九七）我都第一時間買了讀了，甚至在舊書店裡買到了勒克萊齊奧的第一本中譯本《沙漠的女兒》（一九八三）。另一個主題在這些著作中出現：第三世界、殖民地人民及其文化與殖民者文化的對抗，也許都以現實的失敗告終，但在心靈意義上，前者永遠是勝利者。正如勒克萊齊奧在《沙漠的女兒》前面〈寄語中國讀者〉所寫：「它描寫了一位老人在信仰的激勵下，在人民力量的支持下，與殖民主義滅絕人性的侵略進行了雙方實力不相等的鬥爭，同時也描寫了一位年輕姑娘在當今西方世界與不公正和貧困所進行的力量懸殊的孤立鬥爭。他們的鬥爭絕不會是無益的。」這些在八〇年代的中國出版物上顯得陳詞濫調的話，出自勒克萊齊奧這麼一個西方叛逆者的口中，配以這本文筆堅硬且詩意淋漓的小說，卻如此令人信服。沙漠的女兒拉拉最終離開巴黎時尚圈回到北非的故鄉，像她媽媽一樣獨自在海邊的無花果樹下生下自己的孩子，我們知道，他象徵著世界更新的希望。

這個主題的延續和豐滿直發展到今年出版的《烏拉尼亞》，這是勒克萊齊奧二〇〇六年的長篇小說，令他獲得那年人民文學出版社評選的年度最佳外國小說獎。以前孤身奮戰的西方文明對抗者，由一個人發展到這裡的一群人，他們是建立自己烏托邦的「坎波斯」人，他們的使者拉法埃爾與敘述者、來自法國的年輕地理學者達尼埃爾在墨西哥的山谷小鎮中相遇，後者發現自己所認同的大地和星空的價值在坎波斯仍然被珍惜，雖然最後坎波斯被毀於墨西哥貪婪的開發商手下，但它的子民像蒲公英一樣在世界上遊蕩。這部小說最為突出的是，勒克萊齊奧表露了更強烈的現實批判立場，矛頭直指全球化貿易分配下第三世界人民的悲慘處境，原本豐饒的河谷被分配了草莓生產地的職能，地理學者憤怒地「說到冷凍廠的名字，河谷有一半居民都在那裡工作，從摘草莓的孩子們到那些負責用塑料袋進行包裝的老婦。這些工廠的名字在朗波里奧的院子裡迴盪，變成一種單調的控訴，它們代替了那些我不能說出的名字，土地所有者和商務代表的名字，他們的錢是從黑土地裡，從孩子被草莓腐蝕到流血，腐蝕到指甲脫落的幼小的手指的疼痛中榨取的」！勒克萊齊奧的批判已經從早年的調侃、挖苦發展到大聲疾呼。

這讓我想起幾年前的諾貝爾獲獎者戲劇家品特，他在獲獎感言裡引用了聶魯達的詩〈解釋一些事情〉：「你們會問：你詩裡的紫丁香哪兒去了？／點綴著罌粟花的形而上學的詞藻哪兒去了？／還有，那輕扣出／鳥聲和節拍的雨點哪兒去了？／／你們會問：為什麼在我的詩裡／不再訴說夢、樹葉／和我的國土上的巨大的火山？／你們看／鮮血滿街流／你們來看一看吧／滿街是血啊！」我們世界的所謂文明發展到現在，詩人的良心已經難容自己去歌唱紫丁香，因為這意味著對世界殘酷的另一面視而不見。

早在二十年前的一個訪談裡，勒克萊齊奧回答「你為什麼寫作」這個問題的時候，坦言「我寫作是為了行動」他把「行動」二字予以大寫。這不禁讓我想到法國六〇年代的行動者薩特、戈達爾，他們一方面是藝術和思想上最前衛的實驗者，一方面卻從不放棄對現實的介入，這樣的人，在六〇年代還有許多，但是最近二十年已經少見了，而勒克萊齊奧是難得僅存的尚能毫無遮攔地大聲疾呼的其中之一。也許正因為他的這種特質，使他受到西方社會更年輕的叛逆一代注意的同時，卻受到中國社會追求純藝術的無害狀態的年輕一代的忽略。

雖然勒克萊齊奧在過去的二十多年裡在中國出版了近十種中譯本，卻從來沒有引起過轟動，他在我認識的中國作家和文學愛好者心目中的地位，遠遠不如和他同被歸納為「新寓言派」的莫迪亞諾（無可否認的是從純小說的故事性、情感的複雜性來說，莫迪亞諾更勝一籌），試想在《訴訟筆錄》和《戰爭》中那些大段大段像噴火似的控訴語言，對於一個厭倦了本國以前的鬥爭語體的文學青年來說，並不能引起太多共鳴。然而到了最近幾年，如果細讀像《烏拉尼亞》這樣對第三世界的後殖民困境描述的話，我們不難把它和中國部分地區的現狀掛鉤——對，我說的就是血汗工廠以及黑礦場等等。

那些指責諾貝爾文學獎又頒發給歐洲作家是西方中心主義的東方吃醋者，他們錯了，其實從耶利內克到品特到萊辛到勒克萊齊奧，無一不是西方價值觀的強烈批判者，萊辛一九九九年的長篇《瑪拉與丹恩歷險記》和勒克萊齊奧的後期小說非常相似，都是來自非洲的孩子在舊世界的廢墟上尋找新世界的寓言，勒克萊齊奧更是用他全部的故事來講述這一信念。這個信念，在資本主義文明實用主義的信賴者眼中也許只是歷史進步觀的反動和虛無，然而它卻符合了諾貝爾文學獎最初的規定：「授予最出色的理想主義傾向的文學作品」，勒克萊齊奧的放浪、反逆和憤怒，背後實則是一種執著的理想主義精神。

十五年來，對勒克萊齊奧的閱讀，竟暗合了我自己思想的發展。《訴訟筆錄》最後一段說：「如果等到將來的一天，倘若對亞當或對他身上的另一個什麼人沒有什麼好議論的話，那才叫真怪了。」現在，好議論陸續來了，雖然是針對作家勒克萊齊奧而還離流浪漢亞當很遠，但仍值得我們這些達摩流浪者舉酒瓶子慶賀，為了這幾個字：「永遠　熱愛」！

村上春樹的鎮魂曲

——評《沒有色彩的多崎作和他的巡禮之年》

距離《挪威的森林》這本他自稱是「最後一本寫實主義小說」二十多年，村上春樹交出了另一本「寫實小說」《沒有色彩的多崎作和他的巡禮之年》。其實這二十六年他雖然寫了大量超現實作品，但寫實功力毫無荒廢，期間寫奧姆真理教毒氣事件的紀實文學《地下鐵事件》是我最欣賞的他的非虛構「小說」作品之一，這種「超寫實」順利地取代了超現實，建立起通往今日之村上的橋梁。《沒有色彩的多崎作和他的巡禮之年》用寫實為幌，實際上持續觸及的是深度超現實的深淵：人心或者說靈魂的陰翳，這是村上一以貫之的追索，但因為寫實而來得沉重。

「從大學二年級的七月，到第二年的一月，多崎作活著幾乎只想到死。」這樣一個開頭之斬截、毅然，讓人想到與村上春樹這部小說對應的樂曲：李斯特的《巡禮之年》首部〈第一年：瑞士〉之第八曲「鄉愁」（Le Mal du Pays）。「鄉愁」也有這麼一個出其不意的開頭，在第八個寂寥音符之後陷入了一段屏息沉默，之後，毅然起揚的，便是忍痛在鄉愁中巡禮的無家可歸者。巡禮者，懷有某種莊嚴目的的旅行，但此處是尋找自身疼痛源頭的人所不得不為之的冒險，他巡禮外部風景的變幻，實質上是在檢點自己傷口的深淵。

然而熟悉詩歌的人，則會想到另一個著名的開頭，T．S．艾略特《荒原》的前言：「因為我在古米親眼看見西比爾吊在籠子裡。孩子們問她：你要什麼，西比爾？她回答道：我要死。」女預言家西比爾被上天賦予預言的能力，但同時被詛咒沒有人相信她的預言，並且會老而不死，因此她以一個弔詭的預言：她要死去，來同時反抗這雙重矛盾的命運。

而多崎作恰恰相反，他二十歲時不明就裡地被原先做為密友五人組的另外四個朋友宣布切割絕交，所有人都知道原因唯獨多崎作不知道，他不存在被人相信或不信的可能，因為他完全被所謂的「真相」排除在外，因此他想死，死不得之後他深深埋藏過去的自己度過了晦暗的十六年。而與艾略特相似的，在於村上春樹這次嘗試接續《挪威的森林》的寫實主義去描寫《舞．舞．舞》裡以魔幻形式綻露的日本荒原。這個荒原對於多崎作是這次絕交事件後才露崢嶸，對於村上來說則一直存在於現實的「高度發達的資本主義世界」。

很明顯多崎作一開始就注定了是被排除的一人，四個朋友的姓名裡都有色彩：赤松、青海、白根、黑埜，唯獨他是沒有色彩的多崎作——崎、如荒原，只有蒼涼的調子。接著出現在他生命中的有色人物還有同樣拋棄他而去的新朋友灰田，以及灰田講述的鋼琴家綠川。在六色迷離中兀自下沉著的多崎作，直到遇到另一個沒有顏色的人：木元沙羅，他的生命才依稀看到了出口。

沙羅一名令我想到村上同樣關注的天文學，有沙羅周期一說。據維基百科：沙羅周期是十八年十一天又八小時（大約六千五百八十五日）的食的周期，可以用來預測日食和月食。經過一個沙羅周期，太陽、地球和月球回到相似的幾何對應位置上，於是將發生幾乎相同的食。我們看到，正是這個多崎作真正愛上的女子沙羅的出現，令他與六個色彩的錯裂重新回到當初暫停的位置上：沙羅要求多崎作正視這十六年的被拋棄狀態，重回舊地尋找舊友追問被絕交的原因，於是，巡禮啟動。

從此回溯出來的色系圖表就跟曼陀羅一樣神祕，但也像曼陀羅一樣是浮於虛空真理表面上的彩砂。赤松與青海依舊留在他們的故鄉名古屋，成為了企業洗腦教育家和汽車推銷專家，他們告訴多崎作被割裂的原因，竟然是白根指認曾被多崎強姦，而即使大家都不相信多崎作會這樣做，但為了白根的精神狀況著想，他們選擇了放棄多崎作。

但即使如此，幾年後白根還是死於不明謀殺。白根與多崎作一直有一種隱祕的聯繫：她不斷出現在多崎的春夢中與他做愛——從白回溯到灰，這是一條橋梁，因為其中一次春夢中，男性的灰田也介入了。另一條把白、灰、綠連接起來的就是鋼琴曲「鄉愁」，白根擅長彈奏它、灰田喜歡聽它、傳說中的神奇鋼琴師綠川則像是創造它的李斯特的化身。

夢與現實的含混向來是村上春樹的大糾結，多崎作也落入這個糾結中，他甚至懷疑是夢中的自己強姦了、甚至隨後殺死了他愛慕的白根。這幅曼陀羅鋪展至此層疊往復不可解，多崎作只好求助於最後一種顏色：黑色，白色是牛頓色盤三色旋轉產生的顏色，象徵迷惑，而黑色斬截，終結一切亂局。當多崎作遠赴芬蘭找到黑埜，她雖然也沒有解開白根之謎，但她和沙羅一樣給予多崎面對當下傷口的勇氣，讓他從夢中自己的惡靈擁抱中脫身，轉而擁抱現實的沙羅。

故事簡述如此，縱然複雜如神祕主義推理小說，或是村上春樹自《發條鳥年代記》開始沉迷的賦格結構，但對於現代小說而言，情節永遠只是枝葉，而根鬚另有寄託。《沒有色彩的多崎作和他的巡禮之年》不是一部勵志片，它理解傷痛的程度超越了《挪威的森林》的柔腸寸斷也超越了《神的孩子都在跳舞》那種亟需救治：「那時候他終於能夠接受一切了。在靈魂的最底部多崎作理解了。人心和人心不只是因調和而結合的。反倒是以傷和傷而深深結合。以痛和痛，以脆弱和脆弱，互相聯繫的。沒有不包含悲痛吶喊的平靜，沒有地面未流過血的赦免。沒有不歷經痛切喪失的包容。這是真正的調和的根柢所擁有的東西。」

是以傷和傷而深深結合，這是現代社會結構的本質，而懷抱秩序理想成為火車站工程師的多崎作，注定是一籌莫展的理想主義者。「車廂上目的地標示改變了，列車被賦予新的班次號。一切都在秒單位下依照順序，沒有多餘，沒有停滯地進行。那就是多崎作所屬的世界。」他在沙羅的引導下力求把現實世界也理清如車站調度的世界，但現實世界的傷口結合是有機的，不為理性所左右，甚至沙羅本人也成為最大不確定因素：她還有別的戀人，需要在多崎作與他之間抉擇。

小說非常聰明地保留了開放式結局，多崎作沒有西比爾反抗命運的能力，他成熟之後選擇的是泰然處之。他所鍾愛的車站也在這時顯示出意義，相對與來往不息的列車與乘客，它就像一個沒有顏色的容器一樣接納一切的成住壞空。當列車陷入惡夢的時候——村上忍不住把線索進一步向《地下鐵事件》拉近，他寫道：「而且那惡夢是在一九九五年的春天在東京實際發生的事。」但「那是他們的人生，不是多崎作的人生。我們所生活的社會有多少程度是不幸的，或並非不幸的，讓每個人自己去判斷就行了。他不能不考慮的，是要如何適當而安全地引導數量如此之多的人潮。」——這一整章對東京 JR 新宿站的描寫，讓我想起了《荒原》裡的倫敦：「不真實的城，／在冬天早晨棕黃色的霧下，／一群人流過倫敦橋，呵，這麼多／我沒有想到死亡毀滅了這麼多。／嘆息，隔一會短短地噓出來，／每個人的目光都盯著自己的腳。」

村上也重點寫到新宿站的人們都盯著自己的腳，而多崎作就像擺渡的卡戎一樣，目送這些有腳的幽靈走進後期「高度發達資本主義」的大熔爐中，與日本衰敗的命運融為一體。經濟衰敗、邪教毒氣、天災核禍，這些所謂末法時代的亂象似乎都不能困擾沉實像車站的多崎作——即便白根的死亡就像地下鐵的毒氣事件一樣是一個實際的惡夢。於此，巡禮開啟了它的第二重意義：憑弔參拜，用日本傳統來說，是鎮魂慰靈——安慰的是現代日本人之怨靈。

《沒有色彩的多崎作和他的巡禮之年》假如真的是三部曲的第一部，我希望第二部第三部可能都和白根之死有關，呼應的也許是李斯特《巡禮之年》的拜倫篇、彼特拉克篇甚至但丁篇，寫實主義也許會突變為浪漫、哥特甚至惡魔主義，這種懸宕釣起了我的胃口也釣起了諾貝爾文學獎評委們的胃口——因此本年度村上春樹將再次缺席瑞典。這是我的西比爾式玩笑，但嚴肅地說，村上的「巡禮之年」第一部充分展示了他要成為大師的自信，這種自信呈現為寫作者心無旁騖的誠懇，這點勝於許多小說家的狡黠和世故，是村上崇拜的大師卡夫卡、卡佛才有的特質，也許這也是村上春樹的初心。

百年孤獨，誰的孤獨、孤立、孤絕或孤寂？

要紀念加西亞．馬爾克斯，無論多麼隆重其辭都不為過，歐巴馬、柯林頓和普京難得一致地都表示了喪失世界文學大師與摯友的哀悼，做為魔幻現實主義文學的第一大海外殖民地的本國，我們當然也應該有恰當的禮數。目前我看到最準確的致哀是：「沉重悼念中國作協主席馬爾克斯」，來自一個作家的微博，今天去找已經找不到原帖了。當然這是一個加西亞．馬爾克斯式的玩笑，相對於眾多鄭重其事的把加西亞．馬爾克斯封為中國當代小說導師的媒體蓋棺論定，加西亞．馬爾克斯肯定更欣賞前者的幽默。

相對這種鄭重其事，更可怕的是煽情，除了微信朋友圈和某些微博流傳的「馬爾克斯遺書」、「馬爾克斯留給世界的九句話」之類心靈雞湯類偽作之外，最常見的是拿《百年孤獨》大作文章的媚俗行為。「孤獨」二字非常好用，上至哥倫比亞總統稱加西亞．馬爾克斯的去世「給哥倫比亞留下了一千年的孤獨與憂傷」，下至報章標題和網路寫手均以「孤獨」大作文章，更甚至渲染作家的孤獨（加西亞．馬爾克斯一生強悍豐盛，親友遍天下，沒有世俗意義的孤獨一說），把寫作的孤傲混同於少男少女的孤影自憐，成功賺取淚滴。

但是有多少人還記得，「百年孤獨」的「孤獨」是什麼一回事呢？是加西亞．馬爾克斯當年做為一個二十出頭憤青的孤獨嗎？是一九八〇年代中國文青為之共鳴的孤獨？還是今天在網路上彼此隔絕妄想著溝通的網遊人的孤獨？

都不是。如果我們信任作家才是自己作品的終極闡釋者，我們應該記得加西亞．馬爾克斯的諾貝爾文學獎獲獎演說，題目就是「拉丁美洲的孤獨」，他那篇演講幾乎沒什麼談到文學更沒談到個人的孤獨感，談的就是歐洲世界對第三世界的不理解和後者的被孤立狀態。更早更赤裸的一次表述出現在一九六七年，兩位未來的諾貝爾文學獎獲獎者加西亞．馬爾克斯和巴爾加斯．略薩的一次對談中，論及對《百年孤獨》的理解，加西亞．馬爾克斯直言：「過去我以為孤獨是人性共有的，但是現在我想這可能是拉丁美洲人異化的產物。」

一九八二年的那篇獲獎演說，加西亞．馬爾克斯繼續加以發揮：「我敢說，今年值得瑞典文學院注意的，是拉丁美洲這個巨大的現實，而不僅僅是它的文學表現……這一異乎尋常的現實中的各色人等，無論是詩人還是乞丐，音樂家還是預言家，戰士還是心術不正的小人，都很少求助於想像，因為，對我們來說，最大的挑戰是缺乏為了使生活變得令人可信而必需的常規財富。朋友們，這就是我們孤獨的癥結所在。」

這真是給推崇「魔幻現實主義」的人一耳光，想像和魔幻，不過是加西亞・馬爾克斯的旁技，在更多訪談裡他強調一個普通拉美老百姓閱讀他的小說並不會覺得魔幻，因為他完全忠實於拉美現實。加西亞・馬爾克斯的小說，以及他的諸多同行和前輩如巴爾加斯・略薩、卡洛斯・富恩特斯、胡里奧・科塔薩爾、胡安・魯爾弗等等，他們都從屬於一個「無邊的現實主義」範疇，他們與日後的諸多學習者最大的不同在於小說中魔幻與現實的關係，魔幻使現實深化還是簡化？魔幻使人深切反思現實，還是使人遺忘現實？

且回去《百年孤獨》看看，孤獨的隱喻以兩個相似的意象出現：冰塊與鏡子。大家都知道《百年孤獨》這個被最多人襲用的看冰開頭（也許僅次於雷蒙德・卡佛的《當我談論愛情我在談論什麼》），鏡子則出現在何塞・阿卡迪奧・布恩地亞的夢，他夢見「這地方建起一座喧鬧的城市，城裡的房屋都用鏡子做牆壁」，這地方就是注定了一百年的孤寂的馬孔多鎮。冰是隔絕、沉默與冷酷的，而鏡子甚至無限複製這種隔絕，往前我們可以想到博爾赫斯的兩面鏡子之間的無限迷宮，往後，我們可以想到我們現在的狀態：坐在一面鏡子（電腦屏幕）面前，想像與另一面鏡子背後的人或世界的溝通……但在加西亞・馬爾克斯的那個當下，這座鏡子城市就是哥倫比亞，就是彼時拉丁美洲的縮影，它在世界的遺忘、強鄰的壓榨、獨裁的禁錮中陷入孤絕。

對這種孤絕，《百年孤獨》最激烈的一段表達是罷工的香蕉工人被屠殺的事件。加西亞・馬爾克斯此處的寫作手法與卡夫卡一脈相承，香蕉工人的被孤立以荒誕得令人感到恐怖的方式寫出，他們被異化為無——先通過律師頭頭是道的論證「經過法院判定，並以莊嚴的法令形式宣布所謂香蕉公司的工人是不存在的」，繼而是派士兵進行赤裸的屠殺，最後是「官方的說法」通過宣傳媒介在馬孔多反覆申明「沒有人死亡，工人們已經滿意地回到了家裡……馬孔多過去沒有，現在沒有，將來也不會發生任何事情的。這兒是幸福之地。」人們漸漸相信屠殺不過是一場噩夢，死者從精神意義上被再消滅了一次，被徹頭徹尾地從世界孤立了。

現在我們知道，這個故事是影射一九二八年美國聯合果品公司在哥倫比亞的大屠殺的，但我們也能在世界別的地方找到它大同小異的重演，一點都不魔幻，非常現實。這是馬孔多的縮影，也是拉丁美洲乃至整個第三世界國家的縮影，漸漸地它成為了《百年孤獨》結尾所說的「命中注定一百年處於孤獨的世家」。其實這句話裡的孤獨，更接近死滅，孤寂。「百年孤獨」的原文 Cien años de soledad 裡的 soledad，除了孤獨還有「偏僻之地」的意思（英文譯名 Solitude 除了孤獨也有廢墟之意），也許譯作孤寂更加準確。

至於逝者，我所了解的加西亞・馬爾克斯，他始終孤傲。他絕對不是微信朋友圈傳遞的那樣一個煽情媚俗的作家，他寫過最「煽情」的句子是《沒人寫信給上校》的最後一句對話：「明天吃什麼？」「吃屎。」而他留給世界最後的一批照片，其中一張是衝著攝影師、衝著世界比了一個中指。

在「占領時期」讀莫迪亞諾

1

不出我所料，諾貝爾文學獎公布才兩天，已經有人在質疑帕特里克・莫迪亞諾的獲獎資格了，很正常，莫迪亞諾並不符合中國讀者期許的「文以載道」的艱重宏大文學形象，這些讀者，常常搞混了諾貝爾文學獎與和平獎。兩者在理想主義這點上應該同歸，而殊途的是：後者期望著成功，前者卻毫不在乎失敗。莫迪亞諾的小說，是失敗者的小說。

二〇一二年我就在微博上寫到，我最希望得諾貝爾文學獎的小說家是莫迪亞諾，我預測早了兩年，但實際上，他得獎晚了三十年。看看這句話，「我們這樣的孤兒，認幽靈為父緊緊跟蹤，卻被判處有罪。」就憑這一句莎士比亞級別的話，他在一九七二年就可以進入獲獎候選人的隊列。

這句話出自那一年他的小說《環城大道》，而他應該在一九七八年封筆，在他寫出最著名的《暗店街》之後，此後三十多年，他不過在重寫這兩部小說。或者說，他一生的寫作主題已經由這兩部小說奠定，他其他的數十本小說都在為這主題增加枝葉、製造疑團、直至其形成一個巨大的迷宮，在這迷宮裡，人們如捉迷藏的孩子，最後遺忘了遊戲本身，被命運所召喚而消失在時代的迷霧裡。

莫迪亞諾一生在孜孜不倦地羅列那些關鍵詞：「臨時護照」、「古董騙子」、「假貴族」、「偷渡失敗」、「告密」、「放縱墮落的生活」……它們絕大多數歸結在二戰德國占領時期的法國，那個彷彿道德飛地的一個時空。

那個時空之所以成為記憶迷宮的最佳寄生地，無疑跟偽法維琪政權本身的曖昧性有關，取消了民族大義、取消了敵我之別，剩下的只有生存本身。為了生存的延宕而掙扎的人，「身分」成為他們的敏感詞，然而政權的不合法性帶來身分的虛空懸蕩，當人們談及自己的時候必須依靠謊言，而謊言的特徵正是其衍生性，為了圓一個謊，我們必須無窮無盡地把新的謊言一個接一個地製造下去，結果意外製造了這個完美的迷宮。

諾貝爾文學獎評審委員給莫迪亞諾的授獎詞是「他用記憶的藝術，召喚最難把握的人類命運，揭露了占領時期的生活世界」——英文是 for the art of memory with which he has evoked the most ungraspable human destinies and uncovered the life-world of the occupation. 其中 the occupation 在法文頒獎詞中寫作大寫的 l'Occupation，特指法國被

德國占領時期，但是我希望這是一個雙關的用法，我就可以曖昧地把後一句譯作「對被占據的塵世的去蔽」，莫迪亞諾的小說在層層迷霧中，偏偏要 uncover 的是那些過去幾十年歐洲人不願意直面的黑暗人性，這黑暗因為占據了每個人都參與的平凡俗世而更加難以啟齒，這是漢娜．阿倫特所謂「平庸之惡」。

面對記憶，毋寧說新小說主帥阿倫．羅伯特─格利耶和他更接近，《去年在馬倫巴》那些處於懸隔狀態的幽靈一樣的人，簡直就是從莫迪亞諾的小說走來的，他們拚命回憶著，直至回憶根本不可靠、混同於虛構之中。但是二戰後精神虛無的世界中，回憶因為難以直面的殘酷而只能接受虛構，就像一代孤兒不得不以幽靈為父，莫迪亞諾所有對時光的偵破注定沒有破案結果。但是偵破就是去蔽，就是一種絕望的抵抗運動。

時間的沙子不斷掩埋我們在虛無世界裡的短暫存留依據，但「我們將在流沙走到底。」（出自《環城大道》）——這既是莫迪亞諾知其不可為而為之的理想主義努力，又是他的價值取向。他的二戰故事裡幾乎沒有一個反納粹的英雄，只有掙扎著最後仍被迫淪落合汙的失敗者，或者是因為拒絕合汙而失去一切的狂狷者，還有就是不知不覺地投身與「平庸之惡」的幫凶們。

《暗店街》裡反覆說：「我們身處一個古怪的時代」；《環城大道》的話更決絕：「我們活在見怪不怪的時代」，後者比前者更對當下時代有效。莫迪亞諾的藝術固然在召喚那些轉瞬即逝的人的命運，同時也是對掌控這些命運的那隻無形之手的抗議。他說「我們這樣的孤兒，認幽靈為父緊緊跟蹤，卻被判處有罪。」也許想到了哈姆雷特說的：「這是一個顛倒混亂的時代，倒楣的我卻要擔當起重整乾坤的責任！」但他無意於重整乾坤也不作無罪辯護，只是不斷洗刷傷口，抵抗遺忘的占領。

2

在今年諾貝爾文學獎宣布頒給莫迪亞諾之後不到半小時，一位香港出版界前輩在我臉書上留言：「瑞典文學院頒獎詞：他喚醒了對最難以捕捉的人類命運的記憶和揭露了對人類生活的占領」，然後，他不無興奮地重複了一句：「占領，嘿嘿」——的確，當我看到授獎詞裡的 the occupation 我也感到神奇，這不是對當下我們這個全球占領時代的呼應嗎？

後來才知道原來 the occupation 在法文頒獎詞中寫作大寫的 l'Occupation，特指二次大戰中法國被德國占領時期。這樣一來，此占領與我們當下的占領完全不同，莫迪亞諾專注與描寫的，是那一段神祕、含混的歷史時刻中，那些尚未得到參與者直面的黑暗——莫迪亞諾並不書寫二戰抵抗運動的英雄，只執著於那些失敗者：

他們也許是走私犯、法奸、告密者和歹徒，也許就是共同承擔平庸之惡的淪陷區的沉默者——莫迪亞諾嘗試在這芸芸眾生當中辨認自己的面孔，實際上也等於自我審問，是否我們每一人都參與了黑暗的占領？

於是才有了莫迪亞諾幾乎全部小說都在從事的「召喚最難把握的人類命運」之舉，命運並不只屬於舞台射燈照耀的那些個輝煌人物。從處女作《星形廣場》描寫一個熱衷於變換身分的猶太青年投機者瘋狂如奧蘭多的一生，到獲得法蘭西學院獎的《環城大道》的那個尋找失散父親、通過父親再牽連出那個偽時代的最黑暗的一批人的命運；到他最著名的作品《暗店街》直接塑造了一個喪失記憶的偵探絕望地破解自己身世之謎的努力——二十年前，《暗店街》被李玉民譯作《尋我記》在大陸出版，這改編的書名錯有錯著，點出了莫迪亞諾的第一主題：辨識故我、反抗失憶。

獲得龔古爾文學獎後《暗店街》成為暢銷書，「暗店」也成為「占領時期」裡靈魂與物質黑暗交易的一個自然而然的隱喻，儘管是一個誤會。《暗店街》裡的暗店街始終未正式出現，這才是一個真正的隱喻：它是主角留給自己尋找記憶的最後一條鑰匙，小說結尾他將要動身前去他失憶前曾居住過的羅馬的暗店街，莫迪亞諾沒有接著寫下去，是因為他因此許諾了一個永恆的出口給我們這些失憶者，尚未重訪的街道永遠意味著還是記憶中原來的那條街道，我們因此尚存希望。

想通了這一點，莫迪亞諾對占領的直面與反抗，才恍然與我們今天的占領接軌。他小說中的占領不只是德軍對法國的占領，也是那個時期人性晦暗面之對童真和青年的執著的占據（他的另外兩部作品《緩刑》與《一度青春》發揮了這兩個主題），而如果從寓言的角度去理解，這也是存在本真狀態的被侵蝕，人類置身於失去了正常社會關係與互相信任的空白地帶——就像阿岡本（Giorgio Agamben）所謂的「例外狀態」（state of exception），每個人就如阿岡本的「裸命」之徒，失去存在根基裸露於欲望的暴雨中。

如此看來，我們現在的占領，其實是被占者的逆襲，就像《暗店街》裡莫迪亞諾試圖返回、一次次地返回暗店街及其他原屬於他的街道一樣，我們占領旺角、銅鑼灣和中環均帶有同樣的意義：我們不是在占領，我們是在嘗試奪回我們原有的空間，甚至時間。莫迪亞諾書寫的，都是明知不可為而為之、最後也許在跟強大的流逝時間戰鬥而最終「失敗」的人，他們尋找父親和自我，尋找失去的記憶，所得到的意義僅僅是：現實是偵破不了的案件，但你可以永遠偵破下去；你失去身分，但你至少確立了一個偵探的身分。這個偵探，就是一個不合作者，他拒絕晦暗和被蒙蔽的狀態，力求「揭露」——授獎詞裡的 uncover。

許多年以後，也許也有一個香港的小說家書寫今天我們的「占領時期」——不，應該是「反占據時期」，這些日子猶如夢幻：街道是真正的人走的街道，不是奢侈品消費長廊；空氣屬於呼吸者，不是高速運轉的物流機器；燈光給予露天討論和學習的人，而不是用作虛飾繁榮……原來不知不覺地被「盛世」神話占據和蒙蔽了的這個城市，被不在乎「盛世」的人們通過「占領」重奪。我們的訴求當然是關於普選和民主，而有意思的是，我們尋求這個訴求達成的手段，本身就構成了我城的一個可能願景：無政府主義的、克魯泡特金「互助論」被訴諸成功實踐的一個臨時烏托邦。

這一切的存在，也許正來自於我們尚未遺忘，尚未遺忘做為情感集體共存的香港人身分，不願意香港陷入那種只問GDP和樓價的空白狀態，我們每個出來「重占」香港的人，其實都是莫迪亞諾小說中那些不甘心的人——他們並不是永遠的失敗者唐吉訶德。

如果你這二、三十年像我一樣追尋莫迪亞諾的創作，你會發現，在他的近作《地平線》的開放結尾比起以往的朦朧多了一份希望，尋找者博斯曼斯找到了他執著尋找的舊情人，不再被過去所捆綁。這種感覺就像博斯曼斯在修改他第一部小說的打字稿時感到的：「走到人生的一個十字路口，或者不如說是一個邊界，他在那裡可以衝向未來。他腦子裡第一次想到『未來』這個詞，以及另一個詞：地平線。那些晚上，這個街區的條條街道上空無一人，十分安靜，這是一條條逃逸線，全都通向未來和地平線。」

這不就是在說我們現在的占領時期嗎？我們在實驗著另一個「不可能」的香港，卻因此獲得了眺望未來地平線的機會，不再蒙眼，因此尋回自我。

為父輩入殮的時代，我們繼承了什麼？

對於我來說，或者說對於我們這一代寫作者，文學史上這一場盛大的葬禮應該是從二〇〇八年法國新小說主將阿倫．羅伯－格里耶之死開始的，接著是二〇〇九年的美國小說家厄普代克，二〇一〇年的美國小說家塞林格，二〇一二年的英國左翼學者霍布斯鮑姆，二〇一三年的愛爾蘭詩人希尼和英國小說家多麗絲．萊辛，二〇一四年的南非小說家戈迪默，當然最沉重的是大師馬爾克斯（二〇一四年四月十七日逝）。

這一場轟轟烈烈的葬禮，二〇一五年春天來到了高潮，先是瑞典詩人特朗斯特羅姆（Tomas Gösta Tranströmer，三月二十六日逝），接著是四月十三日同一天離去的兩位大作家：德國的格拉斯（Gunter Wilhelm Grass）與烏拉圭的加萊亞諾（Eduardo Galeano），兩人都曾分別肩負歐洲與拉丁美洲的異議者、文學良心的責任，因此他們的死亡不只是前衛文學家之死，也是質疑固有體制之抵抗戰士之死，兩重身分的結合，使他倆成為二十世紀中葉出來的那批積極介入政治的精英作家的典型。

上個世紀中葉，文學藝術群雄輩出，激蕩的六〇年代正好成為他們議論的佐證與雄辯的講台。至今五十年過去，花果凋零，所以我們這個世紀初注定是不斷哀悼和為父輩入殮的時代。我們這些後輩作家從來沒有這麼密集的寫悼念文章——以至於在朋友間獲得了不無調侃的「文學入殮師」的稱號。

入殮師的悲哀不足為外人道，正如香港作家西西早年成名作《像我這樣的一個女子》結尾寫的：「或者，我該對我的那些沉睡了的朋友說：我們其實不都是一樣的嗎？幾十年不過匆匆一瞥，無論是為了什麼因由，原是誰也不必為誰而魂飛魄散的。夏帶進咖啡室來的一束巨大的花朵，是非常非常美麗的，他是快樂的，而我心憂傷。他是不知道的，在我們這個行業之中，花朵，就是離別的意思。」她那個行業，就是香港六〇年代的入殮師。而套用到此刻的文學傳承結構當中，我們一代作家與那一代大師之間有著相似與親密，反而是與同代人——就像小說裡那位不知情的男友——之間存在荒誕的隔閡。

隔閡源自語境分割，我們日益在完全不同的語境中面對我們的語言。有人戲稱為二次元人與三次元人的隔閡，而這種隔閡在所謂的後現代的二十一世紀初，甚至在作家群體內部出現。譬如說日前關於某位網路紅人的鄙俗「潮語」的討論，秉承上世紀嚴肅文學傳統的作家自然不能接受這種對語言的粗暴馭使，因為我們始終相信海德格爾的語言是通往存在奧祕之途這樣的詩學觀。但另一種作家明顯更容易擁抱「潮語」，因為後者帶有先天的合理性——它源自大眾，擁抱它，就是一種輕而易舉的政治正確，還帶點新左翼的時髦。

這也是上世紀後半葉開始顯示出來的作家藝術家不自覺地向公眾趣味的俯就問題，這種俯就在革命年代體現為對共產主義及其領袖階級的美學倫理學的俯就，現在體現為對所謂亞文化／潮流文化的俯就。這是左翼政治正確之中一個頗為尷尬的誤區——知識分子以自我矮化來顯示自己的「進步」，這尤其出現在中國當代「洗澡」與「再洗澡」的時代。

其實關於知識分子、藝術家與公眾之間的矛盾問題，格拉斯有著精湛的言說：「藝術家和公民？難道這不是互相矛盾的嗎？藝術家必須在意識形態上扮演反公民角色？或者，一種把公民稱為成年人的社會政治態度——這也是我的態度——可以把藝術家視為一個離群者，應該被容忍，應該獲得特別照顧，使他可以像一個十九世紀天才那樣歡娛——免得資產階級連一點驚慌的刺激感也沒有？不錯，我是一個作家，卻也是一個公民。我的政治工作並未局限於撰寫和簽署決議案這類沒有風險的事情。」（格拉斯一九七三年的演說〈我們社會中藝術家的言論自由〉，黃燦然譯）。這裡的諷刺指向自身，但是並不妄自菲薄，因為其前提是作家的坐言繼而起行、以及他面對的是合格的公民。

作家既做為反對權威、權勢甚至建制的先鋒，又做為警惕大眾當中某部分庸眾趣味（背後實際上被消費主義操控）的先鋒，並不矛盾。這種尺度，拿捏得最好的，恰恰是格拉斯與加萊亞諾這樣的西方真正進步作家。格拉斯儘管年輕時曾誤入納粹，但卻是民主文學的重要發聲者（他的自傳《剝洋蔥》顯示，兩者甚至是因果關系，他選擇後者是對自身的反撥救贖），何謂一種民主的文學、民主的詩學，是基於現代主義中作家與公眾永恆的敵意之上的和解，文學擁抱普世價值同時又做為普世價值與人道主義的監督者存在，保持對不同社會制度或者烏托邦的警惕——靠的是文學自身的去蔽破惘之力，和非功利心。

現代主義代表詩人里爾克寫過一首著名的詩〈沉重的時刻〉，可謂二十世紀上半葉詩人與他者關係的寫照，很像孟克的畫很存在主義，其開頭與結尾是：

此刻有誰在世上某處哭
無緣無故地在世上哭
在哭我
……
此刻有誰在世上某處死
無緣無故地在世上死
望著我（陳敬容譯）

而以詩人出身的格拉斯，其成名作包括一首戲仿〈沉重的時刻〉的詩〈兒歌〉，既是對前者的解構顛覆，也是讓前者在新的語境下再生的魔術，象徵了「現代主義之後」時期詩人對世界的挑釁與拒絕：

誰在此說話呀，或說或沉默
沉默的人，自由自在。
在此說話的人，業已沉默，
他的理由何在。

誰在此死亡呀，死去了嗎？
死亡的人被遺棄。
在此死亡的人，不腐敗
是沒有理由去世（李魁賢譯）

格拉斯也以此為父輩里爾克入殮，然後創造新的遺產給我們。還是在那篇著名的演說〈我們社會中藝術家的言論自由〉裡，他辛辣地指出前輩精英藝術家隱含的危險：「一旦藝術家必須通過克服常常隱含濫用權力的社會環境，為相對的自由或特殊地位付出代價，他們也就變成孤立的精英，滿足於遊樂場的自由。他們的藝術，無論是糊裡糊塗還是遮遮掩掩，都只會變成一種有利於奴役的事態的櫥窗裝飾，藝術家則變成這樣或那樣的權力的妓女。」

「孤立的精英」這一說法非常精闢，而解決其尷尬的妙方，正好由加萊亞諾所提供：「擁抱的精英」。熟悉加萊亞諾的中國學者索颯在加萊亞諾《鏡子：照出你看不見的世界史》序言中闡釋其為一種新型的反體制精神：「反體制精神並不等同於知識分子的懷疑論或虛無主義。後者貌似特立獨行，實則沒有脫離資本主義體制中的個人中心文化範疇。反體制精神具有鮮明的認同感，它認同人類文明的基石——友愛精神，它認同不公正體制的最大受害者——底層受辱民眾。」這種「橫向的互相尊重」，加萊亞諾直接表現為具象的「擁抱」。

相對於他的名作《拉丁美洲被切開的血管》，我更喜歡《鏡子》。關於《拉丁美洲被切開的血管》加萊亞諾說過：「我今天不敢再重讀那本書了。對我來說，那傳統左派的語言太笨拙。當年我沒有足夠的修養；雖然今天我不後悔寫出那本書，但那個階段已屬於過去。」而《鏡子》中，愛德華多·加萊亞諾始終在給偽左派們演示什麼是真正的、當代的左派作家，他的冷峻和熱烈都是一面鏡子，讓那些本質上是保皇黨的偽左派汗顏。他和他的文字內容甚至文風（冷諷式斷片寫作）呈現出矛盾的魅力，正如他寫的一個叛逆的女性：她喜歡被禁止的思想、被禁止的人、黑顏色的頭紗、巧克力和溫柔的歌。他呈現的除了一個從苦難的南半球倒著看的世界，還有一個從叛逆者角度反著看的歷史。

最難得的是他的批判充滿了幽默感與詩意——這也是格拉斯小說與諷刺詩當中洋溢著的。擱今天看來，你也許會追認他們為公知作家的先行者，但他們比公知更是一種進步的、新穎的知識分子——索颯說：「這種知識分子在拉丁美洲被稱作對人民『承諾』的知識分子（comprometido，葛蘭西稱之為『有機知識分子』，台灣知識界有時譯為『同夥知識分子』）。」強調的依然是其「擁抱」的力量。在價值混亂、虛無瀰漫的今日，這未嘗不是格拉斯和加萊亞諾留給我們最大的遺產：寫作的內外，作家仍然可以如此行動，應當如此行動。

與青山萬物一起修行

——加里・斯奈德的《禪定荒野》

加里・斯奈德（Gary Snyder）也許是當代美國詩人之中最接近先知的一位，因為他混合了詩人、修道者、勞動者、神祕主義者、激進環保者等富有魅力的身分，更關鍵的是他始終關心他者的命運勝於自身、關心眾生的命運勝於人類——先知正是如此面對整個時代的謬誤，從容開口，以詩歌指示道路的。

這表面上顯得矛盾：斯奈德首先還是一位詩人，相對於大道，他選擇荒野，不但有環境保護的理由，更有精神隱喻和信念在。他最著名的散文集《禪定荒野》就是為當下無根無道的時代尋找蹊徑的嘗試，這是一本關於人類生死存亡之書，儘管他強調人類並不重要，重要的是自然，是地球本身。

「沒有環境，就不會有道路；沒有道路，就不會有自由。」斯奈德相信前賢所云，道成肉身，人經歷了「行」方成其為人。但荒野就是無路，在無路之中如何得到自由？斯奈德以禪僧一樣的狡黠，指出路／徑之外，是另一種道。「徑外漫步就是禪定荒野的體現，實際也是指我們應在所處之地竭盡全力地工作。但在你轉而走向荒野前，首先你必須『在道上』（on the path）」在全書接近末章的時候，他才這樣談論道，《禪定荒野》這個譯名有點誤導，The Practice of The Wild，Practice，是實踐，更帶有修行的意味，它遍歷而不定。

斯奈德年輕時在日本當過和尚——這是大多數人對詩人的想像，實際上，在本書中心的〈道之上，徑之外〉裡斯奈德坦承自己並沒有正式出家，而是選擇了住在寺院附近，以俗家弟子身分參與寺院的默念及其他宗教活動，後來還結婚生子，回到美國自己組織小型的佛教修行團體。那是因為他相信Practice——實踐式的修行：「有些真知灼見只能從工作、家庭、損失、愛情和失敗這些寺院之外的經歷中獲取。我們所有人都師從同一禪師，亦即宗教體系最初面臨之物：現實。」

這一切都是為了自由，自由是超乎宗教之上的，只有「野」能賦予，在開宗明義的〈自由法則〉裡他堅信「一個人想要獲得真正的自由，就得置身於最簡樸的生存環境之中，經歷痛苦不堪、遷徙不定、露宿野外、不如人意的生活；然後，面對野性賦予的這種變化無常和自由自在，還要心懷感激。因為在一個固定不變的世界中是沒有自由的。一旦有了這種自由，我們就能改善營地、教育孩子、趕走暴君。」

欲樹法則，先正其名。斯奈德通過這本書重新定義荒野「wild」這個詞的多維釋義，其實是在演繹一篇新的無政府主義宣言：「有關社會的：社會秩序是自內部形成的，靠社會共識與習俗的力量來維繫，無須立法進行規範。有關個人的：遵守當地習俗、風尚和禮儀，而不考慮大都市或郊近商貿城的標準。無所畏懼、獨立自主。有關行為的：強烈反對任何壓迫、禁錮和剝削。」

而最優美的部分是斯奈德重新定義了「泛神論」，他的蹊徑是日本禪宗大師道元禪師，書中處處可見斯奈德對道元禪師《山水經》的詩性闡釋，把千年前的公案機鋒連接到資本飽和／精神貧乏時代的我們面前。「誰說『心靈』指的是思想、意見、想法和觀念？心靈指的是樹木、籬笆、磚瓦和青草。」——道元禪師這種思維直接顛覆西方的人本主義，斯奈德欣然拿來，正與他傳承自印第安人的萬物共處觀相呼應。

做為一個城市人，我可以這樣理解斯奈德所傳授的無處不在的契約精神，即使是在書店快餐店，顧客的不貪小便宜和業者的與人為善應該雙向成立：這就是「禮尚往來」的本義。而斯奈德把它拉到世界級裡去：「我們有必要同海洋、空氣和天上的鳥類簽署一個世界級的『自然契約』。假若我們不恢復公用地，不做為野生世界之網中的『生命』取重拾個人、地方、群體和民族所擁有的直接參享權，那麼野生世界就將會悄然消失。最終，錯綜複雜的工業資本主義和社會主義將混合在一起，摧毀我們賴以生存的大部分生命系統。」

必須看到，斯奈德不是為了人類而環保，而是為了地球。不自私，方能共存。除了像其他生態主義者如書中帶出的「地球第一」、「生物區域主義」等西方後現代嬉皮精神，斯奈德還特有他詩人和東方文化影響的種種頓悟。他從禪宗和詩出發，理解世界——自然——山水這一轉化過程，明瞭到山水乃是承載人在其中行思合一的載體，亦是共同修煉的伴侶。

斯奈德將之凝結為「青山常運步」——「青山既非有情，亦非無情。自己既非有情，亦非無情。而今疑著青山之運步，則不可得也。」此悟，該是斯奈德最愛的道元禪師反覆琢磨芙蓉道楷禪師那句「青山常運步」所得。青山常運步，浮雲常鬖鬆，心中一枝雪，翻為無情礙。第二句是寒山子的，後兩句是我的續貂，也是我讀《禪定荒野》後反思自身的凝視。

道元禪師還說過：「水是水的公案，人是人的公案。」斯奈德由此而幽默之，他說：「灰熊、鯨魚、獼猴或黑鼠極其希望人類（尤其是歐裔美國人）能在徹底了解他們自己之後，再對熊類或鯨類進行研究。」古賢道未知生、焉知死，斯奈德則更進一步：未知生，焉知眾生。他以詩文勘破這些荒野之中無言的公案。

第二輯

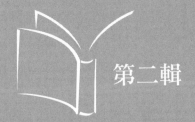

走向沒有人的歷史：耶胡達·阿米亥

「雨下了，死後的救贖來了。／鏽比血更恆久，比／火更美。」我在詩刊《偏移》上讀到阿米亥的這首〈燒毀了的轎車上的第一場雨〉的時候，我被深深撼動了。我想起我曾經在一篇文章裡寫過的一句話：「詩歌必須有其意義，無論是對於人還是對於歷史——甚至是沒有人的歷史。」這句神祕的話，通過阿米亥的詩，我突然明白了何謂「沒有人的歷史」，和它是如何在詩歌中被領悟、被抵達的。

然而，正當我要更深刻地了解他的時候，這個詩人去世了。

耶胡達·阿米亥（Yehuda Amichai），以色列著名詩人、劇作家、小說家。一九二四年生於德國烏爾茲堡，一九三六年隨家遷居以色列，二戰期間在盟軍猶太軍隊服役，從事哈根納地下工作，他亦曾參與以色列獨立戰爭和西奈戰爭。戰後他當過多年的中學老師，後任教於希伯來大學和格林堡師範學院，先後出版了《詩：一九四八—一九六二》、《現在風暴之中，詩：一九六三—一九六八》、《阿門》、《時間》、《巨大的寧靜》、《耶路撒冷之詩》等十餘部詩集及三本小說。他一直生活在耶路撒冷，二〇〇〇年九月二十二日因病逝世。

做為二十世紀的一個猶太族詩人，並且經歷過二次大戰和猶太復國運動，關於民族主義的思考必然亙穿阿米亥的詩歌之中。對於一個長期被欺凌被驅逐的民族，民族主義情緒的初期產生絕對是正面的，而且是扶持這個民族重新屹立的力量。就像愛爾蘭著名詩人葉慈一樣，阿米亥在其關於猶太集中營、納粹的種族滅絕大屠殺的早期詩作中，也是以文字喚醒民族反抗的力量，而且更多的是以寧靜得具有治療作用的詩句去安慰這個民族所受到的創傷。但當以色列立國之後，高漲的民族情緒漸漸走向了反面：向阿拉伯地區的擴張和對阿拉伯人的敵視，猶太族的極端分子要把猶太族由被欺凌的民族變成欺凌他族的民族。這時，當群眾被盲目的歷史洪流挾擁著前進的時候，只有做為民族良心的詩人，深深感到了它的危險。

由此，他開始反思民族主義，他的一首標題就帶著反諷的詩道明了他在新時期的立場：

我的愛國生活

當我年輕的時候整個國家也年輕。而我的父親
是所有人的父親。當我快樂的時候國家

也同樣快樂，而當我跳躍在她的身上她也跳躍
在我的身上。春天裡覆蓋她的青草
也同樣讓我變得柔軟，而夏天乾旱的土地傷害我
就像我自己皸裂的腳掌。
當我第一次墜入愛河，人們宣告了
她的獨立，而當我的頭髮
飄拂在微風裡，她的旗幟也是如此。
當我搏殺在戰鬥中，她奮戰，當我起身
她也同樣起身，而當我倒下的時候
她慢慢倒在我的身旁。

如今我開始漸漸遠離了這一切：
就像有些東西要等膠水乾透之後才能膠牢，
我正在被拆開並捲入我自身。

有一天我在警察樂隊看見一位單簧管演奏家
他正在戴維堡演奏。

他的頭髮雪白而他的面容平靜：這副面容
就像一九四六年，一個唯一的年份
在諸多著名的和恐怖的年份之間
那年沒有發生什麼除了一個偉大的期望以及他的音樂
還有我的愛人一個在耶路撒冷寧靜的家中安坐的女孩。
此後我再沒見過他，但一個追求世界更美好的願望
絕不會離開他的臉龐。

就像詩的第一段所講，在最早的時候，詩人和他的祖國是同步的，因為那個時候國家以純潔的目的奮發前進。到如今，詩人固然仍珍重以前的犧牲和戰鬥，但「就像有些東西要等膠水乾透之後才能膠牢」，詩人覺得必須冷靜下來重新審視國家和民族的意義。他說了一個小故事，也像是寓言，表白了詩人在新的時代只懷念人們最源初的對世界更美好的願望——那就像一個老音樂家對音樂的專注和一個年輕人對他的愛人的想念一樣單純的願望。這是關乎整個世界和做為共在的人類的，因此阿米亥做為一個無關功利的詩人，超越了抽象的國家概念和民族概念，並漸漸開始脫離「有人之歷史」——它的固執、自私和對真理的羈絆。

觸發阿米亥作此省思的，必然是環繞著這個世紀的死亡。死亡做為一個強大

的主題，也像陰影一樣環繞著阿米亥的每一首詩。這與他曾參加多次戰爭有關，也和他的民族記憶有關：猶太民族曾是這個世紀中最接近滅亡的民族，死亡的威脅做為集體記憶已經在阿米亥那一代猶太人的思想中深深烙印。正所謂「向死而生」，死亡最大的意義，是啟迪我們如何去「存在」、去「生」。而當詩人把關注落在普遍性的人類的存在時，民族和國家都淪為虛妄的了。

〈陣亡者紀念日〉一詩正從戰爭過後對死亡的反思出發去質問生者。他敘述陣亡者紀念日的街上遊行，悲傷日益消減好像已經變得虛假：「用悲傷混合悲傷，就像省事的歷史，／那種在某一天堆砌起來的節日、犧牲和哀悼／為的是讓人們記起來簡單而且方便」，為國家或是為戰爭本身而死都沒有了意義，僅淪為了日子的象徵符號。然而阿米亥把重心從死亡移向大街上的生者和他們生存的環境，並突兀地指出：「在這一切後面也許真的藏著偉大的幸福。」那是因為這死，這與生者同步前行的死，卻因為生者所借寓的悲傷而重省自己的悲傷，因生者所借寓的犧牲（「兒子死於戰爭的一個男人在街上走著／像一個胎兒死在子宮的女人」）而讓自己的犧牲再次突顯，所以令人猜測「偉大的幸福」。但這偉大，又不無諷刺存在，因為它前面有這麼一句：「噢，甜蜜的世界浸濕了，就像麵包／泡在甜奶裡，給可怕的壞牙的上帝」。被死亡譏諷的生存動蕩不安。

另一首〈人的一生〉則脫離戰爭，直接從高角度去俯視人生存的悲劇和希望。

全詩幾乎都使用概括性的判斷句，使得詩人具有一個彷彿神一樣的悲憫的角度，去敘述人生的種種矛盾、遺憾、混亂和盲目：「他的靈魂歷盡滄桑，他的靈魂／極其專業，／可是他的肉體一如既往地／業餘」。但是敘述到人的一生結束時，詩的視角陡然轉為從下仰望死亡所歸的地方，秋天廣寥的天空：「就像無花果在秋天凋零／枯萎，充滿了自己，滿綴甜果，／葉子在地上變得枯萎，／空空的枝幹指向那個地方／只有在那裡，萬物才各有其時」。若果人們仔細對待自己的生，甚至是它的混亂和悲哀，那麼也許會日漸充足，像里爾克說的，在死亡中一舉贏得了全部。

對死亡的追問在〈在庫克拉比大街〉中更加深入，並且堅定地提出了詩人的希望：

在庫克拉比大街

在庫克拉比大街
我獨自行走沒碰上這個好人——
他祈禱戴一頂皮絨帽
他辦公時戴一頂絲絨帽，
都飛揚在死者的風中

在我的上空，飄拂在水面
在我的夢裡。

我來到先知的大街——空無一人。
而埃塞俄比亞的大街——寥寥數人。我正在
尋找一個地方好讓你跟我一起生活
爲你填滿你孤單的巢穴，
建立一個地方爲我的痛苦用我額頭的汗水
查對一條道路你會從那裡歸來
以及你故居的窗户，一個裂開的傷口，
在關閉與開啓之間，在光明與黑暗之間。
有烤麵包的香氣從一個棚屋裡面傳出，
那是一家店鋪人們在那裡散發免費聖經，
免費，免費。遠遠勝過一個先知
曾給這些混亂的裡巷留下的一切，
當這一切傾倒在他的身上他變成另外一個人。

在庫克拉比大街我獨自行走
——你的墓床在我的背上像一個十字架——
儘管這令人難以置信
一張女人的睡床將成爲一種新信仰的符號。

以庫克拉比為代表的死者在阿米亥的尋找中僅形成空無，於是他轉而尋找生，並渴望為生而建立、而鋪設道路。以麵包的香氣和先知作對照，只有生活被先知接受而不是先知去左右生活，他才會「變成另外一個人」，阿米亥以此質問：假如生的渴念遠勝於死的餘蔭，為何不以生的象徵——「女人的睡床」代替死的象徵——「墓床」和「十字架」，來建立一種新的信仰？

從對人的生的關注進而跨入更廣闊的對並非以人為重心的世界的關注，在一首〈野和平〉中我找見其迫切的呼喚。「野」和「和平」像是完全相反的，用「野」來形容「和平」突顯和平的迫切性，同時也用上了「野」的本義：「讓它來吧，／就像野花／突兀地來，因為田野／需要：野和平。」和平本身應該是自然的、原生的、必然存在於世的。這完全超越於在詩的前部的兩種和平：世人以為的樂觀的和平，以及詩人感嘆的悲觀的和平。真正的和平理應屬於這個世界，而非依賴於人類的戰火平息，它來臨是因為田野的需要。

在〈燒毀了的轎車上的第一場雨〉中，那種令人卑微地被撼動的：「沒有人的歷史」在其背後呼之欲出。詩歌描寫「路邊一輛轎車的殘骸近旁／生命緊挨著死亡」，由大自然出來把一切收容吧，「雨下了，死後的救贖來了。／鏽比血更恆久，比／火更美。」歷史沉入由風和雨承載的時間和地點中：「一陣風是時間，另一陣風是地點，／循環交替，而上帝／始終在那裡」，在這收容中，「人和機器／……從那裡走進歷史／走進考古走進／美麗的地質岩層：／那也是永恆，一種深沉的愉悅」，生與死都不再重要——相對那深沉的愉悅。結尾說的祭祀的犧牲由實質的人向空洞的默念的轉變，隨著血的缺失，那吞噬一切者更廣大地占領了世界，最後「連祈禱都不要了」像是警醒人的自大：在這個永恆的空間裡，人是無效的。

和這首詩對應的，阿米亥著名的〈戰場上的雨〉，短短五行：「雨落在我的友人的臉上，／在我活著的友人的臉上，／那些用毯子遮頭的人。／雨也落在我死去的友人的臉上，那些身上不遮一物的人。」也說出了同樣道理：歷史公允、無情地對待生者和死者，甚或，由於全無遮蓋，死者與物取得了同樣的地位。生者並不比死者更優勝，人亦不比物更優勝。

〈秋，愛，史〉是我看過阿米亥的最偉大的一首詩，通過這首詩，他完整地敘說了他成熟了的世界觀、歷史觀，正是這首詩，完滿地解答我的困惑、抵達了一個詩人面對「沒有人的歷史」的從容境地。做為本文的最後部分，我為這首詩的每一段獻上我的卑微的解釋：

秋，愛，史

1

是夏的結束。經過最後一波熱浪的嚴刑拷打，
夏供認了它的罪行，但我要說：那枯樹是帝王而那荊棘
是榮光，薊草以自身的堅硬來保持自身
是奇蹟。寄生藤比寄主更漂亮，
而葡萄的捲鬚乾枯了還愛戀的緊依著懸鉤子。
潔白的羽毛在一個洞口外證實那場慘烈的死亡
同時也證實那巨翅搏擊時的美。
條條裂口和縫隙在飽受折磨的土地上將繪製成
我一生的地圖。從這兒開始，鳥類觀察者可以測定歷史，
地質學家可以標記出未來，氣象學家可以解讀
上帝之手的掌紋，以及植物學家

可以成為智慧之樹的內行，明辨善惡。

在秋天來臨之際，萬物以其殘酷、悲哀及對之的承受去成就美——那有如葉慈在〈一九一六年復活節〉中說的：「一個可怕的美已經誕生」的美。美即這個原本存有的世界它那原本的內涵。詩人呼籲我們：何不從物、從堅實無情的世界（像另一個憤世嫉俗的詩人，美國的傑佛斯所描繪的）出發去認識所謂形而上的知識，去重審我們習以為常的歷史、文明觀？

2

用我的手掌擠壓，就像戀人擰了一把，
我檢查無花果是否成熟。我永遠都無法知道對無花果而言
什麼才算是死亡，被摘下樹枝或爛在地上，
它們的地獄是什麼以及它們的伊甸園，它們的拯救
和它們的復活又是什麼。把它們吞吃的嘴巴——
這是天堂之門還是陰間之口？在很久很久以前，
樹木是人類的眾神。如今或許我們

成了眾神對樹木和它們的果實來說。
斑鳩鳥滿懷愛意呼喚著它的弟兄角豆樹；
它一點也不了解進化演變之萬古
橫亙於它們之間，它只是呼喚呼喚呼喚著。

永遠有待我們去發現的物的永恆性，假如把我們的存在觀念加諸其身，我們才赫然發覺它們自有一個廣闊的天地，這天地比我們更自如、更純真，它可以完全和我們的占據無關。這也許才是真正的歷史，在人類之外運行著，周遭變化並無礙其原生的「愛意」。

3

仰頭的凝視想看看是否有雲彩——
何以它如此輕盈一路飄拂：牆壁，陽台，
急待著掛出去晾乾的衣服，想望的窗户，屋頂，
天空。張開的手掌伸出去想看看是否有雨滴——
那可是最最純眞的手掌，

最最堅定，最最虔誠
遠勝於所有祈禱屋中的所有禮拜者。

如果有神恩，這一段所訴說的也許就是「浩蕩的神恩」，當拋卻功利和人世喧囂，它就如風如雨直接加諸我身。這裡的雲和雨，難道也不是前面詩中落在燒毀轎車上的雨和落在戰場上的雨嗎？它公允地協調毀滅和賜福，就如世界本然。

4

飛機升上高空，那些欣喜歸家的人們
端坐在那些離家人的身旁而兩者的面孔是相同的。
激情的氣流湧動形成了預示秋天的雨水。
在十字軍的遺跡裡，秋的紅海蔥花朵盛開不敗
它的枝葉在春天裡萌發，但它都知道是什麼發生
在漫長的乾燥的夏季與夏季之間。這是它簡明的永恆。
那些水塔樹立在 Yad Mordechai 和 Negba 的遺跡中得以保存
就像一個紀念品。我們就是這樣一個秋的民族，

紀念著 Masada 的崩塌以及它的自毀，
Jotapata 和 Betar 的遺跡以及耶路撒冷的毀滅
盡在西牆那兒舉行。啊殘餘後的殘餘。就像一個人珍藏
一雙破裂的舊鞋，一只爛襪子，一些殘存的字母當作留念。
所以這一切都只是等待著，要不了多久，死亡的時刻。
而我們所有的生命，在其中發生著的一切，在其中來來往往的人潮，
是一道籬笆圍住生命。而死亡也是一道籬笆圍住生命。

儘管歸家的人和離家的人剛剛相反，但他們在同一個天空中，只要他們都安然接受這一切變動，他們便有喜悅像雨水湧流。秋天既意味著凋零亦意味收成，就像同處秋雨下的有種種遺址，亦有花朵的盛放，而做為「秋的民族」，則意味著在豐盛和萎敗之間達觀的安置自身。秋天到了，冬天還會遠嗎？從春至冬的變化，不過是表示將又要開始新的一次輪轉，我們人類的執念卻只是阻礙它的徒勞的「籬笆」。假如能從容回去，回去那「發生」之春，豈不是更接近像海德格爾說的：存在的真理之側？

5

我望見一棵樹在秋天裡它堅實的種子喀啦喀啦作響
裝滿了豆莢。而一個男人的種子傾瀉然後滑出，黏黏的，
然後被吞沒不發出一絲聲響。
難道是一棵樹的種子更優越
勝過一個男人的種子：
它像是歡快地喀啦作響。乾旱就是它的情歌。

這是對上一段所說的寓言：若果真到了毀滅的時刻，我們如能夠遠離我們自身的定性，接近、領會物的、世界的定性，我們才能得到更歡快的生的延續。其後，甚至是冬天的乾旱，我們也能坦然接納進入這一延續之中了。

海德格爾在後期著作《面向思的事情》中指出：「對物的泰然任之，和對神祕的虛懷敞開」是通向對存在的新的理解的根基。我們可以看出，阿米亥從對民族、家國、歷史的反思，經由死亡帶來的覺悟，走向更廣大的、對「無人的歷史」的直面，他所達到的、建設的正是此一新的根基。而且他的這一詩／思的過程，正如里爾克詩云：「正是在一種明白的純粹掙到的成就中，奇蹟才變得不可思議」，阿米

亥的覺悟並非依賴於「靈感」或一種「出世」的逃避來達到的，而是經過了以色列和這個世界在上世紀面對的殘酷現實和歷史的洗禮，而痛苦地誕生的奇蹟。

在阿米亥去世後的匆匆數天，在耶路撒冷等地，以巴雙方又掀起了新的一輪血腥衝突。人類歷史上的愚蠢、盲目和狹隘又再絲毫不變的重演一番，詩人的啟示和告誡卻被他們置若罔聞。而這時候，我們的詩人已經靜靜地歸於他所說的「簡明的永恆」：「美麗的地質岩層：／那也是永恆，一種深沉的愉悅」。我願為詩人和其他死者默念他的一首詩，在這首詩中輕聲訴說著繁盛與終結，還有鮮花，而我們就是這樣熬過我們面對的死亡的：

那是夏季，或是夏季的終日，
我聽見你的腳步，你走過，自東向西
像最後的一次。而在世界上
失落了手帕，人群，和書籍。

那是夏季，或是夏季的終日，
下午還有許多小時，
你仍存在；

你已穿上你的屍衣
像第一次。
而你永遠不會在意
因爲它由鮮花繡綴。

注　本文所引阿米亥詩中譯，〈燒毀了的轎車上的第一場雨〉、〈陣亡者紀念日〉、〈人的一生〉、〈野和平〉為劉國鵬譯，〈我的愛國生活〉、〈在庫克拉比大街〉、〈秋，愛，史〉為羅池譯，〈戰場上的雨〉為董繼平譯，其餘為筆者所譯。

死亡賦格，或公眾對詩歌的集體誤讀

這年頭，在公共網絡上發表詩歌，最常遇見的評論就是：「很像顧城的詩啊！」或者更糟：「很有詩情畫意！」這是另一種簡單的「捧殺」，比更多的漠然更令人哭笑不得。大眾對現代詩的了解，往往僅止於早期的北島和顧城，你寫一首帶政治隱喻的詩，他說你像北島，你寫一首意象跳躍的詩，他說你像顧城。這樣的誤解，當然可以輕易歸咎於我們的詩歌教育不力或者詩人脫離大眾，兩個方向不同的批評都好似立得住。但是往更深處想，這裡面存在兩個語言體系的誤會、較量甚至衝突，從語言折射的，則是不同的文學觀甚至意識形態的需要，決定了一首詩的命運、或者一個詩人的公眾形象。

其實在五〇年代，同樣的問題也曾發生在詩人保羅．策蘭（Paul Celan）身上，只不過以更「高級」的形式。一九五二年，他最著名的詩篇〈死亡賦格〉（*Todesfuge*）收錄於詩集《罌粟與回憶》中出版，遭遇到德語批評界的重視和紛紜的解讀——對於猶太人、集中營倖存者策蘭來說，這些解讀注定是誤讀。嚴謹、挑剔但是又在潛意識裡抗拒自己的罪的德國人，都把眼光集中在〈死亡賦格〉的超現實主義意象、繁複又迷人的節奏上面，有人甚至從他對立的「殘暴與溫柔」中得出一種「禪師的開悟體驗」，最了不起的算當時的著名詩人評論家霍爾特胡森，他認為策蘭通過「大師」級的技巧制伏了一個恐怖的主題，使之「能逃離歷史血腥的恐怖之室，上升到純淨詩歌的蒼穹」，姑莫論「大師」正是策蘭詩中譴責的對象（「死神是來自德國的大師」），德國人的抽象能力正是要迴避歷史之殘酷，亟需語言的詭辯術來淨化自身，因此此詩被一片叫好，詩中赤裸裸的現實（納粹強迫猶太人一邊為自己掘墓一邊還要演奏音樂）被高雅的讀者「詩化」成為令人贊嘆的詩歌隱喻技術，雙親死於集中營的猶太人策蘭被忘記，被記住的是「優秀德語詩人策蘭」，這種高級的「捧殺」最致命。

策蘭在十八年後自殺，壓倒他的無數根稻草之中，來自批評界和讀者的誤讀是最無形但是非常沉重的一根。詩人因為詩歌被誤讀而死去，旁觀者很難理解，但對於把詩看作自己生命全部的詩人卻是理所當然。尤其因為敏感的猶太人身分，又加上詩人的敏感，策蘭在與思想家海德格爾（曾經親納粹）、馬丁・布伯 Martin Buber 等人的交往中感到更多的衝突，對前者，他得不到期待的輕微懺悔，甚至感到他和整個德國知識界一樣迴避納粹問題，他們可以交談詩歌、卻不能談論人世之惡。同時在現實中，策蘭在巴黎遇到新納粹的言語暴力……最終他在一九七〇年的逾越節那天選擇了投身塞納河自盡。語言所不能抗議的，唯有以肉身抗議——策蘭之死，不是因為生活困頓或者精神感覺完滿，而是出於對理解的絕望、對世界的徹底拒絕。

在中文詩歌閱讀界，今年算「保羅．策蘭年」，不但因為今年是他誕生九十周年同時也是他辭世四十周年，還因為北島、王家新、孟明等詩人的譯介，孟明翻譯的《策蘭詩選》去年出版台灣繁體版、今年出增訂過的簡體中文版，兩個版本的策蘭傳記、研究專著《策蘭與海德格爾》陸續出版，據說王家新和芮虎也正在準備出版一個更全更新的譯本，算上前幾年台灣出版的李魁賢譯本，策蘭的中文面貌已經相當豐滿，可謂哀榮甚哉。但是理解策蘭、通過漢語來理解策蘭，其難度之大超乎想像，於是有了譯者之間的較量，也有讀者之間的爭論，目前孟明譯本《策蘭詩選》是最受「關注」的，網上評價走兩個極端。

孟明譯本《策蘭詩選》我可能是第一個讀完的讀者吧。因為譯筆嚴謹，可能也因為同時讀完了沃夫岡．埃梅里希（Wolfgang Emmerich）的《策蘭傳》的緣故，我這次閱讀很能進入策蘭表面上極端封閉的詩歌宇宙。我感覺孟明翻譯得的確比以往的譯者好出一大截，做為一個優秀的漢語詩人，孟明很能把握詩歌語言與日常語言之間的微妙矛盾——他選擇的是保留這矛盾而非強作解人去和諧這矛盾。這正是對公眾誤讀策蘭、誤讀現代詩歌的一種坦然面對——如果不是挑釁的話。但是傳統讀者所難以理解的，就是前衛詩歌的這種挑釁姿態，這姿態策蘭有之、孟明有之，孟明的老友、也曾翻譯策蘭的詩人張棗也有——這是在語言鍛鍊上走在最前端的詩人的共同姿態，在這點上說，張棗酷似策蘭。

結果，誤讀益深。孟明譯本最為人詬病的就是他喜歡創造性地使用古漢語來翻譯——他做為詩人潛意識的想要重新寫作一個孟策蘭，但未必受落於讀者。比如他把不少詩句譯成「詩經體」，但最讓現代詩讀者難受的就是這種使用古典語言的嘗試，其實我要為孟明說句公道話，他的古典語言翻譯實驗要是放到蕭開愚、張棗等人的詩歌創作試驗中根本不算晦澀和生僻，關鍵的是讀者期待的是一個「翻譯體」的、「洋氣」的策蘭，孟明的動機是用奇特的漢語重現那個在德語中同樣生竦的語言實驗者策蘭。

其實策蘭也曾長期以翻譯為生，他翻譯的法語、俄語詩歌也常常被批評為誤譯，最嚴重的是詩人伊凡．戈爾的遺孀指責他通過翻譯來剽竊——其實恰恰相反，是策蘭的詩人主體性太強，侵入了他的翻譯之中，這樣來理解，我們是否能對漢語裡的詩人譯詩多一點積極的寬容？翻譯者的創造性誤讀，也許能讓一個詩人在漢語中再生，因為這是一種開放性的實驗；而讀者和批評家的誤讀，往往來自對詩人的低估和自我設限，這樣的誤讀會使一首詩死去，這就是策蘭在詩歌接受學上給我們的啟示。

但回到詩歌，策蘭對中國詩人最少有兩點啟示：第一，要反叛地具有宗教情感，那是一種喬布式的不斷質問神和終極價值的努力，就像卡夫卡所為；第二，時刻保持對語言難度的挑戰，在語言上自我設置極高的目標、以期得到更大的超越。詩是沒有門檻的，詩又是有很高門檻的，人人都可以寫詩，但是只要你選擇寫詩，就一定要努力精進，把詩寫到最好，讓母語在你的詩中得到新生——這就是日常語言和詩歌語言最重要的不同之一，日常語言使母語變得熟悉和麻木，詩歌語言則不斷擦亮它的母語，通過追溯語言源頭和破壞語言陳習兩種方式。而語言的新生決定了一個文化的新生。

在漢語環境中，日常語言和詩歌語言的誤會太大了，到今天已經是彼此隔絕的地步，雖然詩歌語言一直暗地滲透日常語言，但大眾聽到新詩二字還是會大搖其頭，大眾也渴求語言之美，但他們為美設定了一個很低的限度，超出這個度的美就難以接受。前面提到的語言實驗家張棗就是，今年三月，他早逝於四十八歲，比策蘭還少活了兩年，但是他是他那一代中國詩人中語言最精妙究極的一個，無愧策蘭於地下耳。大眾讀者記得張棗，多是因為他早年的一首〈鏡中〉：只要想起一生中後悔的事，梅花便落了下來……非常唯美的一首詩，但是比起他出國又回國後那些消化和抗逆中國之變的詩，意義少太多了，但大眾只回張棗一句：「讀不懂。」

這句「讀不懂」，估計是策蘭和張棗聽得最多的批評，不才如我也領教過百次。這當中體現出來的不止是日常語言和詩歌語言的割裂，也體現出讀者的懶惰，在讀一部小說都嫌累的時代，怎麼可能要求人家苦苦求索一首二十行的詩中間包含的二千種奧義？讀者把閱讀視作安慰、享受甚至娛樂，詩人卻逆其而行，這道鴻溝看來已經無法彌補。但是算了，詩人早已習慣被誤讀，我只是可惜，天地有大美而不言，匆匆趕路的人們，你們錯過了。

把詩歌還給政治

「把街頭還給戈達爾，把詩歌還給政治。」是我二〇〇六年寫的一首詩〈巴黎暴動歌謠〉裡的句子，我故意矯枉過正，所以才有這麼極端的說法。因為在過去幾十年的簡易現代主義詩歌觀中，人們已經習慣於認為詩歌是應該遠離政治、和政治無關的風花雪月，詩人也自覺避嫌不寫政治，認為政治之骯髒與詩歌之美不相容。但是他們片面的理解了政治，政治的本來含義除了政府、政黨對社會的管治之外，還包含有人民對自身社會的參與和治理，詩人做為人民中一員，又豈能視而不見獨「善」其身？

詩歌的美難道就僅僅表現為風花雪月或內心之美嗎？劇烈衝突的現代歷史與政治造就出新的美感，也許是憤怒之美，也許是反思之美。是幸也是不幸，當代中國就給我們造就了這樣的「機會」，比如說最沉重最不可逃避的六四，把多少人逼成悲天憫人的詩人，又把多少詩人逼回到一個人的基本狀態：痛、愛、恨、怒，但優秀的詩人最終仍將凝聚、彌合這些經驗，使它成為全新的言說。六四祭日前夕出版的《一般的黑夜一樣黎明——香港六四詩選》（下簡稱《六四詩選》）就是這樣的結晶。

誠如某詩人所言，為六四寫詩是以墨水來捍衛記憶，同時詩歌也因此獲得了不同的意義，每個寫過、讀過六四詩歌的人，都從新認識了詩，它仍可以群、可以興、可以怨，就如《詩經》中詩的本義。而這本《六四詩選》明顯比此前的六四文學選集更強大的原因也來自於此：它以貼身的熱度重新演繹了群、興、怨，它聯繫了此時此地的香港民眾與彼時彼地的北京民眾，又呈現了詩人個體情感與中國人集體情感、甚至不甘於暴政的人類共同情感的互相激盪，最後直面鮮血訴說歷史深層中的絕望與希望，是為怨刺的最高層面，詩亦為利器也。

古人所謂「哀感頑豔」：傷感打動了平凡以及特異的人。此語既可用於評定一首詩的力量，亦可評定一件公共事件、政治事件的力量，即使這力量來自悲哀。六四如此，當中多少未釋懷，以及未釐清的千絲萬縷細節與大義，因此書寫六四，亦必須有同樣的大力量及細緻心。《六四詩選》裡的詩人們不負歷史之重負所託，率先用他們最自我的筆墨寫下了對於最公共的記憶之反應，繼而重建記憶，甚至打撈記憶的意義：假如絕望的事情已經發生，倖存者如何追問這絕望當中包含的希望？詩歌不是在維園喊口號，希望也不是呼之便出，但詩人選擇面對每個人的精神的自由、文字的獨立，那已經是在踐行六四精神的一大步。

這本《六四詩選》最與眾不同的，就是它的香港性，以及隨之而來的當下、日常性。毫無疑問，六四已經成為香港人最大的「情感包袱」，但這個包袱我們絕對不想輕易卸下，香港式文學書寫的日常性恰恰突出了六四之於香港之無處不在，六四以及此後二十餘年各種事件在香港所掀起的波瀾，亦使得香港相對於大陸和台灣，更有一個把政治內化於坐言起行的環境，詩歌就以它的細膩與豐富，促進了這種內化。

這種政治的人民內化，不同於極權社會的生活泛政治化。台灣修訂重出的《辛波絲卡詩選》正好展示了詩歌把後者糾正為前者的柔力，一九九六年獲得諾貝爾文學獎的辛波絲卡，大半生在波蘭極權統治中度過，她的詩從最早必須自我審查而出版的違心頌歌，到必然的逆反暗諷，最後成熟為針對日常細節片段去書寫寓言式哲理詩歌，經歷過一番平靜中見微瀾的明悟，她帶有東歐人民苦中作樂的狡黠一笑成為其詩的魅力。正如她的名言：「我偏愛寫詩的荒謬，勝過不寫詩的荒謬。」不寫詩的荒謬是極權政治中現實不得已的荒謬，它反對幽默，就像米蘭昆德拉所揭示的，「反對幽默」本身就是極權的特徵。辛波絲卡和一般現代派詩人最大的不同，正是她的幽默感，決絕的崇高與孤僻都容易被獨裁者利用，希特勒利用海德格爾和墨索里尼利用龐德大致如此，甚至有人認為民主不適合詩歌，但辛波絲卡就證明了詩歌的民主亦有其濃郁詩意，用的就是她的幽默感，和同步而來的奇思妙想。她證明了：日常生活隱含的政治的正面能量，完全可以抵抗所謂從上而下的政治運動所產生的負能量。

諾貝爾文學獎得主赫塔．米勒也是來自東歐、羅馬尼亞，她不但寫詩更寫非常詩化的小說，除了實驗詩集《托著摩卡杯的蒼白男人》，我更願意定義她的早期短篇小說集《低地》為散文詩集。這個被視為彪悍冷峻的女作家，誰也想不到她的詩和詩化小說如此婉曲細緻、遊走於高度敏感的語言和紛飛的意象之間。極權社會的童年記憶當然揮之不去，但詩的力量把它們轉化為一把主動出擊的手術刀：它割開創口的目的是為了治療。

換之於我們的國度，創口甚至還沒有被觸碰到，沒有消毒沒有清理沒有驗傷，更何況治療。也許目前只有更猛烈的詩歌適合此時此地，比如說一九八六年的諾貝爾獎得主南非索因卡的《獄中詩抄》以及南非左翼詩人彼得．霍恩的詩，後者生猛活潑多變，具有應付資本與極權共謀的時代的充沛能量，說不定他就是未來的諾貝爾文學獎得主。

沉默的重量
——談托馬斯．特朗斯特羅姆

今夜我和壓艙物待在一起
我是防止船顛覆的
沉默的重量！

——托馬斯．特朗斯特羅姆〈夜值〉

諾貝爾文學獎回到了北歐，它的祖國瑞典，那是接近北極圈的國度，也是歐洲少數存在極夜極晝的國度，因此那裡的詩人對黑夜與白晝的切換非常敏感，托馬斯．特朗斯特羅姆就是這樣的一個詩人。他符合詩人之傳統：「詩人猶如信使，於世界的永恆之夜半走遍大地。」（荷爾德林），他是靈魂之暗夜的值夜人，一如這個時代所有堅持著詩歌良心的詩人。正如海德格爾所說的，這也是手藝淪為技術的時代，而詩歌始終是一種手工業，恪守手藝人的精緻其實就是恪守一種遠古的驕傲，而托馬斯．特朗斯特羅姆正是以手藝精湛早已在詩壇享有一種神祕、心照不宣的聲譽，這樣被許多人私淑的詩歌老師，我們稱之為「詩人中的詩人」。

一般這樣的詩人，未必能獲得諾貝爾文學獎，歷史上博爾赫斯和保羅・策蘭就是這樣。二〇一一年的諾貝爾文學獎，對特朗斯特羅姆是一個遲來的榮譽也是意外的榮譽，對詩歌也是。因為在紛擾萬變的時局中，本以為世界已經無暇聽取詩人的聲音，更何況是這麼低調甚至沉默的一個詩人。本屆諾貝爾文學獎幾乎沒有考慮政治因素、且舉賢不避親，只遵守詩歌本身的標準，把獎頒給一個至今只寫過不到二百首詩，近十多年幾乎已經停止了創作的詩人，這也是評委們對詩歌本身的力量明持確信的表示，而這種力量，也許就是一種沉默的力量，在眾生喧囂上浮的時代，詩歌做為靈魂的壓艙物，恰有這種無以名狀的重量。

托馬斯・特朗斯特羅姆在一九九〇年患腦溢血之後右半身癱瘓、並喪失說話能力，只能用左手寫作，這豈不也是其詩中沉默的力量的隱喻，沉默吞噬著詩人，詩人掙扎著說出非說不可的詞。特朗斯特羅姆的沉默素來在詩中處於強勢，他早已樹立自己的風格，以準確的一個一個詞彙、飛速跳躍的意象來建築他的迷宮，而做為一個迷宮，最有意義的，往往是這些短牆中圍困而成的空白、空虛、沉默，換言之，他的語詞越儉省，讀者的思維所需要跳躍的時空就越為巨大。在中譯本《特朗斯特羅姆詩全集》（李笠譯，二〇〇一年出版，很不科學的命名）中一百六十多首詩之間，建築起的世界如北歐白夜裡的極光，滔空且震懾。他獲獎之後有中文報章評說他是擅長寫日常生活的詩人，這是被其表象蒙蔽了，也就是只看見他築建迷宮所用的短牆，而未見其空白之意味。

早在八〇年代就被香港的羈魂、北京的北島、台灣的李魁賢等翻譯為中文的托馬斯．特朗斯特羅姆，即以零星的幾首代表作擄獲了不少詩歌寫作者，使他成為前述所謂「詩人中的詩人」。首先抓獲人心的是他的詩充滿瞬息間的速度，體現出卡爾維諾在《未來千年文學備忘錄》裡推崇的五種能力之二種：輕逸（lightness）與迅捷（quickness）。進而細看，其餘三種也躍然而出：確切（exactitude）、易見（visibility）、繁複（multiplicity）——這裡正好可以對現代詩的讀者諸君廓清幾個誤會：現代詩絕非朦朧、它追求的是無比準確地捉住時代精神在一顆最敏感的心裡的複雜反映，而只因為其繁複，而導致不肯下苦功解讀的讀者誤判為晦澀朦朧，但詩歌本身擅長的「易見」即用意象說話的本領卻幫助了富有想像力的讀者去準確甚至超越地接觸詩人的心像、進而接觸自己的心像。特朗斯特羅姆的詩作，漂亮俐落地成為上述「為詩一辯」的力證。

托馬斯．特朗斯特羅姆也可能是在這種意義上的最後一位現代主義詩人，雖然他的風格如卡爾維諾點出的：可以延伸至未來。但對於芸芸後現代詩人來說，他太超凡脫俗了，後者會用「純詩」來指稱他的努力，在當代詩歌寫作語境中，「純詩」已經多少帶點貶義。而托馬斯．特朗斯特羅姆是否純詩、在二戰後的所謂後現代世界中純詩還是否可能?所謂「奧斯威辛之後,詩是不可能的」中的詩也許就指純詩,上接波特萊爾、馬拉美,下抵策蘭和特朗斯特羅姆的這麼一個詩歌的貴族群——即使後者試圖通過對一個普通的當代人的生活書寫來與非貴族的讀者接軌,但其詩歌追求中的接近宗教式的凌越情感,很明顯與後現代詩人如拉金、卡佛、布考斯基等不同,雖然他們面對的是同樣的一個枯燥乏味的當代世界。

這一百六十多首詩的確是純詩,純得湛明透亮,這得益自特朗斯特羅姆從一開始就成熟的技巧、一開始就不可阻擋的犀利想像力,但同時亦有強烈的時代指向感,二戰後世界精神的荒蕪以及痛定思痛的恐懼感亦潛行在那些時明時暗的北歐風景和瑞典這個福利國家烏托邦的表象中。人們對純詩的審判建立在對詩的無求和苛求之間——讀者苛求詩歌可以承擔甚至改變現實、而無求詩藝自身的錘鍊和革命;而像特朗斯特羅姆這樣的詩人則苛求詩藝、無求詩歌成為時代的即時溫度計、風向標。

但詩藝的精湛往往會帶來意想不到的副作用,使純詩也囊括了所謂不純的世界。托馬斯．特朗斯特羅姆曾被他的同代瑞典人指責迴避政治,尤其是在生活最泛政治化的冷戰時代,他在一九七九年的一個訪談中反駁道:「他們要求我投靠馬克思主義的政治語言。我的詩處理屬於政治和社會生活的事務,以及社會問題,是相當自然的,因為我的平常職務是心理專家。我一向工作和社會現實很密切,而這些始終會間接進入我的詩裡。但我從未視我的寫作是某種意識型態的工具。」而在同一訪談中他掂出「語詞政治」這個詞，說這才是詩人更應該警惕的。特朗斯特羅姆的詩並不迴避世界中所謂不純的一面：政治，但他僅用語詞的獨立自由來建築他的反抗場域，自然為激動的當代人所不滿足。

其實這種不滿足普遍存在於今日，不止是冷戰時期。即使在中國和香港，我們也遇見過許多那樣對詩歌的苛求：所謂「要為人民鼓與呼」，不這樣的詩人即是不革命的詩人，即使是我這樣一個比較介入現實政治的詩人也遇到過指責，因為我「反抗不力」或「革命情緒悲觀」，我也試過接到來信要求我為某個具體的抗議行動撰寫詩歌，當然我只能拒絕。拒絕的原因不是因為不認同某行動，而是因為詩人必須恪守詩歌本身的獨立性：詩歌不能成為工具。詩歌採取雄辯做為前鋒去戰鬥的同時，也須時刻記得自己擁有沉默做為後衛的力量。

可悲的是兩者都會被忽略，激動的讀者越來越盲目，更樂於注意作品的主題而不是藝術家闡述這主題的手段，更不願細察藝術家就是通過藝術行動本身來為既有的主題增加更豐富意義的，新傳媒的日益即時性更助長了這種對藝術的政治消費。

「題外話」到此為止，藝術面臨的現實革命與藝術內部處理的革命，這是一個巨大的矛盾，對此詩歌尤其難堪，托馬斯．特朗斯特羅姆也不見得就處理得好，更多時候他只願意退回那個冬夜深沉的北歐一隅，僅讓沉默行世直接無視現世之擾攘。有時，也許是他有意無意之間，他成為了一個北歐小鎮裡的卡夫卡，如他著名的那首短詩〈寫於一九六六年解凍〉：

淙淙流水；喧騰；古老的催眠。
河淹沒了汽車公墓，閃爍
在那些面具後面。
我抓緊橋欄杆。
橋：一隻飛越死亡的巨大鐵鳥。（北島譯）

這無可避免地讓我想起卡夫卡令人震驚的短篇〈判決〉的結尾，也想起孟克〈吶喊〉中的一瞬，橋的飛越死亡這一意象恰恰強調了流水和汽車公墓中死亡的無處不在，解凍也強調了冷戰時代中凍結的無處不在。

年份常常出現在特朗斯特羅姆的詩中——他如此讓政治以歷史的方式出現，像卡瓦菲斯所擅長的一樣。在〈巴拉基列夫的夢（一九〇五）〉他通過一個音樂家在演出時的短暫走神來側寫十月革命、反思革命，亦是此道，裡面的輕逸是這樣的：「黑色鋼琴，閃光的蜘蛛／顫動著站在音樂之網的中心／／音樂廳裡飄出一個國家／那裡石頭比露珠更輕」，然而其沉重則如此：「他知道旅行持續了很久／他的錶顯示著年月，而不是鐘點／／有一片犁躺著的原野／犁是墜落地面的飛鳥」（李笠譯），緊接著出現的是一個典型的卡夫卡式場景：夢中的音樂家被綁架他的水手交予一件神祕的樂器，後者告訴前者「你會吹，便可免遭一死」，前者卻知道該樂器將使船走向絕望，然而兩者無法溝通。此中有深意，欲辯已忘言，這更是特朗斯特羅姆給予我們內心的無法承受之重。

這種無以名狀的分量，是詩歌的分量，它不苛求理解，但也不接受不理解的人對它的苛求。特朗斯特羅姆的獲獎，如果能為詩歌增添什麼驕傲，這種即使面對一個非詩的時代仍然保有的對詩歌的自信，就是我們的驕傲。

未來世界備忘錄

——再談托馬斯．特朗斯特羅姆

對於瑞典文學，我們很多人最多只知道一部《尼斯騎鵝旅行記》，那是塞爾瑪．拉格洛夫（Selma Lagerlöf）的長篇童話名作，她也因此成為第一個獲得諾貝爾文學獎的瑞典人（一九〇九年）。幾乎是一百年後，瑞典詩人托馬斯．特朗斯特羅姆（Tomas Tranströmer）獲得了二〇一一年的諾貝爾文學獎。百年之變，恰恰從兩人作品中的瑞典自然可以見得，拉格洛夫筆下騎鵝的小男孩尼斯，鳥瞰中的瑞典大地依然處於田園牧歌之中，溫柔豐饒；特朗斯特羅姆的短詩裡，寥寥幾筆勾勒出一個北歐冷酷仙境，人在其中始終像是過客，甚至是毫不起眼的影子一縷。

一九三一年出生的特朗斯特羅姆寫詩至今已經六十多年，僅有不到二百首詩流傳於世，可謂惜墨如金，瑞典學院給予他的諾貝爾文學獎頒獎詞是：「因為經過他那簡練、透通的意象，讓我們用嶄新的方式來體驗現實世界。」（because through his condensed, translucent images, he gives us fresh access to reality）這個被他用新方式體驗的世界，有點像表現主義電影又有點像災難片裡的未來，他書寫的自然甚至有宮崎駿《風之谷》的味道，像遠古的自然，更像浩劫過後的近未來的自然，與人類漠然同處的一個自在世界。甚至他書寫的人類世界也是這樣，如這句：「長途卡車拖著身子在霧中移動／一只蜻蜓蛹的龐大的影子／在湖底的混濁中爬行」。

特朗斯特羅姆筆下的紐約是：「巨城像一條閃光的長長的飄帶，一座螺旋狀邊側的銀河」，他這樣寫他身處的十字街頭：「街道龐然的生命在我周圍迴旋；／毫無所憶，也毫無所需。／遠在交通道路下方，大地的深淵，／未出生的森林靜靜等候千年。」文明在此恰成廢墟，但是充滿未知的生機的廢墟，這種對人類文明的絕望無疑來自特朗斯特羅姆成長的整個西方冷戰時代，許多虛無主義詩人也因此煉成，但特朗斯特羅姆高出一籌的是他依然有對未來世界復活的信仰，這種信仰，符合了諾貝爾文學獎的初衷「頒給具有理想主義的最優秀作品」這一信條。

首先與這種信仰相符的是他詩歌中的解脫感，他喜歡書寫冰雪消融的一刻：「早晨的空氣留下郵票灼燒的信件／冰雪閃耀，負擔減輕——一公斤只有七兩」，〈臉對著臉〉裡寫二月給予他的感受：「一切轉過了臉，大地和我對著一躍！」都是非常靈動和新鮮。那是擁有極夜的國度才會有的感受，長久黑暗之後春天終於來臨的欣喜。

〈火的塗寫〉一詩為我非常喜愛：

陰鬱的日子我的生命發光
只要和你做愛
如同螢火蟲點亮，熄滅，點亮，熄滅
——隱約地，你能跟蹤牠們
那蜿蜒在黑夜橄欖樹下的路

陰鬱的日子靈魂消沉，枯萎
但軀體筆直走向你
夜空哞哞叫
我們偷擠宇宙的奶苟活

北歐長期陰鬱寂靜的生活，讓人珍惜微光，也珍惜窗戶與愛情，這種珍惜是現代詩中罕見的。特朗斯特羅姆自心理學系畢業，曾經在政府機構如青少年拘留所、勞工部都做過心理專家，對旁人的情感感受應該非常細膩，這也是使他異於同時代那些非常自我主義的詩人的優勢。雖然，他的敏感和想像力都非常卡夫卡，只不過他是一個更冷的卡夫卡。當他也像卡夫卡那樣固執地用第三人稱寫自己的現實的時候，現實卻因此更加貼近了他的詩。

很多讀者以為特朗斯特羅姆是一個單純的超現實主義詩人，但現實、政治、爭戰、全球化……那些困擾今天詩人的主題也困擾他，他有他自己的處理方法，而因為高超的詩歌才華，他處理這些主題顯得舉重若輕，輕快、迅捷是他最明顯的特色，諸如「急切的光」、「半完成的天空」這樣的意象充滿詩中，而驅動這些意象的跳躍的，是他尖銳準確的想像力。比如他把棲息在車窗上的蛾子想像為「來自世界的一份份蒼白的小電報」，把結冰的河流想像為「世界的屋頂」，而把「唯一的話」想像為「當鋪裡的銀器」。

特朗斯特羅姆的想像力豐富，而他的局限性也同樣明顯。詩歌是煉金術，但是一種吝嗇的煉金術，化學煉成的金並不如自然。但他營造了一個麻雀雖小五臟俱全的格局，如北歐有限的空間裡所有的錯綜的自然，幾乎可以媲美世界本身。

做為一個富於宗教情感的神祕主義詩人，特朗斯特羅姆一直想書寫真理，直到他在中國意外遇見真理，就像中國詩人戴望舒所見，真理是白蝴蝶。一九八五年他第一次來中國，北島在北京接待了他，日後兩人成為好朋友，在北島的散文名作《藍房子》中有詳細記述，乃是兩個孤獨的詩人的惺惺相惜。接著他去了上海，日後寫成的〈上海的街〉裡頭一句就是「公園的白蝴蝶被很多人讀著，／我愛這白色，像是真理翻撲的一角。」這首詩僅僅來自在八〇年代上海大街的觀察，最後一句道出了彼時彼地的真理：「我們在陽光下顯得十分快活，而血正從隱祕的傷口淌流不止。」

日後他對真理的書寫越來越直白，簡潔：「真理就在地上／沒人敢去撿取／真理就在街頭／無人化為己有」（〈航空信〉）令我想起另一個中國詩人林庚在四〇年代的短詩。特朗斯特羅姆第二次來中國，是在二〇〇一年的春天，他來北京出席他的中譯本詩集首發式兼詩歌朗誦會——當然，他在一九九〇年患腦溢血之後右半身癱瘓、並喪失說話能力，用左手寫作，只有妻子能聽懂他的隻言詞組，所以只能由中國詩人朗誦他的作品。

那天和隨後由瑞典大使館舉辦的茶會裡，我見到了特朗斯特羅姆。他在一大群中國詩人的圍繞中沉默，目光似乎遠落在未知的某地，我記得有一位活潑的年輕詩人一直蹲坐在他椅子旁邊的地毯上用流利的英語對他滔滔不絕，而特朗斯特羅姆也終於以大聲的瑞典語響應：「JA!」「JA!」那就是「Yes!」的意思。旁邊，他的妻子莫妮卡和譯者李笠一直溫情地看著他們像看著一個孩子和另一個孩子在遊戲。

如今，特朗斯特羅姆的左手用來寫作俳句——這種來自日本的全世界最簡短的詩歌形式正好符合了詩人的現實與理想，只寫非寫不可的話，在最簡約中尋求最大能量。同時，據多次探訪他的北島和李笠所描述，這隻左手還能彈鋼琴，這成為了特朗斯特羅姆最大的快樂。當俳句遇上鋼琴，他詩歌中的樂感被凝聚，變成一種宗教體驗一樣的瞬間釋放：「上帝的親近／一扇鎖著的大門／在鳥聲的通道裡打開」，「夜從東方／向西方湧來／以月亮的速度」。

二〇〇四年特朗斯特羅姆出版了最新的詩集《巨大的謎團》，Robin Fulton 的英譯本為《The Great Enigma: New Collected Poems》（A New Directions Book，二〇〇六），其中新作絕大部分是俳句，最觸動人心的是詩人多番考慮到自己的死亡，赤裸面對：「死亡向我俯下身。／我是一盤設定的棋局，而他／知道那個解法。」「大而遲緩的一場風／海洋的庫藏。／這裡是我能安息的地方。」非同傳統日本俳句的含蓄，這裡是一個一直思考當代世界生存境遇的老人與死亡的直接對話。

我想起了他最著名的一首詩：寫於七〇年代初的〈致防線後面的朋友〉，難道這是當年的特朗斯特羅姆寫給多年後自己的信？他有很多詩都是以另一時空的來信形式所寫，收件人不詳。〈致防線後面的朋友〉最後一段如下：

請讀這字行之間，我們將二百年後相會
當旅館牆壁中的麥克風被遺忘
終於可以睡去，變成三葉蟲化石。

這裡面是詩人與未來的和解，也是和遠古的過去的和解，三重時間在此相聚，這個情景只有在另一個偉大作品的結尾處發生，那就是庫柏力克的《二〇〇一太空漫遊》。穿越時空迷幻通道的太空人在一間古代房間醒來，看見神祕的黑板懸浮空中，黑暗中是宇宙之子：「星孩」在群星間浮現，靜靜地發出了地球曾經發出的藍色幽光。一切文明被遺忘，一切文明又重生。如果說特朗斯特羅姆和庫柏力克是理想主義者，這種未來的回歸就是真正的理想主義所繫。

一百年前，拉格洛夫筆下騎鵝的小男孩尼斯，曾經遭遇過如此神奇又令人惋惜的一個故事：他在一個海灘撿到一枚鏽舊的銅錢但他沒有珍惜把它拋掉了，當晚海裡升起一座美麗的城市，尼斯遊蕩其中，每個商人都向他兜售手中的貨物，原來只需要一枚銅錢買下一件貨物，這座城市就不會沉到海裡去，尼斯後悔莫及，跑回海灘尋找那枚銅錢，但未等他找到，天就亮了，那座城市又沉到大海，等待一百年後的再一個機會。這枚銅錢，也許就是一百年後特朗斯特羅姆的詩，細微但是意義重大，需要我們好好珍惜，用它來贖回我們的過去與未來。

注 文中所引譯詩來自李魁賢、北島、李笠和叢文的譯本，筆者根據對英譯本的理解略有修改，向譯者致謝。

極權時代，詩人何為

——評《曼德施塔姆夫人回憶錄》

孩子，我以耳語
把你交到光手裡。

——曼德施塔姆，一九三七

這本厚厚的《曼德施塔姆夫人回憶錄》，它的物質重量大約是一千克，它的精神重量，大約等於斯大林時代被迫害致死的所有知識分子的屍體的總和。

曼德施塔姆夫人娜傑日達的回憶錄，由她丈夫：奧西普．曼德施塔姆，一個偉大詩人在極端時代的命運說起，展開蘇聯黑暗時代的精神圖卷，讓人牢記一個個個體存在是怎樣泯滅在極權和集體的鐵腕之中，也牢記他們曾如何抗爭，即使是以最低限度的生之渴求，即使是以最「無用」的詩篇。

這不只是詩人、也不只是知識分子的存在難題，也揭示著普通人何以為人的底線是怎樣被宏大的國家幻象所吞噬，猶如卡夫卡的小說之完全現實再現版本，深刻而悚然。卡夫卡與曼德施塔姆是我感同親兄的兩人，曼德施塔姆以自身肉體與精神的劫難，親歷了卡夫卡的夢魘——他因為一首諷刺斯大林的詩，兩度被捕、被流放、死於遠東的集中營，至今屍骨無存。

娜傑日達記載這個宏大夢魘的這本回憶錄的沉重只有卡夫卡的《城堡》與《訴訟》可以比擬，那些專制官僚與龐雜精密的殺人噤聲機器的運作，也直接媲美了卡夫卡的想像力。更難能可貴的是，娜傑日達就像繆斯之母記憶女神，在記下那個時代（或者說，這個時代，因為它遠遠未有終結）其荒誕與殘酷的各種面孔之餘，始終以一個詩人的戰友的姿勢審視時代與詩，論辯它們的衝突與共生，始終以高貴的理性去道出這個塵世的悲劇的內涵，而不只是評判與控訴。

在那塵世的悲劇中，詩人或者說真話的人，只呼喚三個權利。第一個是哭的權利。我們時代如魚得水的作家莫言先生，曾經講過一個關於不哭的權利的故事，來諷刺那些為現實痛哭的人，他實際上通過偷換概念為自己的怯懦辯護：把為現實殘酷一哭與小時候被洗腦教育而哭相提並論。但在這人民「被幸福」的時代，爭取哭的權利，比不哭的權利更難。

娜傑日達受盡生離死別，但她全書只有一處提到哭泣，其他時刻她都隱忍自己的悲痛與恐懼，力求準確細致地觀察暴政的面目。但有一處，她提到了哀嚎，哀嚎的權利：「我認定，還是應該發出哀嚎……這哀嚎聲中就凝聚著人類尊嚴和生活信念的最後殘存。一個人就是用這哀嚎在大地上留下痕跡，用這哀嚎告訴人們他的生與死。他在用哀嚎捍衛自己生的權利，向外界傳導信息，他渴望獲得幫助，他在呼籲進行抵抗。如果身邊再也沒有剩下任何東西，那就應該發出哀嚎。沉默，則是真正的反人類罪行。」這段話，馬上讓我想起被軟禁的劉曉波之妻劉霞女士，她幾乎擁有了近乎娜傑日達一樣的命運，在今年她唯一一次流出的視頻中，她也發出了這樣的哀嚎。

另一權利，是在思想劃一的時代，知識分子發笑的權利。從伊索到曼德施塔姆，看穿色厲內荏的人與規則的荒謬並大聲發笑，和國王的新衣裡的孩子一樣天經地義。在同代人的回憶，尤其是娜傑日達的回憶中，曼德施塔姆坦率真誠得近乎孩子氣。他寫下諷刺極權的詩並讀給很多朋友聽，不怕因此獲罪，他並非勇氣過人，他只不過沒有接受那個時代的潛規則，堅持做一個有血有肉的正常人。一九三八年，曼德施塔姆「甚至想製造一個預防笑話的裝置，因為笑話是個危險的東西……他無聲地蠕動嘴唇，然後用手勢表示，那個裝置已經位於他的喉頭。不過，這項發明毫無用處，他並未停止開玩笑。」這本身就是一個殘酷的笑話，因為就在這一年，曼德施塔姆第二次被捕，再也沒有回到娜傑日達身邊。

最後近乎奢望的，還有憤怒的權利。曼德施塔姆是一個始終對荒謬現象保持義憤的人，有一次他聽聞路人說起五個老人無辜被捕甚至可能判死刑，待罪之身的他竟「違背不介入他人案件的通行規則，他跑遍莫斯科，要救這幾位老人的命」。傳說中更著名的一次，是他目睹特務頭子在醉意中胡亂在處決犯人的名單上打勾時，他大怒把名單奪來撕成碎片。正是這義憤，令曼德施塔姆博得了包括敵人和騎牆者的尊敬，更在死後多年，成為包括布羅茨基等一代代俄羅斯異議知識分子的精神典範。「要知道，詩人無法無動於衷地面對善和惡，他們從來都不會說：存在即合理。」娜傑日達這句話，也堪說給中國的犬儒們聽。

曼德施塔姆被諾貝爾文學獎最年輕的獲獎者布羅茨基譽為「文明的孩子」，他的詩與人格，是漠視極權時代那些用來維護自己的所有潛規則的一個例外，而娜傑日達的記憶，是捍衛這個例外的力量。他們一起證明了「死亡不能統領一切」（迪倫．托馬斯的詩），專政與潛規則不能讓所有人噤聲。在寫到曼德施塔姆最後的掙扎之時，娜傑日達從容道出：「當人民大眾全都走上我們的道路，他們就會明白，自由就是一種被意識到的必然性。」

回憶錄從最初因詩獲罪說起（當然，對於曼德施塔姆這樣真誠的人，他的存在對於虛偽的政府早已是一種罪），講述他們一次次躲藏、流放、被逐、倖存，其中在沃羅涅日的那次流放實際上是詩人生命中最後一次春天，因為在那短暫的喘息裡曼德施塔姆寫出了他最偉大的詩篇，娜傑日達把那段日子視為「附加的一天」、視為奇蹟——奇蹟在那個時代未必是榮譽，因為這也意味著加害者的恩賜或者龐大死亡機器的一次失常。曼德施塔姆和娜傑日達都清晰地知道這一點。

最後一次回到莫斯科，是「附加的一天」的延宕，娜傑日達的行文也像他們當時的心願，一再延伸、拖緩第二次逮捕之日的到來。生命就是緩刑，沒有哪一個人的命運比曼德施塔姆更貼切。在娜傑日達極其細致的回憶中，每一天都是安哲羅普羅斯電影裡所謂的「永恆的一天」。她一再低迴、眷戀他們共同度過的每一秒鐘，追溯它的意義，讓人常常熱淚盈眶。甚至自殺的可能也成為寶貴的記憶，「如果我們能夠預知命運之所有可能的版本，我們或許不會放過那個正常死亡的最後機會，即莫斯科城富爾曼諾夫胡同作家公寓五層樓上我們家裡那扇敞開的窗戶。」自殺是對自由的最後一次申明，而曼德施塔姆被剝奪了這最後的自由。

令人感慨的不止是曼德施塔姆夫婦的厄運。回憶錄裡出現的那些人，無論是政客還是作家，無論是意氣風發的弄潮兒還是負隅頑抗的孤傲者，無論是出賣別人的可憐蟲還是被出賣的無辜者，在注釋裡，他們最後大都死於非命——「被鎮壓」。只是這龐大的虛無沒有壓倒娜傑日達，她就如她所描述的集中營倖存者一樣：「存在著這樣一些人，他們自一開始便給自己提出這樣的任務，即不僅要保住性命，而且還要成為見證人。他們是真理的無情捍衛者，他們被無數的苦役犯所淹沒，但是堅忍不拔。」在敘述曼德施塔姆被送進集中營後，娜傑日達的聲音越來越雄辯，明明是失去了曼德施塔姆的所有音訊，卻倒像曼德施塔姆的聲音加進了娜傑日達的聲音之中，一同辨別、一同申命。

彼時莫斯科「鄙視世上的一切價值，更遑論詩歌」。但人性在最低限度下猶存，總有一些作家或者愛詩的人偷偷地接濟曼德施塔姆，請他吃飯甚至在單位裡偷偷給他口袋裡塞錢，有的是那些吃得開的作家們的贖罪券，但這一切是莫斯科無法想像的，因為它相信自己無所不能，能夠取代良心。相比在另一個極權國家的每一次肅反之中，沒有任何人敢於流露自己的人性。直到無所不在的古拉格群島／夾邊溝，把僅存的一丁點人性在世界上抹去。極權否定人性，詩歌孩子氣地反對，而人性就反過來竭盡所能地眷顧詩歌，這是文明尚未失去其存在資格的唯一證明。「我可以作證說，我的熟人沒有一個人進行過鬥爭，人們只不過是在竭盡全力躲藏起來。那些沒有失去良心的人正是這麼做的。要想這麼做，也需真正的勇氣。」

比如曾被冤枉為沒有盡力拯救曼德施塔姆的帕斯捷爾納克，他是唯一一位在得知曼德施塔姆死訊之後敢趕來看望娜傑日達的人。比如在曼德施塔姆落難期借錢給他們的人，很多是被他們定義為「隱在知識分子」的。還有淪為罪犯家屬之後的娜傑日達，竟然還得到許多在蘇聯被定位為先進階級的工人們的幫助，包括有一次娜傑日達在她工作的棉織廠裡被工人們保護逃亡，這是嚴酷的階級國家裡人性未泯、最讓人動容的一幕。

這本書在在展示的，雖是「極權社會」的一個完美狀態，一個至今尚存的非正常狀態。但娜傑日達和曼德施塔姆一樣，始終思考的是在這種社會狀況下，知識分子何謂與何為的問題。「詩歌在我們這裡扮演一個特殊角色。詩歌喚醒人們，塑造他們的意識。知識分子階層的生成，如今就伴隨著對詩歌的空前愛好。這就是我們價值體系的黃金儲備。詩歌喚起人民的生活熱情，喚醒了良心和思想。」曼德施塔姆的詩歌與其他俄羅斯詩歌，在俄羅斯知識分子的堅守與重生中扮演了這樣一個角色，絕非偶然，因為詩人貴真，始終藐視說假話的人，詩人貴想像力，始終反抗一切壓制自由思想的鐵板。

曼德施塔姆說過，他服膺的阿克梅主義詩歌，是「對世界文明的眷念」，娜傑日達為這句著名的話做出了偉大的擴充，她說阿克梅主義不僅是對世界文明的眷念，且還是「對塵世因素和社會因素的肯定」。這一斷言正色回答了「極權時代，詩人何為」這一疑問。

娜傑日達，在俄語裡意為希望，她也曾苦笑這一寓意的現實反諷，因為它並沒有給她和他帶來希望。但這本書本身就是極權社會無法抹殺人類記憶的一個證據，記憶存在，公義才會如滔滔回流，記憶存在，人方能重獲人之為人的高貴本質。娜傑日達以僅存之軀，輾轉於赤貧、戰火、迫害與隔膜之間，時刻不忘反覆背誦曼德施塔姆的詩，這一行為，也是一個象徵：詩歌索求著記憶女神的存在，提醒著記憶，去回溯獨裁者試圖抹殺的一切價值。此為希望。

斯大林時代，詩的反抗

曾經，我的國家跟我說話，
溺愛我，輕輕訓斥我，不讀我；
但是當我長大，成了目擊者，
它立即注意我，立即像一塊鏡片，
使我著火，用來自海軍部大廈的反光。

曼德爾施塔姆（Осип Эмильевич Мандельштам，俄羅斯著名詩人，一八九一—一九三八）這首短詩，幾乎是任何一個有良知的作家在極權社會的境遇的描述。當你僅僅是一個有才華的作家，僅僅書寫美和善，你會獲得嚴父的默許，頂多輕輕訓斥你並未通過文字去阿諛——你不是一個積極分子。你還應該慶幸它不讀你，因為當你目擊現實，進而書寫真相與抵抗，老大哥的目光就馬上炯炯注視到你的不羈，而且焚燒你，就用國家暴力（海軍部大廈輝煌鋒利的尖塔）的意志。

曼德爾施塔姆在一九三五至一九三七年流放沃羅涅日期間，寫了許多這種混雜著痛定思痛和更痛的預言的詩——收錄在那三冊《沃羅涅日筆記本》裡，被他不屈的遺孀娜傑日達用記憶和種種神奇的方式保存了下來，在他一九三八年死於另一個更可怕的流放地符拉迪沃斯托克幾十年之後重見天日。在這反省之前，他已經寫下了近乎墓誌銘的一些預言自己的死亡，以及他的詩句的復活，比如這首：

是的，我躺在大地裡，我的嘴巴在翕動，
我說的話，每個學童將默默記誦：
大地在紅場比任何地方都要圓，
它斜坡的自由度越變越硬。

大地在紅場比任何地方都要圓，
它斜坡的自由度意外地開闊，
一直朝著田野伸展，
只要大地上最後一個奴隸還活著。

黃燦然的這個譯本（《曼德爾施塔姆詩選》，廣西人民出版社）是此詩最有力的譯本，與汪劍釗的從俄語來的譯本不同：他強調了「將默默記誦」和「大地」、「奴隸」，汪譯是「都會背誦」和「地球」、「囚徒」。和英文常見的布朗與默溫（Clarence Brown & W.S.Merwin）譯本也不一樣，黃譯放棄了它的現在進行時態而取另一英譯理查德·麥凱恩與伊麗莎白·麥凱恩（Richard & Elizabeth McKane）的未來式去翻譯曼德爾施塔姆對自己身後世界的預言，並且用後者更斬截的「is alive」而不是布朗與默溫的「on the last day of the last slave」作結，讓這首詩沒有陷於絕望。

只要還有奴隸，大地就有理由伸展它的自由。這是黃燦然譯本傳達出來的一個倔強的訊息。曼德爾施塔姆是否就是這麼倔強呢？去年出版的中譯本《曼德爾施塔姆夫人回憶錄》裡娜傑日達說他正是如此，黃燦然譯本裡還有更多的詩印證了這一點，也許是譯者對詩人性格的深刻理解，也許是譯者對大時代中知識分子的掙扎的感同身受，導致了這個與眾不同的譯本的出現，相隔一百年，曼德爾施塔姆竟然還能澆中國詩人之塊壘。

做為一起二十世紀著名的文字獄，我們都知道曼德爾施塔姆獲罪於斯大林的故事：他在一九三三年寫了那首著名的「斯大林諷刺詩」，隨後的被告密、斯大林打給帕斯捷爾納克的電話、後者無力的辯護的無數個版本、兩次流放而屍骨無存……這種種我們都津津樂道乃至於習以為常。然而這一切離亂錯愕之中，詩人是如何省察自己的命運和俄羅斯、二十世紀的命運的呢？黃燦然的譯本無疑也注意到了這一點，並且在翻譯中有意無意加重了某些筆墨的力道。

我們活著，但感受不到腳下的土地，
十步之外便沒人聽見我們。

「斯大林諷刺詩」這個著名的開頭，已經無須引用其後一系列對獨裁者和奴才惟妙惟肖的諷刺，足以準確地聚焦了那個大清洗時代的嚴峻。這首直接把詩人帶進厄運的詩其背景時間的設定似乎是昏昧的午夜，而再往前，一九三〇年他的另一首名作〈列寧格勒〉書寫的時間是「我徹夜未眠，等待那些親愛的客人」，親愛的客人會「撫弄鐵鐐般錚錚響的門鏈」，當然不是善男信女，忐忑的詩人在列寧格勒向古老的彼得堡（這同一個地點的不同名字的使用意味深長）求救：

彼得堡！我還不想死——還不！
你知道我的電話號碼。

彼得堡！我還有一本地址簿，
通過它我將聽到死者的聲音。

這是斯大林時代的常態，忍看朋輩成新鬼，你的地址簿成了錄鬼簿，你就只能通過書寫、繼續書寫去把他們喚醒。傳說曼德爾施塔姆在寫獲罪的諷刺詩之前就有過足以致死的舉動：曼德爾施塔姆有一次在酒吧裡看見契卡官員勃柳姆金喝醉了，正在隨意地往處決名單上填寫名字，曼德爾施塔姆勃然大怒衝向那條狼犬，把他的名單撕成粉碎。這無與倫比的勇氣也許只是來自這位身體孱弱的詩人最基本的人性：他不能容忍視人命為草芥，而三〇年代的蘇聯，大家已經對這種荒謬習以為常。

在這昏昧的午夜之前，曼德爾施塔姆已熟悉死亡的腳步，並且嘗試以詩歌去理解其意義。讓我們再倒敘，一九二一年，十月革命發生不久，他的摯友詩人古米廖夫（也是著名詩人阿赫瑪托娃的丈夫）被布爾什維克處決，得知消息後的曼德爾施塔姆寫出了他最冷峻的一首詩：

我在屋外的黑暗中洗滌，
天空燃燒著粗糙的星星，
而星光，斧刃上的鹽。
寒冷溢出水桶。

大門鎖著，
大地陰森如其良心——
我想哪裡也找不到
比這清新畫布更純粹的眞理。

星鹽在水桶裡溶化，
凍水漸漸變黑，
死亡更純粹，不幸更鹹，
大地更移近眞理和恐懼。

黃燦然的中譯完全忠實於布朗與默溫的英譯，兩個版本都幾近乎完美，原作的意象有著嚴冬空氣一樣的清晰——讓人想起塔可夫斯基的電影鏡頭。我們可以看到詩人艱難地、又決絕地去面對俄羅斯命運的巨變——折射在他亡友身上的。這個星星粗糙地燃燒起來的時刻，俄羅斯在入夜，連大地的良心都是陰森沉默的，然而詩人知道這是必須發生的真理：星光變成了利刃上的鹽，就像精英（聖經的隱喻：人中之鹽）被戮，這死亡漸漸與凍水融合，成為這個民族的集體記憶，將作用於未來漫長的懺悔與救贖（洗滌的動作是一個深度隱喻）之中。

掌握了這個未來的祕密的詩人，面對真理同時意味著不得不面對恐懼。日後，一九三七年詩人從沃羅涅日流放歸來，實際上無家可歸、走投無路。也許有人給曼德爾施塔姆建議：既然你因為諷刺斯大林而獲罪，為何不再寫一首歌頌他的詩以求寬恕呢？於是那年曼德爾施塔姆嘗試違心寫一首〈斯大林頌〉——然而不知道是不幸還是萬幸，這首詩未能完成，只留存一些殘篇。但是我可以肯定這首詩不能完成，即使完成也並不是人們想像的阿諛的頌聖之詩，因為詩人的誠實不允許他這樣做，詩歌本身的驕傲也不允許。黃燦然只選譯了其中最不和諧的一段：

積聚如山的人頭走向遠方。
我在那裡變小，他們再也不會注意我了；
但在被深愛的書籍和兒童遊戲裡，
我將升起來說太陽在照耀。

在汪劍釗翻譯的全集裡，我看到這一段埋藏在斯大林「巨大的道路」和「列寧的十月」之後，前面還有一大段類似「斯大林的眼睛能讓高山挪移，讓遠方的平原縫起來」等「奇蹟」描寫，可是孩子氣得讓人懷疑是反諷。詩人真正要說的如潛意識般冒出：「但在被深愛的書籍和兒童遊戲裡，我將升起來說太陽在照耀。」

汪劍釗譯作「可是，在溫柔的書籍和孩子的遊戲中，我將復活，並說道：燦爛如太陽。」兩個版本都讓人想起他之前的預言：「我說的話，每個學童將默默記誦。」

連他自己都反對不了自己詩藝的偉大，即便為了求存，他也學不會奉承，寫不好斯大林頌。詩人是最不可能沉默的人，沉默與訴說，是詩人面臨真理之時最弔詭的矛盾。早在曼德爾施塔姆仍未獲罪的一九三〇年，他就寫出了這種矛盾，並且作出了選擇：

不要向任何靈魂吐一個字。
忘掉你見到的。
鳥、老婦、監獄，
和其他一切。

否則破曉時分
你剛張口
就會像松針
開始顫抖。

你就會回憶鄉間小屋的黃蜂，
小孩沾著墨跡的鉛筆盒，
或你從未採摘的
森林裡的藍色漿果。

詩第一段對自己提出的告誡，很明顯詩人並沒有遵從，他不但向身邊的靈魂說話，還向俄羅斯過去的、未來的靈魂說話，喋喋不休。他不能從「鳥、老婦、監獄」面前轉身迴避選擇遺忘，他說的「否則」實際上就是他選擇的，張口、顫抖、從回憶中打撈出那個更應該存在的自由世界，那裡孩子接過鉛筆，是為了書寫真善美而不是謊言。

詩人沒有沉默，喋喋不休，因為只有喋喋不休，才能拯救他的摯愛：

而你在圓圈裡照耀——
幸福莫過於此——
並向一顆星學習
一束光的意義。

如果它是一束，
如果它是光，
那是因爲低語使人溫暖，
而饒舌讓人強大。

而我想對你說，
我的小親親，悄悄地：
通過我的饒舌
我把你交託給那束光。

這是詩人最後的幾首詩之一，也是他最深情的，寫給夫人娜傑日達的詩。我並不滿意黃燦然選擇的「饒舌」二字，汪劍釗譯作「絮語」更符合與愛人密處的語境（布朗與默溫譯作 Whispers，理查德．麥凱恩與伊麗莎白．麥凱恩也譯作 Whisper，耳語，更加溫柔，如枕邊書）。

放棄了斯大林頌之後的曼德爾施塔姆，也泰然面對了接踵而來的厄運，在第二次致死的流放之前，他如井噴一般大量寫作，都是高度濃縮而因此爆發力驚人的技藝高超之作，彷彿知道了命運之約，必須如此兵行險著地傾吐最後要說的話。這些詩晦澀如囈語，又包含著無限奧祕，如那一組〈關於無名戰士的詩〉（可惜黃燦然沒有全譯）、〈我在天堂迷了路〉等，現實中對自由的執著，進入文字，採取的是魔術師一般試探語言極致可能性的方法。

在那些強大的「饒舌」中，有一點是清晰的，就是對人、對權力欺凌結構中最微弱的人的堅信。《曼德爾施塔姆詩選》的最後一首〈致娜塔莎・什捷姆佩爾〉是寫給一個普通的、跛足的女子，在她身上映射著從十二月黨人們的妻子直到阿赫瑪托娃那樣的詩人未亡人等一長列俄羅斯女性的偉大堅忍，這也是俄羅斯本身的縮影：

> 她們今天是天使，明天是墳墓裡的蠕蟲，
> 而後天，只剩一個輪廓。
> 那邁過的腳步，如今已難以企及。
> 花朵不朽。天堂完整。
> 而將來只是一個諾言。

只是一個諾言，然而既然許諾，便有踐諾的可能，因為曼德爾施塔姆的詩歌，我從來沒有泯熄過這點希望。

砌石、狩獵、犁田與寫作

香港的春風來得早，但在新界西北尚有點荒涼的田野上，這風依然凜冽。這些天我來這裡看望一些耕種的年輕人，給他們在勞動之餘講講文學和寫詩，他們有的還在讀大學，有的已經畢業了，但都選擇在這裡做農人，延續幾年前在保育運動裡種下的夢想。

寫作與耕作跟相似，而兩者又都指向一個人在此時亂世的生存態度，讓你在其中學習安身立命的細節。這就是我把文學課帶到農田上的原因。我帶給青年農人兩本詩集：《蓋瑞．斯奈德詩選》（楊子譯，江蘇文藝出版社）和《仁愛路犁田》（鴻鴻著，黑眼睛文化出版），說來是巧合，這兩本我正在看的書，與狩獵、犁田、保育這些人類最源初的勞動相關，兩位詩人對待勞動與當代社會的態度，也都有回歸本源、尊重自然、反抗掠奪的智勇，盡綻於筆端——這也正是我希望年輕的農人們從自身的勞動中發現和提煉的。

斯奈德是當今在世最傳奇的詩人，但講到他之前，我先講到愛爾蘭著名詩人希尼的名作〈挖掘〉，那是希尼第一本詩集裡的第一首詩，詩中他期許自己能以父親及祖父挖掘農地的技巧和毅力去寫詩。這個比擬深入人心，是傳統世界觀的讀者與批評家都能理解的詩觀，但是蓋瑞．斯奈德在一首相似題材的〈根〉卻寫到：「挖掘／這鬆軟的灰土／鋤柄短／而白晝長／手指深插到土中搜尋／根，耙出來；仔細撫摩，／根是強壯的。」這裡詩人直接以自己的手代替鋤鐮這樣的工具，以生命代替筆，去承認自然的強壯。

雖然我們早知蓋瑞．斯奈德深受東方詩與思的影響，但在《蓋瑞．斯奈德詩選》裡我們看到更多這種比東方哲學還要齊物、謙卑的詩歌，當他寫到人類改造自然的時候（比如說「伐木」系列），他放棄了美國拓荒者的傳統，強調的是自然的神祕與偉大，人必須順應而進入、回歸自然之力中，同時他又學習印第安人與自然的共生智慧，在寫狩獵系列的詩篇中著墨於一個「郊狼」的角色，它時而狡黠時而赤誠，對自然索取和給予都是幽默地完成，不是對立鬥爭也不是消極無為。

蓋瑞．斯奈德是個哲人、樵夫、獵人和僧侶，但首先是個詩人，在《蓋瑞．斯奈德詩選》裡能讀到很多以前未被譯介的關於他的欲望的詩篇。正視欲望，也是自然的，以前我們過於把斯奈德想像為聖徒，但即使在無比景仰他以他為原型寫就的凱魯亞克《達摩流浪者》裡，斯奈德也是一個有血有肉的、「郊狼」一樣的生存者。我特意拈出這一點，是想提醒理想青年們，欲望未必要迴避，淪為清教徒的革命是可怕的，後者將以道德整肅想像力，繼而否定生命的自由。如果革命否定了自由，革命本身就成為保守之惡，這點我們在與青年斯奈德同時代的日本赤軍等極端左翼那裡看過不少，猶幸斯奈德與垮掉一代作家本身的詩人心性使他們天然與之免疫。

「學習花朵，輕快前進」——斯奈德寫給孩子們的這句詩，長久以來一直是我的座右銘，我也轉贈給年輕農人們。從自然中，我們學習承擔與隱忍之毅力，但更要學習解放，達摩流浪者背起背包是為了放下現實更多的執念。而到了今天，這更演變成「快樂抗爭」的理念，為新一代叛逆者與創造者奉行。在港台青年寫作者身上也很明顯，鴻鴻的《仁愛路犁田》面對台灣日益尖銳的全球化影響、本土農業重傷、發展至上霸權這些香港與大陸也面臨的問題時，既有沿循上一本詩集《土製炸彈》的激憤，又多了幽默與溫柔，而且一再張揚愛情，畢竟快樂、愛和美是我們反抗惡的最大武器。

就像鴻鴻引用在封底的兩句詩所示：「值得驚訝的不是飛機在天上飛，／而是人的雙腳可以穩穩站在地上」，真正能慰藉心靈的是踏實的勞動，真正能拯救勞動者的也只有勞動。詩集點題詩〈仁愛路犁田——記老農第12度北上訴願〉是一首關於抗爭失敗的詩，就像我們的社會運動一樣失敗是常態，但失敗帶給我們什麼呢？「當車流重新啟動，陌生的路人扶起仆倒的騎士，大地扶起仆倒的老農。水流往該去的地方。田土繼續呼吸。生命繼續亂竄。」這是全球化時代的「老人與海」寓言，戰機和金錢可以擊垮一個站立在土地上的人，但不能打敗與土地相連的生命。因為生命始終在種植、耕作、輪迴，與只知道消耗與搗騰的投機資本不一樣，前者更接近宇宙生息之道。

道是什麼？此刻最符合田野上聽我講詩的農人們的答案——道就是忠實於自己的本性。就像村口的一個水池一樣忠實於自己的本性，由「生氣」、「完整」、「舒適」、「自由」、「準確」、「無我」、「永恆」等概念一步步界定和修正，最後又被「平常」二字洗滌，「我曾經看過一個日本村莊的簡易魚池，它也許就是永恆的。」C．亞歷山大《建築的永恆之道》裡這句話，是我的臨別贈言。

一路退回「無」

我最喜歡的十個現代詩人中，美國占了倆：艾茲拉．龐德與蓋瑞．斯奈德。也許因為他倆正是美國詩歌中與東方智慧最貼切的智者，不只是都翻譯和學習了中國與日本詩歌，他們以自身詩與行的修為，成為了東方儒與禪精神的繼承者，而且這繼承剛正勇毅，糾正了東方智慧在東方本土遭遇的俗化淺化。

我曾思考龐德詩中的世界為什麼和斯奈德的不同：在龐德的流光逝水間常能見古代的恍兮惚兮和淒淒惶惶，事關他身處大時代的轉折中，身世亦經歷浮沉，再加上早年希臘及時作樂思想的反照（它和儒家理想的衝突最後會導向虛無），龐德最終是一個悲觀主義者——或起碼說是一個不可知論者，和晚年杜甫有相似之處。而斯奈德身上有強大的美國印第安人傳統，他的本質是樂觀的、有征服欲的。他的境界頗像放達之時的蘇軾，而不是杜甫。時代對他的壓迫並不殘酷，正如蘇軾，妙悟、牢騷和憤怒都會出現，但悲慟闕如。

那是十年前我所思考的斯奈德——局限於閱讀，今天看來我低估了他。十年前我的閱讀藍本只有台灣八〇年代一冊斯奈德選集《山即是心》以及主角影射斯奈德的垮掉派小說經典《達摩流浪者》，兩本書裡呈現了那個冒險者、環保行動者和禪宗修行者斯奈德，但沒有八〇年代之後那個智慧老者斯奈德。對他進一步認識，要到近幾年西川翻譯《水面波紋》和楊子翻譯的這本更全面的《蓋瑞·斯奈德詩選》分別在香港和內地出版才獲得。

改變我對他認識的當然還有兩次親見，尤記得一個時刻：二〇〇九年的冬天他來香港出席第一屆香港國際詩歌之夜，在暮遊西貢的歸船上唱起了美國傳統民謠傷水之歌，然後教我對著中環的摩天高樓做了一個密宗驅魔的手印，他說：「這些就是魔鬼。」

幽默、直率、嫉惡如仇，這都是斯奈德的另一面，由《蓋瑞·斯奈德詩選》的更多詩篇可以印證，其中不乏站在印第安人與大自然的立場直接對開發商、發展主義直接宣戰的，亦不乏調侃又留戀自己的情欲的。我曾寫過：「蓋瑞·斯奈德是個哲人、樵夫、獵人和僧侶，但首先是個詩人」，現在我要倒過來講並且補充一下：「蓋瑞·斯奈德是個哲人、樵夫、獵人、情人、戰士和僧侶，所以是個詩人。」有了諸多身分的體驗，一個詩人所需的營養才充足。在閱讀中出現那個更加多情與幽默的斯奈德令我想起了詩人六世達賴倉央嘉措，後者也是綜合了情人與聖者這兩種貌似矛盾的身分，成就了詩人的兩全妙法。

如果說做為青年獵人（既指自然亦指情愛上的）的斯奈德還有征服欲，晚年的他無疑在超渡青年的他。甚至青年時做為僧侶的那個他也被數十年後在日常樸實又樸實的生活中修煉而來的他所超越。一首寫於八〇年代的〈穿過妙心寺〉令我驚嘆他中年所悟，斯奈德回到青年修行時的京都，在妙心寺想像數百年前建造它的境況，他想像來自朝鮮和中國的水手駕船運送建材來此，想像木匠們揮舞鑿子如剃刀……突然他插入一個「忙於參透　無　的小和尚」——我不禁莞爾，這個古代京都的小和尚難道不也是五〇年代在京都坐禪的斯奈德？「無」是可以通過勤奮修禪參透的嗎？當然不。然而二十年後的斯奈德突然頓悟：無自在於流變之中。

他不說答案，只是呈現：「這些古老事物，全都／無名無姓。／綠松針，／木材，／灰燼。」生機勃勃的松樹砍下變成製造寺廟宮殿的木材，寺廟宮殿又在一場場戰火中焚毀為灰燼，此無量劫，亦永回歸於一，萬有即無。

無名在他更後來的作品中得到更深的發展：No nature。這本詩集名字費解，據維基百科，英文的 Nature 來自拉丁文 Natura，意即天地萬物之道，Natura 希臘文 physis（φύσις）的拉丁文翻譯，原意為植物、動物及其他世界面貌自身發展出來的內在特色。此正合佛經裡「無情」的意義：沒有情識活動的礦植物，如山河大地及草木等是。楊子把 No nature 譯作「無情」甚好（西川譯作「無性」亦對），讓人聯想古詩中的「一樹碧無情」（李商隱），這個詞出現在晚期代表作〈水面漣漪〉

裡呼應的是曠野與小屋的兩忘又兩相協調——這豈不是道家「相忘於江湖」、道教徒詩人李白「永結無情遊」的境界嗎？

從一切有為法的努力，一路退回無的寬大，斯奈德初心無改，欲求的是自由的無情遊，念茲在茲的是邀雲漢的相期約——儒佛道的相遇，原來莫非自然，詩之大者，於此虛位以待也。

詩歌做為鑰匙：阿多尼斯

過去獲得諾貝爾文學獎的近百位作家中，嚴格意義的阿拉伯作家只有一位：一九八八年獲獎的埃及作家馬哈福茲；算上廣義的伊斯蘭作家，還有土耳其的帕慕克——雖然他是比馬哈福茲還叛逆的伊斯蘭傳統叛逆者。這樣的比例，毫無疑問是偏頗的、未能彰顯諾貝爾文學獎獎勵全人類意義上的理想主義寫作行為這一初衷。

而阿拉伯文化，做為西方正統潛意識視為異類甚至敵對的這樣一種文化，在九一一之後恰恰成為了亟須理解的文化。然而它並沒得到理解，以至於今天，這種理解的不可能已經到達極端，基地組織、哈馬斯、「ISIS伊斯蘭國」和美國為首的西方中心主義，殊途同歸，聯手扼殺著當代阿拉伯文化、文學中開放的一面，把它逼入窮途。

詩人阿多尼斯，是屈指可數的能在窮途中衝刺而出的鬥士，與阿拉伯傳統世界對他的不信任相比，他算是在西方世界獲得最多殊榮的東方詩人，也是多年諾貝爾文學獎的熱門人選，但總是緣慳一面。在伊斯蘭極端主義甚囂塵上的今年，單純地像九一一以來對阿拉伯文化進行隔絕甚至妖魔化已經證明是無用的，全球都必須正視當代阿拉伯文化中的積極因素，而阿多尼斯是最好渠道——不止因為他的詩。

阿多尼斯生於敘利亞長於黎巴嫩，最終定居巴黎，也是傳統阿拉伯的叛逆出走者。一個文化的出走者往往是隔絕雙方文化的完善者，如蘇俄時代的諾獎詩人布羅茨基，他熟悉蘇俄文學最高峰：阿克梅派詩歌，也熟悉現代西方詩歌的巔峰如艾略特與奧登，他同時反饋自己的反思與雙方，使長期被阻擋在歐洲門外的俄羅斯文化從深層回歸歐洲大傳統——他的輸出意義甚至比索爾仁尼琴要大，後者的作品僅僅作證，前者除了作證還生成新的傳統。冷戰結束，世界的磨心從美俄之爭向美阿之爭挪移，阿多尼斯就顯示出了類似布羅茨基的意義。

首先，他不只是個詩人，還是個信使，如曾經的泰戈爾和紀伯倫，向世界敞開所謂神祕文化當中的普世意義。其次，他綜合兩個世界的思想能源進行建立，也就是我上述的試圖生成新的傳統。阿多尼斯曾對我說，影響他最大的一個人，是尼采。尼采固然是日耳曼浪漫精神的頂點表現，但也是其終結者。阿多尼斯以其詩對傳統阿拉伯詩歌的反動和更強力的以文對阿拉伯文化保守一面的批判，來繼承尼采這種重塑一切價值的精神——阿多尼斯更喜歡自比的，是魯迅，另一位尼采的東方繼承人。

阿多尼斯始終是一位反思者。從詩歌的角度而言，技術上，阿多尼斯給予傳統警句以現代的曖昧分裂，是直承現代主義的懷疑精神與不確定論的，而恰恰因為其傳統警句的面目，他能引誘那些對現代主義詩歌帶抗拒心的讀者——在中國，他竟也吸引了數以十萬計的讀者——繼而動搖他們對警句的依賴性，因為阿多尼斯本質上否定警句的封閉教導意義。另一層面他致力於蘇菲主義與超現實主義的融合，從兩個文化的異端當中找到了共通點，這也是詩歌製造的捷徑。

至於文章，就其中譯選本《在意義天際的寫作：阿多尼斯文選》可見：當詩人就戰爭、政治、宗教、神祕主義和歷史喋喋不休的時候，他並不是背離了詩人的天職，唯其如此，這個詩人才成為另一個意義的立法者。阿多尼斯以其強大的消化力和整合力，表現出迥異於理性主義者的另一種解釋世界的方法，更是同時迥異於西方中心與傳統阿拉伯世界兩者的反叛獨立性，正視虛無和信仰的缺失，使他的話語更有現代式的清醒和覺悟。當中政治意味自不待言，但如果諾貝爾文學獎仍要假裝與政治無關的話，也應該正視阿多尼斯呈現的另一種思考世界的方式。

如果說有什麼是阿多尼斯的獲獎障礙的話，很諷刺，只有因為他的詩歌是相對「好懂」和「公共性」的詩歌（加引號是因為我不認為他所有的詩都是如此）。「晦澀難懂」從一百年前被人們用作否定現代詩的大棒，變成今天被用作現代詩的標準，同樣可笑。波蘭詩人米沃什曾寫〈反對不能理解的詩歌〉做出誠懇反思，他援引了不同於傳統西方文化的詩歌做佐證，而今天，阿多尼斯的詩是否也能代表另一文明的詩歌為此作證呢？

一把隱藏的音叉，特朗斯特羅姆

「這聲音說自由存在」，這句斬釘截鐵的詩來自剛剛辭世的瑞典詩人托馬斯．特朗斯特羅姆，他最著名的一首短詩〈快板〉，下一句是「有人不給皇帝納稅」。他的中文譯者萬之在後來的修訂稿中更準確地把這句翻譯成「這音色說自由存在」——的確，這個詞緊接著琴鍵、音錘而出現，指向的就是鋼琴的音色。問題在於：當詩人在「一個黑色的日子之後我演奏海頓」，他彈響的到底是鋼琴還是音樂、是海頓的曲子還是海頓所代表的新德意志的自由？詩人說：「我升起海頓旗幟——意味著：『我們不投降。但願意和平。』」

旗幟向來被政客霸占，而詩人此刻讓它從屬於音樂家，熱愛海頓的人應該明白這就是「這聲音說自由存在」之斬釘截鐵力量的來源。同時，熟悉特朗斯特羅姆的現代詩讀者，也應該明白：在現代詩的美學中，尤其在最後一位歐洲現代主義者特朗斯特羅姆的詩中，音色就是音樂，隱喻就是詩旨，演奏本身就是所謂思想、所謂詩人風骨。

理解這一點，方可以在這個急就章的時代談論緩慢的詩、拒絕性的詩，特朗斯特羅姆一生只寫了二百多首詩，這本身就是不合時宜的，因此確定了他詩壇隱士的形象。我們不能因為他提到「自由」這個響亮的詞，就忘記了他的隱匿——前幾年，香港牛津出版社要出版特朗斯特羅姆詩歌的萬之譯本，出版社本想定名《這聲音說自由存在》，但叢書主編北島建議改為《早晨與入口》；前者無疑會在近年激蕩的泛漢語地區引起共鳴更多，後者卻更貼近特朗斯特羅姆的低調和隱匿，而且保持著如他詩歌音色一樣的湛明和敞開。

相對於琴鍵、音錘，還是這個自喻更加接近動蕩的二十世紀裡一個詩人的自我期許：「一把隱藏的音叉／在嚴格的寒冷中／發出它的音符。」（〈冬天的程式三〉，馬悅然譯）。特朗斯特羅姆也是一位優秀的鋼琴演奏家，他熟悉一切音樂的困頓——現代藝術在面臨當代的政治衝突時的兩難，如果你發聲便可能被誤讀，正如海頓所作的德意志之歌日後被納粹用作張揚民族主義一樣；而如果你不發聲，就是對惡的縱容。於是在嚴寒之中，詩人表示，他最起碼可以做一把音叉，告訴世界，無論爾等如何顛倒混亂，詩始終鳴響著一個標準，恰如康德所說的頭上的星空與心中的道德律。

因為有了這種堅持，在那首詩的結尾，特朗斯特羅姆才能寫道：「我站在星空下／感覺到世界在我的外套裡／爬進爬出／像在一個蟻塚裡」，這種自信遠承美國惠特曼的自我之歌，其中國變奏則像蕭開愚的〈北站〉：「在北站，我感覺我是一群人。」而相對於兩個大國，瑞典無限退隱於歐洲的最深處，特朗斯特羅姆無限退隱於時代的最深處，卻因此能感覺繁囂現世之狂亂不過是蛛絲馬跡。我們遺憾於詩人最後二十年因為疾病的近於啞默，但也應驚訝他早在一九六〇年代的這首詩就預言了五十年後這個在無限擴展的蟻塚裡爬進爬出的互聯網世界——即使它無限廣闊，它也依然是一個蟻塚，詩人卻始終站在星空下。

在一九六〇、一九七〇年代，狂飆突進、積極介入，是時代對它的詩人的最振振有詞的要求，如果你選擇做一把隱藏的音叉，就被取消了做為鋼琴、做為電吉他的資格。當時的歐洲左翼詩人和批評家曾多次批評「不合時宜」的特朗斯特羅姆，「認為他忽略參與社會政治活動，責備他為保守與資產階級。其實，托馬斯自己是一個左傾的自由主義者。」（馬悅然《巨大的謎語》序言）特朗斯特羅姆在一九七九年的一個訪談中曾如是反駁：「他們要求我投靠馬克思主義的政治語言。我的詩處理屬於政治和社會生活的事務，以及社會問題，是相當自然的，因為我的平常職務是心理專家。我一向工作和社會現實很密切，而這些始終會間接進入我的詩裡。但我從未視我的寫作是某種意識型態的工具。」在同一訪談中他也指出「語詞政治」才是詩人更應該警惕的。

特朗斯特羅姆的詩並不迴避世界中所謂不純的一面：政治，他對年份和死亡同樣敏感，他在歷史拐彎處敲擊琴鍵。只要讀過他全部作品，會發現他的詩標題常常帶有年份，而皆為時代之惡作證。如〈一九七二年十二月的晚上〉寫美軍重新空襲越南，他自稱「來的是我，一個看不見的人，也許叫一個巨大的記憶雇傭正在這時活著。」（馬悅然譯），一九九〇年寫的〈過去的東德十一月〉映射東歐烏托邦的破滅：「被夜裡的夢打得青一塊紫一塊」，原來某種夢是能傷害人的。但特朗斯特羅姆僅用語詞的獨立自由來建築他的反抗場域，自然為激動的當代人所不滿足——時代永遠期待自己的詩人，但自從拜倫與雪萊時代的終了，這種期待就總是充滿了誤會而落空。

做為本世紀唯一一個獲得諾貝爾獎的詩人，特朗斯特羅姆注定要承受整個時代的期待，他一貫以拒絕的姿態回應，他甚至拒絕自己成為死後被紀念的對象，在〈兩個城市〉裡他這樣冷酷地書寫自己的死亡：「一個大號低沉的音穿過來。是一個友人的聲音：拿起你的墳墓走開。」詩人因中風而不說話了，他單手彈奏的鋼琴也寂靜了，以後只剩下純粹的、簡省的字，回應這個時代的喧囂。

假如他只是個詩人，沒有歌唱

我對李歐納．科恩傳記的閱讀到他正式做為歌手登上舞台為止，就像二十年前，我第一次知道他，是在一本《二十世紀加拿大詩選》的最後幾頁。有好幾年，我定義他是一位曾被蒙特婁文學圈視為怪才的青年詩人，而不是早已聞名四海的歌者——那是一九九五年，他最打動我們的晚期作品 Dance me to the end of love 已問世而且已經傳唱超過十年，我卻要到三年後在香港才聽到，那時它理所當然地成為了我們世紀末情結的主題曲。

如果沒有看這部傳記《我是你的男人》，我永遠也不會意識到，實際上科恩比艾倫．金斯堡和凱魯亞克出道還早——他的處女作詩集《讓我們比擬神話》與《嚎叫》同一年出版，第二年《在路上》才發表。在上個世紀文青的文學系譜的序列裡，文學名聲與流行音樂名聲屬於兩個完全不同的世界，相對於垮掉派詩人的震耳欲聾，科恩的早期詩作雖然也秉承西班牙詩人洛爾迦的超現實傳統，還是顯得保守和拘謹，也就是弱勢。還有另一重天生的弱勢伴隨著他，就是加拿大文學一直屬於英語文學的邊緣，難以得到文學史和文青們的青睞。

做為一個圈子裡的優秀詩人、行內人認可的天才、出版市場上叫好不叫座的作家——這樣的身分起碼維持到科恩三十歲，而描述這種狀態下他的掙扎、自信與對未來自己的孕育，是《我是你的男人》前半部的主要任務，它也完成得很好，我看到的是一部當代的《青年藝術家自畫像》，這個比喻，和當年創作出小說代表作《美麗失敗者》的科恩被地方傳媒比喻為「蒙特婁的喬伊斯」一樣，有點讓人尷尬。

是科恩的自信與自知，保證了日後自己的成功。早在他二十六歲出版第二本詩集《塵世香盒》之時，他就期待自己的作品的讀者是「有主見的青少年、愛河中痛苦程度不一的人們、沮喪的帕拉圖主義者、偷看色情文學的人、僧侶和天主教徒、法裔加拿大知識分子、未出版過作品的作家、好奇心旺盛的音樂家，以及所有那些推崇我的詩作的人們。」這個期許有點像一百年前的惠特曼所張揚，真正做到的，卻是數年後做為民謠歌手的他，而且還是靠著一個主流歌手茱蒂柯林斯對他的作品的演唱。

傳記巨細無遺地挖掘著科恩的靈感來源，那些繆斯的來龍去脈，甚至他捉襟見肘的財務狀況，他的每一次吸毒的幻象……假如他只是個詩人，沒有歌唱，這一切還會為我們所知嗎？做為一個二十世紀優秀的加拿大詩人？答案應該是不可能。就像今天中國的民謠歌迷，也是因為聽了周雲蓬的《中國孩子》，才想知道那個當年在圓明園和香山租農民房子寫詩的周雲蓬是怎樣過來的，而無數詩寫得和詩人周雲蓬差不多好的青年詩人，注定被這些「廣大的讀者」所忽視。

然而正是因為他們曾經是個詩人、寂寞冷門的詩人，才保證了他們歌唱的時候與眾不同。這一個關鍵轉折，書裡提到種種神祕徵象，比如說寫完《美麗失敗者》之後的幻覺——群鶴遮蔽了天空落滿了教堂的屋頂，啟迪了他決定「去納什維爾，去成為一名詞曲作者」，這也是文學對他的「餽贈」的一個象徵。即使在科恩最紅的那段時期，你都可以看到他對主流娛樂操作方式的反感，並刻意以一些讓人感到與那個時代潮流格格不入的歌曲來表示他的游離。歌詞裡高冷費解的抒情方式固然是現代詩人的拿手好戲，實際上他的吉他清冷的演奏方式、壓抑的吟唱方式，種種莫不是告訴聽眾：我是一個偶爾來到鬧市賣藝的林中隱士。

三分之一的人生，科恩是一個刻苦的詩人作家，三分之一的人生，他是一個萬人迷歌星，還有三分之一的人生，他由禪修重返最初的那位詩人。也可以說，一個始終不忘詩歌初心的人，詩最後會回來找他。誰也想不到科恩在其五十歲時會到伯地山禪修中心出家數年，而禪修的結果是他最好的詩歌：《渴望之書》。我曾這樣評論他的「禪詩」：「它們與傳統禪詩大不同，擁有一種來自超現實主義文學的斬截的冷峻……而超現實主義的冷與禪宗的冷，兩種冷由音樂的熱來凝聚，科恩的歌聲有一種類似低音大提琴的安慰力，這種力來自於他對世俗快樂的眷戀——」

這樣一個詩人，才真正達到了此前所說的惠特曼式的包容，因此我們掩卷之時，可以滿意地說：通過半生的歌唱，他又再成為一個詩人。

注視地火，重讀《野草》

魯迅誕生一百三十三周年，在我看來，他誕生於《野草》出版的一九二七年，也誕生於今天。他未死於入選教科書的那天，更未死於被極力排擠出教科書的今天。在群氓配合犬儒叫囂要從教科書裡拿掉魯迅之際，我想告訴他們：地火，不是在教科書裡運行的，你永遠不可能從現實中拿走魯迅。

「地火在地下運行，奔突；熔岩一旦噴出，將燒盡一切野草，以及喬木，於是並且無可朽腐。」

我曾經說過：魯迅教曉我決絕與承擔、橫眉與俯首；而他的所有文字裡，最有決絕之意的就是《野草》，從這著名的題辭就可以看到。尼采去世二十餘年，唯東方一魯迅接續了他重估一切價值的摧枯拉朽之力，而此後又九十年，萬家墨面，地火何在？

《野草》是真正的詩，也是我開始寫詩的啟蒙書。紅旗下的反叛少年都經歷過對魯迅厭惡而後熱愛的階段，教科書裡的魯迅總被官方定性為現實主義者、在八〇年代也貌似仍是意識形態宣傳標兵，難免讓人感到死板無趣。直至中學三年級那年，我讀到了《野草》。我反覆咀嚼這前衛、晦澀的散文詩，才驚覺文學是可以如此不拘一格地表達自己，古老漢字的魅力是如此的新鮮。二十多年過去了，我不下十次重讀它，依舊不斷有震驚思想與情感的發現，好詩就當如此。

魯迅本質是一個詩人，無論舊體詩或者散文詩，都是其時代之首雄，時無敵手。就舊體詩而言，詩人車前子稱魯迅為龔自珍後第一人，我也這麼覺得，最多加上一位陳三立。至於散文詩則在中國前無古人，後繼者也僅台灣的商禽和西北的昌耀勉強跟上而已。商禽加強了他超現實主義的一面，嫁接了在台灣所遭遇的另一種精神禁錮和物質異化；昌耀遠居邊陲，承接其蒼茫和孤絕，獨力支撐了五六〇年代大陸失血的詩壇。可惜，兩人也已逝，張承志有魯迅之沉雄，欠其冷倔，畢竟是小說家不是詩人。

《野草》寫成差不多有九十年了，這中國的第一本真正的現代詩集所定下的高標準，九十年來竟無一詩人能超越。幾年前一份南方報紙廣邀詩人們評選新詩百年十大詩人，我把魯迅列入並且排第一。最後出來的結果，十大中竟然沒有魯迅。不過，也當然，因為魯迅從一開始，就與所謂的文學正典唱反調，他的《野草》雖然不像其雜文那麼犀利辛辣，卻更深入中國人性的種種矛盾和黑暗之中，繼而以離奇的想像力呈現之，在草創時期清新／簡陋的新文學裡前衛得格格不入。在批判文學之中，《野草》恰恰不是罵的文學，而是痛的文學。

魯迅的詩作中總有一股鬼氣，其實就如《聊齋志異》，所謂鬼怪往往是人性的放大，而鮮猛的鬼又總勝於死氣沉沉的活人。破格的詩則令他破格的思想得到更充分的表現，《野草》從誕生之際就是前衛的並前衛至今，正因為需要《野草》去破的現實從九十年之前就是活死人的疆域。

魯迅的雜文往往迫不得已而作，是應戰的工具（也是稿費的來源），現在我們能記住的只有文中偶爾跳躍出來的幾句詩一樣的警句。而其詩，有點像自說自話，背後是深深的沉痛。舊人寫舊體詩可能為了社交，新詩則不然——魯迅是最早意識到這個分別的，他無論寫舊體詩還是寫《野草》純粹是表達自己在大時代如磐陰霾之下的忿懣——這就是「詩人之詩」與「文人之詩」的分別。當然，今天大多數人都選擇寫文人之詩，舒坦自在，還能混個教授、騙些個文青、得些不痛不癢的獎賞。

歸根究柢，魯迅是個虛無主義者，但當作品會影響到別人，則盡可能給點希望，因此才有〈死火〉和〈好的故事〉。魯迅也是個「樂觀的悲觀主義者」，骨子裡悲觀，行動進取，因為當你發現最底層的東西原來一片虛無，你反而得到言說的自由——魯迅之所以與蕭紅惺惺相惜，概也如此，或者老去的魯迅，在蕭紅身上看到了寫《野草》那時無所忌憚的自己。這無所忌憚，既不怕挺而反抗如磐的現實，也不遷就鬥爭的需要，不像蕭軍和丁玲。

今天重讀《野草》，世界的虛無依舊，甚至更加劇了，地火還在運行嗎？這個問題的答案似乎很難看到。但是答案肯定還在，在你目不能及的地方，地火不但運行，而且終於蓬然燃燒起來了，席捲了冰冷的都市。

「魂靈被風沙打擊得粗暴，因為這是人的魂靈，我愛這樣的魂靈；我願意在無形無色的鮮血淋漓的粗暴上接吻。縹緲的名園中，奇花盛開著，紅顏的靜女正在超然無事地逍遙，鶴唳一聲，白雲郁然而起……。這自然使人神往的罷，然而我總記得我活在人間」（《野草》之〈一覺〉）。我正在寫作的此時此地，就是魯迅所說的人間，我們終於得見這樣的人間，而不是旅遊發展局海報裡那個天堂，這才是真正的幸事。

一個少年虛構的詩人

——談木心的詩

我想，我是難以寫木心的，就像我難以寫我摯愛的廢名一樣，他們都是臥龍崗上散淡的人，我卻不是。散淡的人有著古奧的恆心，我也沒有。我只有一顆雖經炭燒的未灰心，和他們略通。

我在二〇一一年最後的詩歌閱讀，就屬於木心先生。某個冬日從廣州回香港的車上，讀了大半本木心的《我紛紛的情欲》，讀得滿心歡喜，然後看著珠三角的茫茫黑夜，歡喜又憂傷。想起十多年前，我到香港的頭一個月，買的第一本詩集就是木心的《西班牙三棵樹》，那時還以為他是台灣詩人。

閱讀停止了十四年才接續，豈料半個月後木心先生竟先遠遊。先生的詩如其人，獨立獨往，無視種種風潮，只從心性所愛，也像廢名先生。木心的詩，就成了這個春天我的枕邊書，惟欲追以神交——因為這樣的一個人，是應該把臂同遊，在旅途中聽他隨意而成的詩，而不是對著白紙黑字研究的。

木心活了八十四歲，但若不看其年表，可能會把他當成一個青年詩人，年輕是他詩歌中的天然。雖然他有詩曰：「年輕是一種天譴」，可他永遠有年輕的青澀和豔陽，如詩經裡走來的人。他的詩力學詩經和古詩源的質樸從容——相反是他改寫詩經的詩集《會吾中》卻艱澀叉拗——賦比興都是他常用的，但完全不露痕跡。這樣一來，他的詩本身也許並不前衛實驗，但他寫詩這一行為卻非常前衛藝術，他常常把自己當作一個遠古健康時代的年輕人來開始寫作，無論他寫的是一個歐洲的沒落貴族還是巴赫的流離生涯，那個在悠然行止的文字背後氣韻酣暢的言說者，其實都是那個詩經時代的翩翩少年。

奇怪的是，這些詩大多數寫於他一九八一年離開中國移居海外之後，那時他已經五十多歲了，按中國詩人一般的寫作生命來說，這時早應擱筆，開始寫回憶錄，他卻如初戀少年下筆滔滔，僅是意氣風發的句子。是因為精神的解放吧，我們知道出國前的木心，一直潛龍勿用，甚至韜光養晦，熬過了他應該難以倖免的中國當代史種種磨難，從後來的文字看來，他自有他那時的意氣風發，唯只許佳人獨自知，種種風流，滋養了日後的天真——這也是其任真，一個多情人任意自己的天真，也是一種魅力。就像他〈WELWITSCHIA〉一詩中驕傲地說的：「二十歲開花，從此／一輩子開花到底」。

他的人生太漫長，我常尋思他是怎麼度過那些年代的，那些他沒有寫作——或寫作被時光所隱蔽的日子。這是非常有意思的案例，想像一個浪蕩老年的隱晦時期，有點像後人對姜夔所做。「少年情事老來悲」，唯愛常是回憶中來——「於今追思都是荒唐的戲，悲涼的劫」，暴露他的年紀和閱歷。木心好些情詩像卡瓦菲斯的，不動聲色地暗示一段段懺情史。但又常有如〈芹香子〉一詩那樣的，情愛與回憶之力極洶湧地席捲了字詞：「當年的愛，大風蕭蕭的草莽之愛……每度的合都是蒼茫的野合」。

在〈泡沫〉裡的愛情觀最能代表他：「我一生的遇合離散／抱過吻過的都是泡沫啊……愛情洗淨了我的體膚／涼涼的清水沖去全身的泡沫」，具體的愛情事件是泡沫，抽象的愛情行為卻是使當事人一次次超越的神力。他的唯愛主義，只愛愛情本身（我們甚至都不必去區分他詩裡的同性或異性戀）。這樣的愛情，成了寫作的隱喻，唯寫作行為之快樂永恆，所寫主題如何又何礙？

其實除文字外，家國於他何有哉？譬如木心海外浪遊詩有的寫於一九八九，但看不出他內心有波瀾，也許是隱忍，也許是與他的享樂主義共生的虛無主義使然。享樂主義，導致他的詩如一個感官世界，琳琅滿目；虛無主義，卻最終能給人帶來一種可媲美宗教的解脫，那也是奇妙的。

這種解脫見諸他的一些短詩，如這首〈傑克遜高地〉：

五月將盡

連日強光普照
一路一路樹蔭
呆滯到傍晚
紅胸鳥在電線上囀鳴
天色舒齊地暗下來
那是慢慢地，很慢
綠葉聚間的白屋
夕陽射亮玻璃
草坪濕透，還在灑
藍紫鳶尾花一味夢幻
都相約暗下，暗下
清晰，和藹，委婉
不知原諒什麼
誠覺世事盡可原諒

原諒所有世事固然難，不知原諒什麼更難，那是徹底擺脫仇恨之陰影的人才能說出的話，視之木心一九八一年去國之快意、其後漫遊世界之快意，便可理解這片高地上平和的種種與一個平靜的人的共鳴，連暗下來的天色都是「舒齊」的——彷彿除了這麼一個生僻的古字不足以承載這彷彿非現世的一切。這首詩令我想到另一個逃離共產國家的大詩人米沃什的另一首短章名作〈禮物〉（沈睿譯）：

如此幸福的一天
霧一早就散了，我在花園幹活
蜂鳥停在忍冬花上
這世上沒有一樣東西我想占有
我知道沒有一個人值得我羡慕
任何我曾遭受的不幸，我都已經忘記
想到故我今我同爲一人並不使我難爲情
在我身上沒有痛苦
直起腰來，我望見藍色的大海和帆影

都是歷盡劫波的人才有的超脫，米沃什的依然帶有強烈的歐洲理性知識分子的思辨習慣，那個強調沒有痛苦的敘述者恰恰是經歷過大痛苦的，那個忘記者，恰是承受過很多不幸的。而木心則有著東方人的輕巧，更多姿的意象代替了作者自我洗滌，可謂自然，亦可惜過於淡然。

不提這個與他同生七十多年的世紀本國之轟烈與不堪，不代表木心真的不痛和可以原諒，當他偶一觸及，便有至深的痛語，這時虛空才顯出虛空的本來面目，原來無從超脫與安慰：「秋風蕭瑟，勝利班師亦虛空／戰後滿目倖存的陌生人／愛是熟知，恨也是熟知啊」——木心〈陌生的國族〉斷然寫道，這是一個真正具有獨立身姿的現代知識分子的態度，無所謂吾國吾民，因為已經深度了解，熟悉反而加強了陌生，這也許也屬於中國特有的知識分子與現實之關係吧。

木心的獨立其實更顯示在他的語言風格中，他之所以吸引我，很大一個原因是：他是新詩史的局外人，無論言辭的使用方法之極端抑制或情欲的吞吐之坦誠，都罕見同者。他的語言走兩個極端，要麼文言突兀插入，要麼散文化得平乏，這也是正常的、受過訓練的現代詩讀者對他的不滿之處，卻是他的獨門殺器。在他極端的「觀念作品」《會吾中》（又名：《詩經演》）前者使用得渾然無痕，後者則稍加小說化的凝聚，成就了另一部觀念作品《偽所羅門書：不期然而然的個人成長史》。

《偽所羅門書：不期然而然的個人成長史》絕對有趣，就像一個觀念裝置藝術品，木心半個世紀廣闊的成長史，結合了以一種班雅明引文癖那樣從別人成長史上擷取下來的種種瞬間片斷，「醍醐事之」，成此怪書。其對詩歌的顛覆在於，傳統意義上詩歌是屬於非虛構作品，但木心卻大舉虛構，以組織一部成長小說的耐心去組織詩句，西方現代詩中相似的嘗試，有英國詩人豪斯曼的《什羅普郡一少年》和美國詩人埃德加·李·馬斯特斯的《匙子河詩集》，但都沒有木心此書的虛實交錯那麼渾然。

《偽所羅門書：不期然而然的個人成長史》對於木心來說，還有一個成功之處，就是他通過對命運的虛構，整合了他之前過於耽迷的旅遊詩，方賦予後者意義。那些常見於《我紛紛的情欲》和《巴瓏》中的以地名為題的記錄詩，印象主義似的留戀了許多外國的浮光，但很多流於掠影，長篇無聊的鋪陳，盡顯了木心拿手的賦體之利弊——利在於能盡情滿足木心的感官之欲，流連光景惜朱顏，千迴百轉，交織一幅滿滿的普魯斯特式旖旎風光；弊也在於其多情，過處皆有情——這也曾是我竭力為之，現在回看，如此種種埋藏記憶中可也，詩當節約於最痛處方允許燦爛。愛是熟知，恨也是熟知啊。再寫下去我就準備批評他了，但我又不想批評這麼一個本色的詩人。那就給他寫一首詩吧，這才是詩人喜歡的交流。

懷木心先生

一只巨兔在江南那灰暗地方看雪

雪落了一個好處
它的鼻子悉悉，目光如梅伸向寥寥的題字
一只巨兔絨毛蓬鬆，十字路上人人經過
經過而不知其範圍天地
而不過，它的灰渾忘了陰陽

它的前生必定是一個美男子啊
二戰的炮火僅僅使他如風、落帽
露出了他完美的耳朵

在江南那灰暗地方，月餅凍成了少女的晝夢
一九四六年，雪落了一段好辰光
這好男好女，不好商量，反正兩手一襟暖。

佯狂的醉者：論蔡炎培

「佯狂」，最早出自〈史記・宋微子世家第二〉：箕子諫紂不果，「乃披髮佯狂而為奴，遂隱而鼓琴以自悲」，這是一種在被壓抑狀態下不得不為之的反抗，故有「佯狂以忘憂」之說，通過「狂」來抗拒命運，以圖保持內心的尊嚴，乃至發之為歌。

和中、台兩地的詩歌相比，香港的現代詩可以說是最「溫柔敦厚」的，即使題材大多涉及普羅階級的生活、困境，我們充其量只能從中聽到「怨」，更多是「怨而不怒」，更談不上狂。而在當代的一些詩作中，這種怨越來越小我，繼而轉化為「忍耐」、轉化為「寬容」甚至「感恩」——也即是對既有現實的默認和不反抗。

回溯到更早的五、六〇年代，甚至最早的三〇年代，柳木下、何達、溫健騮等都有出自憤怒的詩章，猶以柳木下最為硬朗。但溫和、平靜的詩風已經開始成為詩壇的主流，像戰後蘇聯詩歌，雖然有「大聲疾呼」派，但「輕聲細語」派的市場更大。詩人們習慣於在一個被人忽略的位置、默默地寫著只為自己的心靈負責的詩歌，並且以詩歌的快樂來安慰自己這樣的位置是理所當然的，這也許有益於靈魂的沉澱、甚至詩藝的長進，但同時也導致了在需要對世界發言時詩人的缺席，精緻的小品很多，震耳欲聾的力作很少。

在這樣的一個詩歌環境中，五〇年代中後期，詩人蔡炎培的出現可謂橫空出世——這個人非常不香港，他率性狂傲、為自己的詩人身分自豪，顯山露水、恃才縱橫；但他又非常香港，一直堅持把最地道的俚語入詩、書寫「鬼五馬六」式的市井江湖人物，並且像一個酒鬼、賭徒一樣嬉笑怒罵。當這兩點碰撞在一起的時候，出來一個獨一無二的蔡炎培，黃燦然說得很準確：「其個人氣質一直非常鮮明，非常蔡炎培……是個天真（天生而真實）的詩人，且詩如其人：不講邏輯，但真情流露。」①

既然是真性情，其實蔡炎培的許多詩都有非常溫柔的一面，如其名作〈彌撒〉，甚至書寫文革的〈七星燈〉，把對國家命運的關注投射到一個虛構的北京女大學生身上，深情萬分，以硬筆寫柔情（桃紅不會開給明日的北大／鮮血已濕了林花／今宵是個沒有月光的晚上／在你不懂詩的樣子下／馬兒特別怕蹄聲）與以柔筆寫硬情（突然記起棺裡面／有吻過的唇燙貼的手／和她耳根的天葵花／全放在可觸摸的死

① 黃燦然《香港新詩名篇》，第六十二頁，天地圖書出版社。

亡間／死亡在報紙上進行）相雜、舉重若輕。

更多的時候，他是出入於溫柔和孟浪之間，如其二百行長詩〈離騷〉，起伏頓挫，幾至癲狂又不時回到沉思和回憶的靜寂之中。孟浪瘋狂之辭反而使溫柔之辭更動人。而蔡炎培最大的特色，就在於這些孟浪瘋狂之辭，它們同時又受到他的天真、深情所牽制和輔助，成為了他最獨特的反抗之姿態——面對這個約束個性的世界、同時也是傷害真情的世界。

陳智德對蔡炎培的語言方式之目的有深刻洞見：「在蔡炎培自言的傳統以外，還可見另一文化的結合，如香港的市民文學、文言白話混合粵語的『三及第』語言的吸收和一點戲謔生出的反叛，如〈老K〉、〈風鈴〉等詩作，當中的反殖非出以左翼的政治語言，而是採用三及第式的民間語言，以不正規語言達到反建制效果，因此其詩中的廣東語言非為娛樂，而具政治性指向，當然蔡詩，特別是六七〇年代詩中的政治並非指向革命和批判，而是指向虛無。」②

陳智德說對了大半，首先他糾正了陳見中對蔡炎培詩中戲謔之辭的誤解，指出那並非一種「娛樂」、並非後來形式主義者們熱衷的文字遊戲，而是一種反叛，具有語言上的反建制作用。這一點對於正確認識蔡炎培詩語言特色非常重要，它貌似和日後後現代主義詩歌的某些特質（戲仿、拼貼、互文等）暗合，成為一個能被追認的先驅，但其出發點卻來自傳統——陳智德點出了語言，但沒點出這語言背後蔡炎培的精神。

這是中國傳統的一種佯狂的激進者的精神，比較早的代表者是楚狂接輿，後來有竹林七賢，有中唐盧仝、劉叉，更晚有晚清的易順鼎，到民初它時而以「名士風度」出現，掩飾的卻是來自革命時代的血性。在維新至一次革命時期，這種血性名士特別多，遇國難則起之，行動極端、寧為玉碎，而剩下的倖存者，則佯狂以忘憂，放歌以追懷烈士、調侃世道。蔡炎培在詩輯《中國時間》中做的就是這樣的事，〈吊文〉寫辛亥烈士，〈六君子〉同時寫戊戌六君子和柔石等左聯烈士，〈風聲〉寫孫中山，甚至〈尋找馬克思〉寫毛澤東之死，半是嘲諷半是沉痛。

蔡炎培早年詩作揮霍才華的方式又和易順鼎何其相似，人也相似，易順鼎自道：「冥頑不靈，放達不羈。其自視也，若輕而若重；其自命也，忽高而忽卑。」[③]尤其「忽高而忽卑」這一點，在蔡炎培很多詩作中可以看到，例如著名的〈老K〉，裡面包含了反覆的沉淪、昇華、沉淪……的過程，耶穌、撒旦和沙丁魚乘客、賣票人等交替出現，中間的飛縱乃是詩人之驕傲反逆俗世：「在這原來的地方，影子們的一角／像靜默的銀質我潛行／把風交給海，把領巾交給風」結尾從反諷滑向鄙野：

② 陳智德〈語言的再造：論蔡炎培〉，見《咖啡還未喝完——香港新詩論》第一二八頁，現代詩研讀社。

③ 易順鼎〈與陳伯嚴書〉，《慕皋廬雜刻》卷一。見《琴志樓詩集》第九頁，上海古籍出版社。

「這是老K的法律，老K的傳統／老K？法律？傳統？／一個人在假睫毛下偷偷地發笑／沒辦法，這人有張不可一世的月票／要你從早到晚篤來篤去都是那個窿」，鄙野同時又是對老K的困境的解構。

易順鼎善作盧仝一般的長短歌行，率性飛動，他們的文字本身就是對頹廢的中唐文化、晚清文化的一種反對、挑釁，蔡炎培的文字又何嘗不是對六七〇年代陳腐保守的殖民地文化的挑釁，後者為文藝樹立的低調、平實價值觀，就連反對它的所謂「左翼文學」也落入其套路。蔡炎培不自居左翼右翼，但放肆的語言形式卻容易被「左翼」批評為脫離現實、脫離大眾，並非革命。

他的詩卻在人之性情上達到了「革命」——即回歸本真上去，正如易順鼎〈讀樊山〈後數鬥血歌〉作後歌〉所言：「無真性情者不能讀我詩，我詩得失我非不自知……我詩本來又非詩，我詩乃合屈原莊周而為之。我詩皆我面目，我詩皆我歌哭。我不能學他人日戴假面如牽猴，又不能學他人佯歌偽哭似俳優……」④蔡炎培也是以對真性情的堅持來反抗這個約束個性、傷害真情的世界。前者猶如他寫於一九六五年的〈七〇一病室〉，詩人以假瘋狂（佯狂）的文字來實行對真瘋狂的世界的拒絕，「護士室的鈴聲突然大作／原來急於搶救藏屍間的復活／幸而誰的胸前也有耶穌／這時只有我，和著我的病／等著一張解剖床／或者一把刀／在你突然鬆開的手中」詩人胸前沒有耶穌，他甚至拒絕「救贖」。後者則普遍見於他的情詩，他的激情為俗世所不解，他卻不懈地剖白、振振有詞。「寫詩等如花錢，花完了就算」⑤詩他都可以放下，情卻不放下，「未見鍾情，一見史詩／再見是再會的意思」於是「人在／我在／詩在」，〈仙履〉裡這樣發誓。

蔡詩人並非是個政治詩人，但政治不可避免地滲進每一個熱血的人的詩中。陳智德說蔡炎培「六七〇年代詩中的政治並非指向革命和批判，而是指向虛無」，說得對，但是虛無正是六〇年代以後的革命的其中一面，相對於普世的新犬儒，虛無的不合作也算是無政府主義的一種激進方式。更要點出的是，直面虛無不等於虛無主義，更不同於新犬儒主義的玩世不恭。而蔡炎培一直堅持的向本真性情的回溯，正是於麗婭．克里斯特娃之反抗理論中的關鍵字，「如今當人們提到『反抗』、當媒體使用『反抗』一詞時，通常的意思恰好是以虛無主義的態度中止回溯性追問」⑥，所以蔡炎培的虛無並非虛無主義，因為他從未停止向「真」的回溯、追問。

虛無是一個起點，薩特說「虛無化的任何心理過程都意味著剛過去的心理狀態和現在的心理狀態之間有一條裂縫。這裂縫正是虛無。」⑦「虛無是否定的基礎，

④ 易順鼎《琴志樓詩集》第十六頁，上海古籍出版社。
⑤ 蔡炎培《小詩三卷》後記，明窗出版社。
⑥ 於麗婭．克里斯特娃〈何謂今日之反抗？〉，見《反抗的未來》第八頁，廣西師大出版社。
⑦ 薩特《存在與虛無》第五十八頁，三聯書店出版社。

因為它在自身中包含了否定，因為它是做為存在的否定。」[8]從虛無與否定出發，詩人似乎理應走向對日常狀態的存在的質疑和反抗之中，但是蔡炎培到八九〇年代之後的詩更多是沉溺於虛無與否定之中，醉話連篇，讀者能感受其中鬱悶，卻難以理喻其希望。他沒有也似乎不想跨過過去與現在心理狀態之間的裂縫，反而在裂縫中自得其樂／自矜其哀，從而徹底成為一個佯狂者。

表面上，政治語彙和時事意象越來越多赤裸裸地出現在他的詩中，然而卻被迅速消解其固定意義，令人莫測其臧否。例如他寫一九九七年立法局解散：「他們陸續散去／聲言再來／他們一定會來的／他們是某一天的股票價位／某一天的杜鐘斯指數」（〈大葛樓之墟〉），這裡暗含一種看破政治遊戲的戲謔，但又似帶期許；他寫二〇〇五年反世貿運動：「一盆盆盆景心動了／很想下樓去看看熱鬧／你擠我逼，依然走不動／唉，這世界，他們只有頭顱」（〈盆景〉）既諷喻不行動者之無法行動，同時又似乎隱喻他們到了絕境時會有必死的決心（試聯想「頭顱」意象在革命敘述中的象徵作用，「拋頭顱，灑熱血」、「引刀成一快，不負少年頭」、「好頭顱，誰當取之？」……）；他寫愛國：「我不准你笑得像哭／誰叫你自由戀愛／嫁著我這不三不四的人」（〈方靖音樂會隨想之零　我愛你：中國〉）詩中之「我」當是現代中國之喻，「你」則是愛國知識分子之困境，這裡包含的情緒既非後悔亦非自豪，而像是對哭笑不得的尷尬狀況的一種承擔。

海德格爾說：「其實，革命者的本質不在於實施突變本身，而在於把突變所包含的決定性和特殊性因素顯示出來。」⑨蔡炎培當然不算是革命者，但是當他置身時代巨輪下之時，他把自身完全敞開，充當了最敏感的一支溫度計，揭示著這時代的種種矛盾與瘋狂是怎樣作用於一個「冥頑不靈，放達不羈，若輕若重，忽高忽卑。」的詩人身上的，這裡面所包含的決定性和特殊性，越是晦澀，越堪咀嚼，縱然他拒絕咀嚼，只要求你痛飲。

⑧ 薩特《存在與虛無》第五十九頁，三聯書店出版社。
⑨ 海德格爾《尼采》（一九六一），引自於麗婭·克里斯特娃《反抗的未來》前言，廣西師大出版社。

狷狂者的誕生：論陳滅

做為一個人的兩個分身，學者陳智德和詩人陳滅之間的表面差異越來越涇渭分明。陳智德擅長史實鉤沉、對香港新詩史如數家珍，挖掘出許多被遺忘的先驅者，同時也不忘關注香港以及大陸同代人的詩歌創作，他自己也書卷氣十足，默默研究、不尚空言。但陳滅這個名字，近幾年越來越多地出現在文化運動的最前線，以詩發言，冷峻綿密，時作獅子吼，讓習慣他溫文爾雅外表的人嚇一驚。

單字一個「滅」，這樣的筆名的確決絕，讓人想起禪宗「見佛殺佛、見祖殺祖」之慨，但從收錄在第一本詩集《單聲道》開始，陳滅的詩就不是大刀闊斧式的頓悟禪，而是細密繁複的藏傳佛教式辨經。「陳滅」這個筆名啟用於一九九七年《呼吸》詩刊第三期發表〈最後一課〉時，他的技術此時已經成熟，更突出的是，他開始有意識地成為「詩言志」這一詩歌理念的秉承人。他有很多話要說、很多理念要表達，但是他的性格決定了他不可能像惠特曼般放聲直說，他沉醉於喃喃剖析內心最縈回不息的執念，但複雜的情感因為和自己的反覆辯駁反而變得更為晦澀。他那個時期的詩在三重空間中走著自己的迷宮，不介意聽者是否能明其志，這三重空間就是：重複出現的意象群和精心挑選的呼應文本，還有複遝混合的時間層。

言志，就必然涉及「真實」、「真誠」的問題，正如我在論蔡炎培文中指出，向「真」的回溯，是當代反抗理論中的關鍵字，而此時的陳滅是通過呈現自己與自己的辯論來證明他對「真」的執著，也就是說如果他不把自己的理念或情感梳理清楚，他不會輕言對自身以外的「反抗」。但陳滅對「真」的闡釋就含有晦澀之處，異於常人：他的第一、二本詩集分別命名為《單聲道》和《低保真》，這兩個音響術語都是相對於高保真的錄音技術而言的最簡陋的錄音技術，陳滅自己解釋道：「它完全沒有杜比身歷聲或其他先進音效，連『身歷聲』也不是，它不會保留真實的所有，卻是過去長久以來最熟悉的聲音。」[①]「相對於『身歷聲』的『單聲道』才更原始和粗糙，更接近『本真』。」[②]這是就一種主觀經驗而言，在《單聲道》的序言裡，詩人小西則作了這樣的理解：「這種『本真』的失去，首先意味著聲音背後的某種精神，在時間中的流失。」[③]

這種精神為何？首先我們要追問「失真」——也即陳滅在《低保真》中直接

① 陳滅：〈紀念無形〉，《單聲道》，香港：東岸書店，二〇〇二，後記xxxvii。
② 小西：〈《單聲道》的時間意識〉轉述陳滅的話，《單聲道》，香港：東岸書店，二〇〇二，序言x。
③ 小西：〈《單聲道》的時間意識〉，《單聲道》，香港：東岸書店，二〇〇二，序言x。

書寫的「Lo-fi」意義為何？在音樂美學上，音樂評論家郝舫把它定義為在一九九三年被喚醒的「美學暗流」：「Lo-fi 得名，首先是與公然背棄現有的力臻完善的製作原則有關，也不講究公認或習慣的音樂『美』……它偏愛廉價的吉他和怪叫的音箱安於最為『低賤』的音質，它奉行不和諧與支離破碎的原則，而它用以踐行這種原則的則是極盡古怪、殫精竭慮的標題和拼貼得毫無條理可言的歌詞。」④

如果從文字形式上說，陳滅前兩本詩集的詩並不符合上述定義，他修辭嚴謹，文本的精緻並不 Lo-fi——雖然也不講究習慣的「美」，他更不追求古怪和毫無條理。但其詩中情緒上、書寫物件的選擇上的確出現了「不和諧」，我們從中能看到一個孤介、甚至有些頹廢的詩人形象，偏好一切消逝中或已經永不再的事物。這裡面我們可以挑選出陳滅的兩個關鍵字進行追溯：「少年」和「八〇年代」（八〇年代也就是詩人的少年時代）。「少年」意象和「學生」、「同學」意象在其詩中比比皆是，但多傾向悲哀、失落甚至死亡的場景，決非「同學少年多不賤」的意氣。陳滅無限緬懷他的也許只存在於臆想中的同學，就像電影《牯嶺街少年殺人事件》監獄外的「小貓王」想念獄中的小四一樣，所能做的只能是「以愛以莫名的憎恨去歌頌／一個美麗卻無法改變的世界」（《牯嶺街少年殺人事件》）⑤，詩句裡交叉出現的正負修辭傳達出少年／作者巨大的彷徨。

陳滅對少年時代的迷戀實際上完全源於八〇年代對他的意義：一個火熱年代剛

剛過去，人們尚能追及理想主義的餘波，但巨大的市場時代開始完全成熟。一代人所擁有的少年氣質即將被替換成現實社會所需要的中年世故。陳滅那些書寫八〇年代少年的詩歌同時也是在反抗中年，反抗全球化氾濫的九〇年代。八〇年代做為一個過渡期出現在他的詩中，也具有正負修辭：「可以在輕快、振奮的聲響中睡去／在暗沉、不安的歌聲中醒過來／一切警世、震怒的言語在無望之中／隱沒前傾聽／總聽不清楚／那八十年代的沙啞斷斷續續／觀眾冷淡的轉身切換成一張撲克臉／歌手力竭地唱出激烈言詞／談論愛與大時代，但觀眾開始沉睡……回到過時的八十年代去睡一覺／回到震耳的、Gothic 式的八十年代去醒覺過來」（〈Gothic〉）⑥，這裡面還涉及關於語調與其作用之間的辯駁：如果我們聲言反抗，光是激烈言詞有用嗎？還是 Gothic 式音樂的「暗沉、不安」更能讓人冷靜清醒？陳滅選擇了後者。

清醒所帶來的真相，並非每個理想主義者都能夠直面。出自知識分子的懷疑精神，陳滅在面對巨大的黑暗真相時並不掩飾自己的絕望，例如在二〇〇一年創作的〈看不見的生長〉，題目寄予希望，內文亦以來自底層的詩人阿藍數十年的堅持

④ 郝舫：〈在Lo-Fi的高速公路上〉，《比零還少：探訪歐美先鋒音樂的異端禁地》，北京：外文出版社，二〇〇一，頁一四一。
⑤ 陳滅：《低保真》，香港：麥穗出版社，二〇〇四，頁一九。
⑥ 陳滅：《低保真》，香港：麥穗出版社，二〇〇四，頁三十八。

寫作和窗外看不見的自然生長來論證、說服自己和讀者，結尾卻突然壓抑灰暗，生自真實的絕望：「寫實的凝結不動，看不見的兀自生長／／改造世界的每刻。或者可以放下疑慮／儘管引擎的聲音比一切低沉，並沒有說出／它暗中的沮喪，抑制毀滅的憤怒／可以想像成巨大的搖滾」，這裡的力量來自阿藍的創作行為本身，沮喪卻來自這創作行為未能取得社會作用、改變阿藍和他書寫的底層人民的生活，使做為知識分子的陳滅心存猶豫：「我只是驚惶的鳥群／在轉彎一刻，攜帶生自內心的陰暗／離開電線向著灰茫飛去」。回看陳滅一九九六年創作的〈九巴士七〉也是猶豫的，結尾掙扎著唱出的國際歌幾乎和日常生活的失敗無涉，而且唱完「英特納雄耐爾」之後戛然而止，沒有下一句「就一定會實現」了。

但唱出國際歌和把低沉的民謠「想像成巨大的搖滾」，這本身就是通過「Lo-fi」中的拒絕主流的精神重獲七〇年代反抗精神的開始，「Lo-fi」音樂中無論民間的 Daniel Johnson 還是著名的 R.E.M. 都經歷了從民謠走向搖滾的階段，後者喃喃低語中無可辯駁的執著力量和陳滅後來的詩相似⑦。詩人清醒以後不是走進虛無的新犬儒主義閉門自哀自樂，而是把以前以抵禦姿態存在的反抗⑧發展到主動出擊、「發聲的需要」終於變成發聲本身。

這跟進入二十一世紀以來香港政經、社會風氣等各方面的大倒退緊密相關，言論自由的收縮、參政議政自由的被抑制、民主選舉的遙遙無期、政府對民間力量的漠視和打壓、香港做為世貿核心成員所參與的全球化資本共惡、違反民間情感的蠻橫清拆、赤裸裸的官商勾結、愚弄百姓……這一切都令人難以置信地發生在今日之香港，對於一個有良知的詩人來說，「不在沉默中爆發，就在沉默中滅亡」。從二〇〇三年開始，陳滅書寫了更多直接針對現實的詩篇，反抗，從一種姿態發展成戰鬥——當然，那是有陳滅特色的戰鬥。

第一首成熟的這類詩篇，是〈強迫性購物症〉⑨，詩人把對資本主義的批判直接切向對前者得以成立的依據消費行為的批判，但他並沒有諷刺挖苦消費者，反覆出現的「淘出所有的沒有，卻仍是有／虧空了世界還要向世界追討」精彩之極，「淘」字既指向賣者的貪婪（如報章形容創業者「淘第一桶金」）也指向買者的（新消費時代，購物被形容為「淘寶」，而不是發自生存需要），陳滅擅長的正負修辭又發揮其魅力，「虧空」同時「追討」這個世界的，是懸掛在買者和賣者雙方上面的所謂「市場規律」，它加速買賣，以維持資本主義的瘋狂運轉。

⑦ 參看袁越：《來自民間的叛逆》，北京：現代出版社，二〇〇三，頁七九五；王曉峰、章雷主編《歐美流行音樂指南》第六五八頁，北京：世界圖書出版公司，二〇〇〇，頁六五八。

⑧ 鄧小樺認為陳滅詩中的沉默氣質指向發聲的需要，是抵禦而不是隔絕，見鄧小樺：〈恐龍的沉默抵禦〉，《咖啡還未喝完——香港新詩論》香港：現代詩研讀社，頁一四三。

⑨ 陳滅：《低保真》，香港：麥穗出版社，二〇〇四，頁一一二。

但陳滅的沉默氣質仍然決定了他的語調和態度傾向悲觀，即使是題目兇猛的《市場，去死吧！》中，他也能突然收住憤怒反省自身：「誰人忽然曉得了憤怒／轉眼又被憤怒的物件馴服」，並且充分指出反抗物件的複雜性：「市場，去死吧！／但市場把去死又附送兩倍優惠回贈給你」，一般意義的反抗（怒罵）在後現代社會中被反抗物件戲弄至荒謬，讓我們意識到僅僅是憤怒是不夠的。

他的悲觀提供反抗者一份清醒劑，這清醒還來自對進行時的現實／歷史的審視，陳滅前兩年有三個系列的詩頗引人注目：「七一」系列、「回歸十年紀念」系列、「垃圾」系列。前兩者是相關的，批判指向城市時觀念過重反不如指向自身更加直接有力：「時代不壓迫是我們強迫自己平庸／如果七一像森林可以燃燒，我們卻已濕透／燒不著」（〈七一狂歌〉）[10]，現實的七一遊行和回歸十年不過是一個背景，重要的還是自身的決斷。「垃圾」詩和他的「酒徒」、「賭徒」詩實為一體，前者是被棄後者是自棄，來自夜：「夜的意義原來不是美麗和反抗／而是叫人認清反抗的徒然、美的淪亡／叫成品用上班、歸家、就範的方式／像垃圾以堆在路邊的方式，來成為垃圾」（〈垃圾的起源〉）[11]，棄絕貌似一種反抗的形式，但本質上是被反抗物件的幫兇，所以也遠遠不夠，「喝夠了／卻總未夠，連自己都已荒謬」（〈酒徒的算術〉）[12]。

保育運動給陳滅帶來一種新的振奮，保育運動就是一種進行時的現實和歷史之間的互動、互相幫助，運動也給這幾年香港的文化界帶來衝擊和幫助——不少人從中找到抗爭下去的理由，比如前文提到的詩人燕露。除了二○○七年寫皇后碼頭的〈廢墟碼頭〉，陳滅二○○四年寫的「灣仔老街」系列直接和近年的灣仔民間保育運動有關，陳滅曾經以懷舊著稱，但近年他如此反思懷舊：「懷舊有時做為針對當下現實的反抗，有時只是一種個人的沉溺，尤其當舊物的外殼剝落了壁爐，露出那已經鏽蝕不堪的記憶」[13]，即使在那些不可避免和懷舊有關的保育詩裡，他也出現了新的態度：「看見了藍色的肖像／我們邊走邊繪畫／包紮著耳朵的街道／一步一步自畫出狷狂」（〈灣仔老街之一〉）[14]。〈論語．子路〉：「狂者進取，狷者有所不為也。」[15]「狷」乃指潔身自好，不肯同流合汙。陳滅從灣仔藍屋聯想到梵谷包紮著傷耳的自畫像的藍色，再想到梵谷的特立獨行乃至旁人不解的「瘋狂」，最後他也選擇了這樣的反抗態度：「狷狂」——拒絕同時進取，這態度漸漸滲進其此後的寫作中，雖然不是來得狂風驟雨，但卻帶來決定性的轉變。

⑩ 香港：明報世紀版二○○七年七月一日。
⑪ 香港：明報世紀版，二○○六年十一月十二日。
⑫ 香港：成報文化版二○○六年十二十九日。
⑬ 陳智德〈書蟲的形狀〉，香港：成報文化版，二○○六年九月四日。
⑭ 香港：明報世紀版二○○五年五月十五日。
⑮ 《論語譯注》，香港：中華書局，一九八○，頁一四一。

從沉默的抵禦到帶著悲觀的狷狂，陳滅對詩歌反抗的思考從來不是單面的，陳滅的自我辯論一直繼續著，帶給我們一個苦苦思索的知識分子的答案，也許沒有越辯越明，但這種思索行為本身就帶給我們更多的啟迪：關於反抗如何在一個更深的層次持續。

自在者無敵：一種弱詩歌的強大

余秀華是一個優秀的詩人，還是一個值得同情的民間詩歌愛好者？爭論這個問題，我覺得是對她那些獨立自由的詩篇的褻瀆，然而又不得不討論，因為這種理解差異，頗有詩外之義。

一次次的詩歌熱潮的發生消退，證明了詩歌的邊緣化在中國是一個矛盾的命題。在這樣一個渴求抒情與戲劇性的國度，民眾從未放棄對詩人的幻想，無論哪個時代，總有情感共生式的潮汐運動把一位詩人推向浪尖。從七〇年代「朦朧詩」的詩人崇拜、八〇年代的席慕容汪國真熱、九〇年代的海子熱，直到今天新媒體時代越來越迅速的詩歌傳播行為：如余秀華的詩一夜席捲華文網路，我們固然能看到延續性，但也應該看到差異。

只要我們客觀面對余秀華大量的詩歌文本，我們就會承認余秀華的魅力建基於其詩歌本身的感染力，而不是被非議她的人放大的：大眾的同情心上。大眾對現代詩的誤讀或錯愛，一度是現代藝術共有的哭笑不得的宿命，但在余秀華身上，我們看到更多的誤讀，來自某些「精英」而非大眾。大眾的誤讀充其量是把對余秀華的同情，滲透到對其性情熾烈的詩的理解中了；「精英」的誤讀卻進一步放大前者，認為余秀華詩歌的成功依仗於大眾的同情，甚至乎推論余秀華的詩是所謂的詩歌心靈雞湯，那麼只能說「精英」對新時代大眾的接受力和余秀華的創造力都低估了。

詩歌的審美活動本來就不是純粹如公式推算般的，後現代情景中的詩歌，其接受史必然混雜社會與個人的因素，而不是新批評派所幻想的那種去個人化的純文本。在藝術史上，不乏在生命的鋒刃上把自己的創作推向絕景的人，也不乏通過創作進行自我拯救的人，我們尊重前者的決絕，卻不能說後者就是雞湯。

我們所見的心靈雞湯，基本上都是處境優越的人寫給人生並不如意的人的安慰劑。而余秀華的大多數詩歌裡面並不存在這種廉價的安慰，而是對無論愛情還是物質生活都處於貧乏狀態的現實的直面與近乎殘酷的搏鬥，〈我養的狗，叫小巫〉是典型例子。在這直面與搏鬥之中，不時有明媚的陽光一閃而過，有生命力旺盛的野花瘋長，我們和詩人一起驚訝並讚嘆，不代表我們就自欺地否認苦難的存在。

余秀華的詩，即使是最率性也最流行的那首〈我穿過大半個中國去睡你〉，也存在著「不被關心的政治犯和流民／一路在槍口的麋鹿和丹頂鶴」這樣的不和諧音，這和她毫不掩飾的情欲訴說構成其詩歌的張力、魅力。更何況在此之上，還有她對自身命運的開放領悟：從她一次次與她的困境的交涉斟酌中、拉扯糾纏中，她漸漸找到了一個自在的位置去嘗試理解命運。在她的敞開中，我們能窺見在相對極端狀態下，命運所流露的兩極：肉體的束縛與精神的放浪。

殘疾帶給她的不應該是同情的加分，而是做為一個詩人對存在更深刻的體驗，這轉化成了她天賦的一部分。所謂「天以百凶成就一詩人」，這句話起碼對余秀華這類逆流掙扎而出的詩人有意義。詩人本身就是渴求更多生命體驗的人，「其心苦、其詞迫」（借汪辟疆形容林旭語），這造就了前半部分的余秀華，而後半部分的余秀華，則是與這苦和迫相周旋尋找平衡，從平衡中製造出積極的美感，這就是現在余秀華可以做、正在做的實驗，也是她做為一個成熟的詩人的自覺性的呈現。在近日余秀華的訪談與其新作可以見得，她有足以勝任我這種期許的清醒。

余秀華的詩裡充滿斬釘截鐵的判斷式抒情，這點與海子、與早期的翟永明相似，看得出其反抗的迫切性、證明自己的迫切性，有時不惜犧牲語言的繁復多姿，卻獲得直爽淋漓的魅力。而那些銳利又矛盾的抒情加速度，又讓人想起鄭單衣與俞心焦詩歌裡那種由自戀帶來的非理性之美。而她迥異於那些男性詩人或所謂強勢詩人的，是她對弱的敏感，就像她最新的詩〈風吹〉裡面，在把平凡的喇叭花隱喻為星空之後，不忘寫到「它舉著慢慢爬上來的蝸牛／給它清晰的路徑」；在〈雪下到黃昏，就停了〉兩次寫到深淵之後，她寫「後來，她看見了許多細小的腳印／首先是貓的，慢於雪。然後是黃鼠狼的／哦，還有麻雀兒的，它們的腳印／需要仔細辨認：這些小到剛剛心碎的羞澀」。

對於關於余秀華詩歌好壞的兩個極端的判斷，我善意地理解為這是一種詩歌觀念的誤會：閱讀落差的產生，很大程度基於雄性詩人（不一定是男的）與雌性詩人（不一定是女的）的落差，進而是強詩歌美學與弱詩歌美學的落差。在中國不少雄性思維的詩人的閱讀期待中，余秀華在其詩歌中的詩人形象是他們難以理喻的，一個農村的、身體殘疾的不年輕的女性，怎麼可能擁有如此強烈的女性意識、情欲自主意識？因此有人認為這是一種不好的自我放大，但只要有中國農村田野調查經驗的人就會知道，農村女性的獨立抗爭（常常被抹黑為「瘋女」和「潑婦」）絲毫不弱，更何況余秀華早已經是一位自覺的書寫者——精神冒險者。

而在詩歌中，余秀華籍以完成自己的強的，恰恰是美學上的弱。對弱的事物持久深入的關注，小狗小兔、花草白雲都是她關注的對象，她說她「愛雨水之前，大地細小的裂縫／也愛母親晚年掉下的第一顆牙齒／／我沒有告訴過你這些。這麼遼闊的季節／我認同你渺小的背影／以及他曾經和將要擔當的成分」（〈愛〉）。但她絕非小情小調地風花雪月一番的詩人，而是賦予這些事物她自己發現的世界觀，讓萬物與她一起自足於、並承擔這個並不完美的世界。我們可以看到，白、白色意象頻繁出現在她的詩中，白是脆弱的、無辜的、甚至是貧瘠，卻又是寬容的、接納其他一切微弱或醜陋事物的，這似乎解釋了她的詩為什麼給予「大眾」安慰，弱之力如水隨勢賦形，我們在余秀華詩中感到的那種「靈動」、「即興」也如此。

她的詩歌也並不雄辯，毋寧說那是一種「雌辯」，訴諸的是詩本身神祕非理性的邏輯，自有其妙。雄辯的詩歌向來為中國當代詩推崇，而余秀華的詩放棄辯論，放棄自圓其說，甚至放棄結論，因此與讀者並不構成一種咄咄逼人的關係，反而聯合讀者一起面對世界之種種不如意，一起去對許多強悍的事物咄咄還擊——即便為雄性思維的人所不喜。

余秀華與中國許多雄性詩人的不同，還集中體現在對情欲的書寫中。在性書寫中，女性詩歌能抵達的高度如果超越男性，可能也是因為她放棄了進攻與索求。在余秀華這裡這點更為顯著，她的情欲渴求明顯是虛構的、無望的，但正因為如此她得以不像大多數男詩人那樣囚於自身欲望、被荷爾蒙驅動著瘋狂，而是基於無望、無所求而得自由，這也是余秀華的愛情詩在二〇一四年後半年的飛躍，你能感受她的輕鬆。

最後要提到的另一個落差，來自對生活與詩的關係的態度。我們的「專業詩人」常常忘記了，生活是可以比詩歌更重要的，至少同樣重要——對於余秀華就是如此。她曾寫道：「沒有詩歌，我們怎麼辦？但是我們不會拿詩歌說事。如同不會拿自己漏雨的房子，無碑的墳墓說事。」詩歌給予余秀華的幫助，不只是形而上的慰安，也不只是實現心靈的自由，它還真成了改變命運的魔杖。

「它舉著慢慢爬上來的蝸牛／給它清晰的路徑」——余秀華與她的詩，理應成為這樣托舉自身和其他弱者的喇叭花，成為記載那些本來被遺忘的腳印的雪。

第三輯

盛世者，詩人何為？

——評張大春《大唐李白．少年遊》

李白飄逸、杜甫沉重，一仙一史，這是古來有之的定見，因此後世評說者大多以為寫李白易、寫杜甫難，學界的重杜輕李與民間的愛李畀杜恰成有趣的互證。其實知詩者便知不然，學術大師顧隨先生就曾指出：「太白飛而能沉，老杜沉而能飛。」（《中國古典詩詞感發》）唯以專著寫出這兩者的複雜的更罕，就我有限的閱讀中，能寫出杜甫的沉而能飛的，乃馮至先生的《杜甫傳》，他走的是存在主義的「偏鋒」；至於李白，除了李長之先生的《道教徒的詩人李白及其痛苦》觸及其沉重一面，眼下就只有張大春這本小說《大唐李白．少年遊》了。

開篇明義，沒想到在其自序〈一首詩，能傳幾條街？〉裡，張大春就點出詩的自由、以及自由的重量。正如杜甫〈春日憶李白〉所寫，「白也詩無敵，飄然思不群」，要想詩無敵，請先思不群，自由來自李白的傲骨，重量來自現實門第和文學法度對此自由的壓迫。恰恰那個大唐「盛世」偏由這兩者支撐起來，它被張大春喻之為門第林立（也是辭藻抑揚的）長街，李白跌宕走過，載飛載沉，自由是他的依仗，也是他的包袱。

這樣一種自由必然與世故諸多碰撞，長期以來「杜甫入世、李白出世」的定見也由這部書顛覆著，原來，李白與此「盛世」糾纏甚深，不能輕易出離。如今「盛世」中每一個有責任心的寫作者也一樣，即使於世態無拯救之力，也無從自我逍遙，都得問一句自己該當何為。

詩人何為？——距離李白一千二百多年後，思想家海德格爾借德語詩人里爾克之口問過一樣的問題，不過海德格爾與里爾克身處兩次大戰所致「西方的沒落」之境，他們的問題是「亂世者，詩人何為？」，而張大春和他的李白，問的是「盛世者，詩人何為？」這一問，讀者不免有點糊塗，難道唐朝不是所謂詩歌的黃金時代、詩人最風光的朝代嗎？詩人何慮難為？

回答這個問題其實也是回答盛世何謂者這個問題，張大春嘗試用他擅長野史奇典入傳奇之筆去書寫李白與盛唐的對拓性。盛唐約指的是玄宗至代宗的開元天寶年間，在《劍橋中國文學史》裡漢學家宇文所安進一步把它收窄於七一二—七五五年，李白據說生卒為七〇一—七六二年，幾乎與之盛時重合、稍涉其衰（而年輕點的杜甫更多地體驗了大唐之衰）。然而不稱盛唐李白而稱大唐李白，除了那股豪氣以外，還有大者兼備盛衰之相也——而盛中含衰，亦是當下所謂盛世的真實矛盾。

於是在這個真正的大時代背景下，張大春從容展開他的少年遊，少年之遊務須踏盡落花度盡春風，此正與張大春對李白的發現相稱：李白可能是當時游歷最廣接觸各色人等最多的一個詩人，以他一身所涉，展開的是一幅比清明上河圖更龐雜的若實若虛的繪卷。這繪卷全由文字淋漓而成，張大春的敘述固有的傳奇味，對話刻意加入的禪宗公案味，還有深層心理外化為意象的詩味——正巧得益於張大春這十多年來「不務正業」浸淫文言舊體詩的創作。最後一層是本書最得意處，如果說宇文所安把文學史寫成了小說奇文，張大春則在小說家言中常常出來一個詩人、精研古詩者的夫子自道，雙手互搏妙不可言，比如他寫李白聽匕首的出鞘入鞘之聲辨自然的平仄聲律，非小說家不能有此奇思，非詩人不能有此發想。

從此窺看，李白的第一個老師趙蕤像是張大春自比，他說「趙蕤與人論事辯理，總慣於逐字析辨，刻意鑽研；這是他飽覽釋氏因明之書所養成的一套說話、甚至思索的興味。越是讓他覺得驚奇、異常而有趣的談論，他越是將之視同『不得不破』的一個敵壘；非要將那言詞一一拆解、顯現箇中底細不可。」李白從中學得了縱橫家辨證法「是曰／非曰」的長短經，用於詩則呈首尾互見衝突之姿，看似自相扞格，實乃詩歌美學的矛盾張力。而張大春則用之拆解做為寫作客體的那個大唐世界，以及承載那個世界的種種文本，佛經、傳奇、筆記乃至帳單質卷等等，都被他究了底細，翻用於李白身世所負載的種種徵象。

少不了的，還有張大春一貫寫祕密組織寫奇門遁甲的熱衷，他這會也像在《城邦暴力團》裡那樣肆意旁逸斜出，跑馬信韁，但比前者多了一些克制與可供推敲的機關。比如大談斛律家族的「義」字頭組織，及後來在僧團中發展的「無盡藏」經濟機構，用去不少篇幅，但細心者便能知其苦心，不但為大唐的民間社會尋找幽祕結構，也是為小說空間騰挪出層層借腳處。繁衍鋪陳本是中國詩賦傳統，李白擅長，這本關於李白的小說亦如夢遊天姥，一再反折推宕，翻出層層斑斕。

在這個結構中穿梭的，是一眾靈異者在李白的少年學習與漫遊時代接踵登場。除了趙蕤的神機妙算和控鳥術，還有露寒驛遇見的半人半鬼的狂客與薛稷（及他們的白鶴傳奇），金堆驛遇見的侯矩（及他講述的默啜之頭和飛頭獠等），以及成都之夜的騎羊者葛由，兩個奇僧道海與濬和尚……越往後越密集，使人不禁期待下一卷李白的齊魯壯遊該是何等奇幻眩目。

往往是超現實的人事引領著此少年在現實中碰壁、頓悟，又皆有其詩本事所指——張大春使用的是「逆本事」的寫法，別人寫詩人評傳是據詩索隱，他是先把他所發之隱淋漓盡致地敘述一番，再倒過來「有詩為證」，這樣反而更能梳理詩人自身譜系的神祕根脈。這典故的倒敘法，以〈聽蜀僧濬彈琴〉所牽引最長，以月亮意象在李白終生詩中各種埋藏最廣，張大春處處設埋伏如番僧伏藏，又如訟師深文周納，這正是其拿手本色。

小說精彩如此，但他不忘那一個不知何謂的盛世和不知何為的詩人。狂客以

〈仙鶴歌〉為喻，侯矩以身世浮沉所嘆，盧煥借醉之絕望痛陳，無一不在警醒此盛世之虛妄、李白出／處的虛妄。侯矩以劍術喻絕學：「須知『時無劍術』，縱使汝學成，天下人也無眼識得，其侘傺無聊可知」，這是隱喻了李白等詩人的「文章千古事，得失寸心知」、「但覺高歌有鬼神，焉知餓死填溝壑」，當中恐怕亦有張大春之嘆，他的越來越難得讀者理解的深文奧義就如這無人識得的劍術一樣「侘傺無聊」。

至於張大春接著嘆息侯矩之難，亦是盛世之難，李白還沒有體會到這「天下男丁受租調、徭役驅迫，流離失所的根本」，張大春的悲憫，在隨後盧煥的醉言中激發為憤怒——侯矩以為李白與他不是一池中物，浮沉下僚的盧煥卻殘酷地指出他們仨其實在這個等級分明的架構中命運相若。盧煥問李白所愛詩人，李白舉謝玄、謝靈運、謝朓三人，以為是反叛同道，卻被盧煥一句：「若在彼時，以汝一介白身，能作半句詩否？」問中了死穴，原來謝氏世家的血統門第，竟比詩藝和意氣更重要乎？這個問題，纏繞李白半生，俗氣卻致命。

騎羊者葛由所啟示的其實與其師趙蕤的尷尬無異，出不能致仕，入不能尋仙，出處兩難，還是回到了李白最初的問題：「大道如青天，我獨不得出」——這完全是卡夫卡的名言之前奏：「目標確有一個，道路卻無一條；我們所謂之路者，乃躊躇也。」幸虧李白和卡夫卡尚有文學之救贖，這種彷徨若棄，乃是老子「眾人皆有餘，而我獨若遺……」的自我覺悟，實質上這青天大道人皆不得出，但唯有這獨若遺的個體醒覺了這不得出的處境，方能冷眼寫之，作者之於時代，可為者如此。

「大道如青天，我獨不得出」，盛世張皇，側映出的卻是詩人的出處兩難。仰天大笑，終成蓬蒿，李白之悲，不亞於杜甫。而盛世張皇，不如說盛世窘迫，張大春竟以豪氣寫出了這種窘迫，一如杜甫〈贈李白〉那一聯名句：「痛飲狂歌空度日，飛揚跋扈為誰雄。」所呈現的，是一個詩人對另一個詩人身上所負載的大矛盾的深深理解。

「樓虛月白，秋宇物化，於斯憑闌，身勢飛動。非把酒自忘，此興何極？」李白畢竟是酒中仙，自有他澆殺塊壘的方法以及不得不澆之的塊壘，在其未至於「中天摧兮力不繼」之前的種種翱翔鵬舉的悲壯身姿中，即使不能回答我們詩人何為的問題，卻能盡展此盛世何謂之疑，這也許就是李白與大唐的對拓意義、甚或張大春之寫作於當下「盛世」的意義了。

將進酒，覺有情

——李白的天下意

「大鵬飛兮振八裔，中天摧兮力不濟。」《大唐李白》三部下來，時刻籠罩著李白〈臨路歌〉的陰影，一次次的舉揚，一次次的跌宕。然「臨路」也許並非後人考據的「臨終」之誤傳，而真正是詩人再一次上路，上彼「不知所終」之路、覓大自由之前的一首告別歌。

身處二十一世紀初的「盛世」，張大春也在一種大時代的陰霾中俯視過往眾生，李白等人於他編排的命運中始終大道不得出，直到這《將進酒》始見解脫的端倪。這解脫，是源自李白開始立心做一大詩人所得的酬勞，此前他種種抱負，皆以自命「五蠹人」擬消解之——真正消解得盡，還待日後種種劫恨銷磨，而將進酒，杯莫停，命運齒輪的啟動也從茲始。

「但懷天下之心，無語不能動鬼神」，記得在《鳳凰臺》，張大春借山巔老仙對李白所言，這便是詩人命運的最早呼喚。「動鬼神」乃是古詩人對詩藝期許的最高境界，直至杜甫以極端的矛盾稱述方完滿：「但覺高歌有鬼神，焉知餓死填溝釁？」——懷天下心致驚天語也致厄運身，杜甫固然是這樣，世人誤會是出世逍遙最甚的李白，竟也如此，《大唐李白》處處不忘為此正名：同處大唐盛衰輾轉之際，李白之困其實不亞於杜甫。

於鳳凰臺，踟躕之鵬，乃一可以親近的李白。既將進酒，傷心之樹，無復聞琴以回身。《將進酒》的展開，其迅猛得自於《鳳凰臺》的種種暗湧，尤其是吳指南之死，開啟了李白身外周遭眾角色之「生」——於是我們得以展讀大唐各族各華胄草民的命運波濤，彼時「天下」之意氣湧於今天心胸，「天下」之圖景也以無窮細節在我們視野中構現。

天下意，人盡不同。吳指南的天下，已了結於江河湖海之間，因此與李白更勝形影。段七娘的天下，隱於三重錦幃之後，蕭然散軼，一往情深遂視天下如無物，所謂「慣經離別，便知舍得」。月娘的天下，為一念而星月兼程，「能行則行，無依無止」，倥傯闖入迷，自噬其心，苦不堪言，所謂「煙火後先，俱歸灰滅」的無情世界，唯待李白釋此「無情」。斬勞山／安祿山的天下，源自邊緣對中心的渴慕窺伺，便如洪水漩渦，獨得大時代的惡力，溶彙生死怨懟的風雲，將作大霹靂，把盛唐上下其手。李白的天下，靜候其中，舍身易詩，最後得以文字替代此天下。

見眾生，方能見天下——套用《一代宗師》的立命，能摸索張大春編排李白際遇的苦心。從《少年遊》的躊躇，到《鳳凰臺》的躑躅，到《將進酒》的行止自如，李白的自信如「陽春召我以煙景，大塊假我以文章」，是由外而內的吸納覺醒。這樣就能理解吳指南臨終為何問「筆是汝家舊物耶」，李白為何答道「非是」——夢中傳彩筆，欲書花葉，既然還筆醒來，且看朝雲。

朝雲朗朗，天下本應廓廓，仍不得出者，曰「難為情」。這是《大唐李白》裡最讓人耿耿的糾纏，至《將進酒》，張大春再不吝嗇寫愛情的筆墨，重彩敷色，哀感頑豔。李白的兩段情，七娘月娘，幾成永訣，動若參商，似負平生。這是相忘於江湖的豁達，還是無奈漸入絕境的虛無？

猶記《鳳凰臺》中，段七娘與李白談鳳凰臺時，張大春曾點出李白的愛情觀：一般人從鳳凰臺故事所得「最令人豔羨的夫妻，似乎並不該沾惹生死離別、勾動愛恨波瀾，只須一味諧調律呂，求其同聲，無驚哀、無悲愴，亦無嗔痴。」而李白是一個大痴之人，他「滿心渴慕著的，還是那故事『不知所終』的情景。」——好一個「不知所終」，大痴者如曹雪芹之賈寶玉，木石前盟、金玉良緣，最後還不是遠遁青埂，不知所終。這張大春的李白，乃是一個更決絕的賈寶玉，於道、於詩、於家國內外際遇之後，得出最超塵脫俗的一念：「永結無情遊」。

「永結無情游，相期邈雲漢。」詩人對生死離合最高的覺悟莫過於此。所謂好因緣，便是這一「永結」與「相期」。結尾處吳指南的酒囊，乃千里赴約重來，以重結此無情遊。而段七娘呢？月娘呢？吳指南死前曾問：「汝與汝家師娘有情否？」此「有情」便又多一層意思了，曾有情者，方能相期。

但讀者不能釋懷，張大春也不能釋懷。強託月娘陷賊中長相思，想起自己曾吟此詩與李白：「獨漉水中泥，水濁不見月。不見月尚可，水深行人沒。」該段極其哀傷。後世考據者普遍認為此〈獨漉篇〉是李白在安祿山之亂後作，張大春卻故意把它繫之於少年李白於有情師娘處所得，小說家筆與史筆的異同，交織出冥冥之契：安祿山的存在。此處最見張大春說故事人之功力，須知多年後，李白與大唐的命運，均從安祿山而轉；今日月娘的命運，早已與之相連。

若這痴出離情愛，歸屬於詩之大者若何？遙想從丁零奴到洞府龍君，均以「痴」責之李白，豈料痴乃大超脫，而無情遊是大珍重。

「那些有如浮雲一般相會隨即相別的人們，卻總在他吟詠詩句的時候，亭亭然而來——他們或行或坐，或語或默。有時，李白還真不能辨識眼前所見者，究竟是心相或物相，是實景或幻境。久之成習，不得不坦然以對，他也就不再悉心分別：孰為昔？孰為今？何者為妄？總而言之，詩句其來，猶如難以割捨的人；想念之人，盡付橫空不去的詩句。非待一吟罷了，諸像不滅；諸像既滅，他的人生也只剩下了字句。」

張大春這段文風如波特萊爾《巴黎的憂鬱》，真是知詩者言，痴之於詩是一大能量，大春道其妙，恰如《文賦》所云：「其始也，皆收視反聽，耽思傍訊。精鶩八極，心游萬仞。其致也，情曈曨而彌鮮，物昭晰而互進。」若能至此，只剩下字句又何妨？若高歌有鬼神在，則填溝壑又何妨？

當今之世，世俗對一浪漫化的詩人形象之期許更甚，世人希望李白成為的那個李白，比李白更李白；世人希望詩人成為的那個詩人，顛倒夢想，必須有電視劇一般的悲情。有幾人願意面對一個真正詩人的苦苦求索與欣然忘機？張大春的歷史小說，致力於還原歷史的複雜而不是刻意簡化，因此有那麼多旁徵博引和貌似離題萬丈，這也是呼應回大唐與李白的龐然。後世黃遵憲〈出門〉詩云：「無窮離合悲歡事，從此東西南北人。」——既然李白早已選定東西南北人之路，便已做好承擔無窮離合悲歡的決心。將進酒，覺有情，天下紛紜畢至，我且隨張大春取一瓢飲。

在魯迅與三島由紀夫之間

——張承志的日本糾結

「留學日本，宛如握著一柄雙刃的刀鋒。大義的挫折，文化的沉醉。人每時都在感受著，但說不清奧妙細微。這種經歷最終會變成一筆無頭債，古怪地左右人的道路。無論各有怎樣的不同，誰都必須了結這筆孽債。」

這是張承志寫魯迅的話（〈魯迅路口〉），說的絕對更適合他自己，魯迅在日本固或感到大義的挫折，但他極少提到文化的沉醉。魯迅的晦暗與張承志的激烈，是兩種迥異的氣質，其交集也許正來自於與日本文化相仿的戰鬥性，但即使這戰鬥性內裡也暗異，魯迅更多摻雜尼采式日耳曼人的孤絕，張承志更多切格瓦拉式西班牙傳統的浪漫怒血。

張承志把開頭那段話，在其《敬重與惜別——致日本》的尾章重提，解釋了自己正是用此書「了結這筆孽債」的。張曾說有兩個對他影響重大的國家，一個是西班牙、一個就是日本，關於西班牙他最惦念的Andalusia，他著有《鮮花的廢墟——安達魯斯紀行》，穆斯林與非穆斯林統治者的恩怨，是他的一大主題，且按下不表，但兩書相較，明顯《敬重與惜別》更為沉重、而且舉筆維艱，理解這一艱難的過程，也許也是理解張承志的過程。

我讀這本書，情感也複雜，僅次於張承志。回憶十五年前，我是同時接觸張承志和「另一個日本」的——一九九五年讀到張承志長篇小說《金草地》，裡面與知青下放蒙古草原穿插而寫的，是六〇年代末日本「全共鬥」學生占領東京大學的學潮。後者完全揭開了之前我讀村上春樹中讀到的六〇年代日本反叛青年的神祕面紗——或者說，使其更為神祕地占據了我的想像。

張承志筆下的「全共鬥」學生和日本左翼青年，解決了我心中的一個矛盾：日本式的決絕和淒美並不必然和分屬右翼的武士道精神相關聯，它可以為正義和國際主義的目標而行，與我所抱持的理想主義相合。不過，直到最近幾年我才有更進一步的覺悟：在理想主義之旗下，極右的理想主義者（如三島由紀夫）和極左的理想主義者（如聯合赤軍）之間也是只有一步之距，如何能抗拒極端、又不淪為中庸騎牆，那是對抗爭與革命者的考驗。

張承志明顯比我更是深陷於此決絕與淒美之中，此決絕與淒美同時也存在於他書寫的哲合忍耶回民、安達魯斯的摩爾人、甚至他所命名的「老紅衛兵」中。而《敬重與惜別》裡的代表人物則是阿拉伯赤軍（非以殘酷整肅著稱的聯合赤軍），他們以國際主義精神援助巴勒斯坦解放運動，策動著名的一九七二年特拉維夫機場自殺襲擊、震懾了以色列。張承志用〈刺客列傳〉般緊迫冷峻筆法描繪了兩個死士奧平剛士、安田安之和倖存者岡本公三，繼而寫到巴勒斯坦同情者山口崇子（即李香蘭）、最後一個赤軍領袖重信房子和她的女兒重信 Mei，文字如醉。

剔除赤軍的個人英雄主義，他們的所作所為堪稱大義，素來也為我景仰。但張承志「無意」道出他寫作此章的「初衷」，卻令我大吃一驚——他說是為了對抗針對毛澤東和中國革命的「百般咒罵」，他竟然看不出來背叛革命的正是最大的權貴毛澤東；同時他又真誠地為聯合赤軍那一段可怕的整肅虐殺歷史震驚——「時至今日我仍覺得，他們的行為不可理喻。他們做過的事，彼此是撕裂和對立的。援救貧弱的好意和極度變態的殘忍，居然能孿生於一身！」他理性地說出：「打敗、否定和拋棄他們的，正是共產主義思想的初衷——左翼運動的人道主義起點。」但難道他不知道整肅正是毛的拿手好戲、人道主義正是毛最為不屑的「婦人之仁」嗎？

張承志說：「不能只為淺間山莊（聯合赤軍最後一役所在地）那夥人做的事，就輕易抹消真摯的日本左翼運動。」我絕對同意，同時我想補充一句，去深思為什麼聯合赤軍走向紅色恐怖，而不只是震驚和開解，才是深化左翼運動的意義、尋找左翼前途的必須。其實一言結之：當理想主義走向權力迷戀，那就是變態！張承志在本書的其他篇章都能清醒地不斷提醒民族主義者迷戀的大國情結之虛妄，卻不能把看穿偷盜理想主義、利用理想主義的最大戀權者的把戲。究其根柢，仍是張承志的紅衛兵情結作祟——這亦是他的青春情結，我能諒解，但想如果有一天張能走出這原罪般的束縛，他才能成為真正的孤膽叛逆者。

左翼之矛盾，亦是我之矛盾，所以饒舌了。《敬重與惜別》中更令我不解的是張對武士道的曖昧——他一方面強調「士道」與「武士道」的不同，一方面又激贊武士道的代表人物：「赤穗四十七士」，指後者並非愚忠而是人的「尊嚴、信諾、情義」——但是他不可否認的是，如果是侵華戰爭時期，同樣的「士」也會忠於天皇，為這「尊嚴、信諾、情義」去殺戮異族。張也困惑了，當他寫及他欣賞的一九四二年溝口健二版本「赤穗四十七士」：《元祿忠臣藏》時不禁慨嘆：「難以置信——這是一部戰爭的國策宣傳片，伴奏著日本把戰爭從盧溝橋擴大到太平洋的軍樂。難以置信——美感居然能與罪行共存，近乎完美的形式，居然能裝入侵犯的內容。」——他所讚嘆的美感是溝口健二對切腹的完美描繪，殊不知納粹往往就是追求完美、純粹！我只能說，做為一個作家，張承志被美所蒙騙，正如他表面上的對立面：三島由紀夫被美蒙騙一樣——藝術與納粹有時只差一步，所幸三島只是以自己的生命來結束，所以他能以一藝術家終。舉目日本，和張承志最相像的作家，正是三島。

其實張承志的矛盾比比皆是，如多次寫及的「亞細亞主義」，雖不忘譴責其最終為侵略者所用，但涉及其早期代表人物的具體言行，筆端卻難掩欣賞之意。唯其「長崎筆記」和「解說．信康」兩章情深意切，前者執言黑白分明，為「敵人」申冤，這是真正的勇猛；後者識英雄重英雄，與日本歌者岡林信康（即《金草地》小林一雄的原型）之間的相知遠勝於文學史上任何作家與歌者。而正因為此，岡林信康對張承志的斷語最為中的：「他是紅衛兵這個留在世界史上的詞彙的命名者；在沉重的前紅衛兵的標籤下，持續著實現自己的嚴峻旅途。」

我激賞那個始終不忘左翼的人道主義的張承志、始終批評祖國蠢蠢欲動的大國強權夢的張承志，甚至那個面對日本之美難抑矛盾心緒的張承志。日本的曖昧性作用在他身上，也催迫了他的藝術中輾轉於暴烈與隱忍之間的美感。相較於魯迅，也許他更接近秋瑾和徐錫麟，但若要省思歷史、激揚世界，我希望他還是走在魯迅、寫作《野草》的魯迅身邊，選擇那強大的「哀暗」。

這些無限空間的永恆沉默

——評劉慈欣《三體III死神永生》

「有兩種事物，我們愈是沉思，愈感到它們的崇高與神聖，愈是增加虔敬與信仰，這就是頭上的星空和心中的道德律。」康德這句話大家可能因為熟悉而已經痲木了，以至於只會從正面去理解它和輕易地被它感動，星空和道德律也成為人類文明的兩個不容置疑的座標。但是另一個哲人的一句話卻好像更耐人尋味，帕斯卡爾說：「這些無限空間的永恆沉默使我恐懼。」

劉慈欣建構他龐大的「三體」史詩的時候，無疑胸懷康德的沉思，但是可以看到不是康德的虔敬與信仰，而是帕斯卡爾的恐懼時刻籠罩著他創造的那個宏大宇宙，在那個宇宙中，未知空間的沉默就像一把達摩克利斯之劍——劉慈欣把「這些未知空間」稱為「黑暗森林」，其間布滿了獵人，技術低微的地球人類注定只能成為獵物；人類能選擇的只有保持另一種沉默，因為一作聲就會暴露目標、招致毀滅。

科幻文學並不只是一種文學，還是人類對宇宙的莫名鄉愁，更是人類對命運唯一可能的推演和實驗。在林林總總的趣味性細節中間，隱藏著與其他偉大文學殊途同歸的終極悲憫，並且因為其本身的宏大座標，科幻文學中人類的命運更顯悲愴。

人類從害怕黑暗、挑戰黑暗到依賴黑暗，正如《三體III死神永生》（下簡稱《死神永生》）裡說的：「這黑暗竟成為一種保護，因為這黑暗之外是更恐怖的所在，那裡正在浮現的某種東西，使寒冷感到冷，使黑暗感到黑。」這是典型劉慈欣式的雄辯，但是一種陰冷的雄辯，產生的是黑暗的詩意。帕斯卡爾的恐懼就是這樣一種詩意，而正是這種詩意使《死神永生》與別不同。

劉慈欣是一個徹頭徹尾的浪漫主義者（就浪漫主義的嚴格定義來說），並且帶有早期存在主義色彩——所以他最嚮往的小說家應該是杜斯妥也夫斯基以及愛倫·坡，在《死神永生》裡他以特殊的方式向兩者致敬——杜斯妥也夫斯基的臨刑心態常常出來考驗全人類，愛倫·坡的極端生存體驗則啟迪人類個體的覺悟。但是劉慈欣畢竟是一個自覺的科幻小說家，他有他自己的一套「寫詩」的方法。

比如說，在《死神永生》裡，人類最後的執念：地球文明博物館（其實是一個巨大的墓碑）被設置於冥王星，那個在《三體II黑暗森林》裡拯救了世界的「面壁者」羅輯成為這裡的「守墓人」，固然有其科學的理由，但更能看出劉慈欣潛意識的浪漫情懷。對於我等科幻迷來說，二〇〇六年有一件最感傷的事情：冥王星被從太陽系行星中除名，我們理性接受但感情上耿耿於懷，我想劉慈欣也有同感。所以在地球人類接近滅亡之際，讓最後的兩個倖存者在冥王星帶走人類文明的精華。這是一個絕妙的反諷，當年被地球「拋棄」的小弟冥王星，成為了地球文明的墓地，最後甚至成為唯一希望寄託之地。這就是冷酷的《三體》宇宙的詩意。

星空、道德與詩，分別代表了文學的三大向度：對世界、人性與藝術的挖掘。做為當今中國科幻文學的扛鼎者，劉慈欣最拿手的就是星空：他硬科幻的想像力無人能及，他描寫的「星空」這一向度可以打滿分。在《死神永生》裡，情節的多番波瀾逆轉，最關鍵在於劉慈欣對兩大宇宙規律的運用：多維空間與光速，就像他小說中那些最高等的神級文明一樣，劉慈欣把各種前沿科技概念玩弄於股掌中，他具有極強的把抽象科學原理具象化的能力。一個傳統小說家所具有的把抽象理念具象化的能力，劉慈欣直接把它施用於宇宙史詩中，效果叫人目瞪口呆。精彩的描寫不勝枚舉：三維空間人類進入四維空間時的迷幻體驗、太陽系被壓縮為二維平面時的淒美、跨度長達一百七十億年的時空穿越……全部以極其精細又磅礡的描寫呈現——無數細節融會為劉慈欣所謂的「宏細節」。

僅僅欣賞劉慈欣的想像力已經可以獲得純粹的感官享受，但當然我們對一部文學作品的要求絕不止於此。那個奠基於目前有限的宇宙學認識、由作者一己之力想像補充而成的科幻世界，它所呈現的宏觀面貌往往取決於作者的世界觀，反過來又為之推波助瀾。在《死神永生》，劉慈欣的世界觀是承認黑暗，然後嘗試與黑暗交談。毫無疑問，這是一個絕望的世界，宇宙間是赤裸裸的生存法則：高等文明絕不友善，會毫不猶豫地消滅宇宙中任何它認為有威脅的低等文明。

什麼都是浮雲，這句本年度網絡流行語在《死神永生》中得到最有力的支持，《三體》前兩部中人類苦心經營的對抗三體世界入侵的方法、與三體的鬥智鬥勇、與未知世界的博弈……一次次一敗塗地又一次次掙扎苟存，到最後不敵極高文明的一次輕易的清理操作：它們發出的一張卡片大小的「二向箔」，終結了我們全部的榮譽、努力、勇敢和輝煌。但最後的最後，更有超乎這一切之上的力量，要求宇宙歸零重生。這一切既是小說中的現實，亦是超級隱喻：既然如此，在者為何存在？

這個宇宙太大了，讓我們無從置喙。因此我們看到網上關於《死神永生》的爭論大多糾纏於小說裡的人，這就涉及道德的問題了。道德律於此，是極具爭議的，即使劉慈欣也未能說清自己的立場，但他有探究它的大誠意。《三體》中的道德衝突或道德折磨有兩層：一個零道德的宇宙和一個有道德的地球文明的衝突；地球人性本來就有的道德與背德的衝突。被劉慈欣選來充當地球命運掌握者的少女程心，表面上就是一個絕不稱職的懦弱者，在大部分讀者的眼裡，她過於單純、懷婦人之仁、泛愛主義……地球的兩次危機她都做出了錯誤的決定，她為了忠於人性而不惜人類滅絕。我們到底要和宇宙一起零道德以求生存，還是堅持人類道德而死亡呢？問題是：那樣生存下來的人，還能叫做人嗎？

劉慈欣自己都不能回答他擲出的如此沉重的問題，在讀者的負面回饋中，他甚至對程心也產生了動搖。在小說中他的立場也搖擺於強硬求生存的一系列鐵漢式悲劇人物和崇高的聖母式人物之間。但我的想法和大多數硬科幻讀者不同，首先讓我們回到《三體》第一部，正是這個超乎想像的設定讓我對中國科幻刮目相看：葉文潔之所以選擇背棄人類、聯絡三體人前來侵占地球，是因為在文革中她對人性的深深失望：父親的被批鬥致死、母親的背叛以及朋友的出賣。

地球的一切災難乃至滅絕，起源自文革的一次人類邪惡行為，要救贖地球，最終也只能回到人心：不容一點邪惡的人心，這就是程心的意義所在。也許現實的世界不可贖，但在形而上層面上，程心以一次次選擇人性而不是獸性的行動，救贖了這個世界，使人類仍然能以大寫的人之名在宇宙中與別不同。

這就是宇宙社會學與地球社會學的差異，劉慈欣說的宇宙社會學的第一原理是「生存是文明的第一需要」，但他沒有說出的是第一需要是否最高、最終需要，有比生存更重要的東西嗎？如果生存都沒有了，這個更重要的東西又何以為繫？劉慈欣再一次沒有給出答案，我相信他仍然在苦思這個問題，《死神永生》最後的開放結尾並非最好答案。

這時候需要的就是詩，或者說詩會自己出現。詩性的介入，是不容解釋的，劉慈欣超凡的想像力能帶來超驗的詩意，小說自身的藝術規律也導向作者不能左右的詩意。比如說，從文學的角度看，劉慈欣採用故事套盒的形式講述的三篇童話故事最為精彩，高度隱喻的語言和對民間故事敘事方法的熟稔使用，使它們超越《死神永生》的敘事需要，進入一個自足的封閉結構裡，但同時因此它們成為了《死神永生》故事最大的懸念，擁有無盡的解讀可能性，它們與講述者神祕的雲天明一起營造了小說以外的空間，那裡沒有被作者劉慈欣壟斷，隨時可供讀者或後來的作者開闢新的迷宮。

其實，對詩本身的肯定，也是劉慈欣的科幻世界中人性鐘擺擺向的決定性力量。《死神永生》裡竟然引用徐玉諾的詩，這是詩歌界都不太會記得的一位民初詩人，劉慈欣竟然記得。這是一首極好的詩：「太陽落了下去，／山、樹、石、河，一切偉大的建築都埋在黑影裡；／人類很有趣的點了他們的小燈；／喜悅他們所見到的；／希望找著他們所要的。」——這就是星空與道德律之中那不可說的神祕，詩隱約道出，此中有真意，欲辯已忘言也。

「尊敬的神，這些髒蟲子就剩下那幾首小詩了！哈哈哈……」「但他們是不可超越的！」伊依在大爪中挺起胸膛莊嚴地說。球體停止了顫動，用近似耳語的聲音說：「技術能超越一切。」「這與技術無關，這是人類心靈世界的精華，不可超越！」——這段對話，引自劉慈欣的早期作品《詩雲》，裡面的「神」級高等文明試圖寫出世界上所有可能的詩（就是漢字的所有組合可能）來達到一個目的：超越李白，當然他失敗了，詩歌成為低等文明地球人唯一恃以立足宇宙的法寶，雖然天真卻不無道理。據劉慈欣自述，他在九〇年代初「常常編些無聊但自覺有趣的軟件，現在網上重新流行的電子詩人就是那時的產品」，看來劉慈欣也失敗了，電子詩人寫的詩，永遠超越不了地球人、三體人和宇宙以自身命運來寫的這一首詩。

在小說依自身規律不斷擴張的後半段，之前過絕的設定令之後的推進不斷鋌而走險。劉慈欣對自己創造的世界的追趕也有點疲於奔命，他用的是孤注一擲的激情之力，一再地在最後的一百頁篇幅中加速、層層翻拓、經營一次次峰回路轉，最後成功地把讀者帶到「萬劫不復」的境地：太陽系滅亡了，最後的兩人逃往 DX3906 恆星，逃往銀河紀元，逃往時間以外的小宇宙（這些無限空間！）、甚至宇宙坍塌之後的新宇宙……什麼都是浮雲，那超越一切浮雲，拯救這部小說的，就是詩：小說所奠基的文字宇宙本身。

海德格爾嘗云：詩嘗試言說那不可言說的神祕。我們嘗試用來打破無限空間的永恆沉默的，除了座標廣播、引力波、曲率驅動光速飛行等等，目前可行的，就是我們的想像力和創造力，也就是書寫本身。劉慈欣的《三體》三部曲（其實原名「地球往事」三部曲更加貼切）成功地奠立了一個新的科幻空間以及許多新的科幻定律，它華麗又荒涼，在其中我期待的並不是其文學的實驗和前衛程度，而是他的微觀和宏觀想像力的極限呈現，然後我們自己可以在這極限上面建設自己的世界。

蝙蝠與鳥兒

——余華《第七天》的文學與現實之困

余華《第七天》裡賣腎為女友買墓地的伍超，在昏迷中醒來時問他的難友：「有鳥飛過了？」「沒有鳥。」「我聽到鳥叫了。」「我剛才過來時看見一隻蝙蝠。」「不是蝙蝠，」伍超說，「是鳥兒。」

寫及死亡及彌留狀態的時候，余華仍能有他二十年前的神來之筆。他的主角，楊飛的幽靈飄蕩在這十多萬字的人鬼之間，也讓人分不清是鳥兒還是蝙蝠——實際上，如果我們照我們習慣的文學觀來看這一部小說，我們也會陷入它是蝙蝠還是鳥兒之爭。

我們習慣的好文學，是所謂來自現實又超越現實的——以我的中學老師的一個生動比喻來說，好的文學就像一隻鳥兒飛在空中，但無時無刻不俯瞰大地。假如這一文學理想還存在，但今天的大地已經變成了千奇百怪的野獸奔突之所，那麼嘗試讓這鳥兒去接觸這些野獸的余華，直接把他的《第七天》雜交成為了一隻蝙蝠。

希望看到鳥兒的人，嫌蝙蝠醜陋；希望直面野獸的人，覺得蝙蝠偽善。蝙蝠想創建自己的美學，但舉步維艱。目前《第七天》在國內書評界幾乎遭遇一面倒的批評，前兩種原因皆有之，主要是第一種，當年激賞余華《在細雨中呼喊》冷峻、秀奇的文字的讀者，自《許三觀賣血記》以降只會對余華日益失望，這種失望在《兄弟》下卷到達了極點——余華肯定也知道，但現實的包圍令他不得不應對下去，他的應對與其說是某些批評家說的取巧，還不如說是因為老實。

《兄弟》下卷的失敗是因為它徹底被這魔獸橫行的泥沼綁住了，於是在《第七天》余華發明了蝙蝠，嘗試以一種奇怪的姿勢進行低空飛翔。他不再直接在人間打滾，而是來到了陰陽無間之地窺探和回望這人間，作怪聲以諷喻。這種方式首先令人想到《二十年目睹之怪現狀》和《聊齋志異》某些地獄篇，更想到自宋朝《玉歷寶鈔》至一九七〇年代流行於港台的種種勸善《地獄遊記》，我簡稱為「地獄體」小說。

但余華《第七天》是一本「反地獄體」小說，它與那些勸善文學的關係就像「反烏托邦小說」與「烏托邦小說」的關係一樣。余華的但丁是一個無能的但丁：楊飛，他就是一隻蝙蝠，只能「佯飛」。他目睹「為善的受貧窮更命短，造惡的享富貴又壽延。天地也做得個怕硬欺軟……」卻找不到報復的憤怒，找不到勸善的理由，只能借小說裡的圍觀自殺者們罵一句「這年月不想活的人多了去了。」於是死便理所當然，小說裡死亡世界的邏輯建立也理所當然，這個美好的「死無葬身之地」成了余華的「好地獄」——但這個好地獄寫得遜於魯迅的好地獄，因為余華不捨得讓它「丟失」。

因為做為一個被現實追逼而想漸漸退回自己內心的作家，余華也像楊飛一樣，需要這麼一個好地獄來躲藏，或者是借死之蔭谷，阻擋一下生的烈焰。余華曾經崇拜的卡夫卡在日記裡這麼說過：「凡是活著的時候不能應付生活的人，就需要用一隻手稍阻擋住他對自己命運的絕望……同時他要用另一隻手記下他在廢墟中看到的東西，因為他能看到與別人看到的不一樣的東西和更多的東西；歸根結柢，他在一生中都是死者，但卻是真正的倖存者。」余華和他的楊飛有點這個意思，只是還不夠，對絕望的阻擋和對廢墟的觀察都還不夠。

余華不算「活著時不能應付生活的人」，但他是倦於應付生活的人。大概是一九九六年，我給余華拍過一張照片，照片中的他驚恐、疑懼、不安，我覺得這張照片損害了他，於是就從來沒有發表，現在底片也不知何在了——讀罷《第七天》忽而想起來這個形象，也許那個余華是最深處的一個余華，一九九六年，他正當寫作和人生的盛年。《第七天》裡，盛年不再的他坦承這種自心深處滲出的無助不安，只能借大量抒情來解脫自己。

在其早期作品偶一為之的抒情能給人驚豔之感，但《第七天》的抒情越來越多越來越密集，難保不給「冷酷」的後現代讀者以煽情之感。說句公道話，《第七天》的煽情沒有超過《兄弟》上卷，我甚至善意地不把它看作煽情，余華以大量筆墨書寫楊金彪與楊飛父子之愛、乾媽李月珍對無論生死的嬰孩之愛，這都可以視為余華以舊世界的樸素價值觀對新世界的荒誕的委婉反抗。否則，這個每天在微博上和我們一起遭遇大規模人性淪喪的事件轟炸的余華，將無法面對一個作家傳統的良心。

一個作家並不是想當然是強大的，他可以脆弱。《第七天》走向抒情的寫法既是逃避這種脆弱，也是接納這種脆弱。假如換一個角度，從傳統抒情詩的角度甚至成人童話的角度來看，《第七天》許多段落都是極好的抒情詩或童話，對死寂、雨雪、虛無的複調式描寫漸漸獲得了一個詩的節奏，如波浪一陣陣推動前行，直到全書最神奇的部分：李月珍與二十七個嬰兒的屍體的失蹤與「復現」，到達了詩的高潮。詩的高潮是無需解釋的，它只需要呈現如神蹟。它的光芒一下子抵銷了前面全部的灰暗，在此詩人余華獲得了安慰。

但小說家余華不能輕易過關（其實如果照當代詩的要求，這首較為傳統的抒情詩也不能輕易過關）。現實的強大壓力施於作家身上，同時讀者對寫作處理現實的潔癖挑剔也施於作家身上。余華面對的雙刃劍也是我們每個當下中國的書寫者面對的，我們誰也不敢說自己就能做得更好。我們要麼成為犬儒主義者要麼成為新的寫作革命的拓荒人。犬儒主義者慣於用政治潔癖來掩飾自己面對現實的怯懦與無能，他們說不關心政治實際上是害怕被政治關心，他們說現實傷害藝術實際上他們根本不信任和無力去理解藝術的消化力和抵抗力。而拓荒人需要一個面對混亂與荒誕的好胃口。

《第七天》開頭面對紛至沓來的「現實素材」還是比較冷靜克制的，並不像很多過激批評所說的強硬嫁接，更談不上故意炫奇吸引外國眼球。這歸功於前面所說的那種蝙蝠一樣的低空飛行的奇怪姿勢，蝙蝠的翅膀、超聲波的敏感和對黑夜的迷戀畢竟還在，低空飛行還能保持一個與地面無限接近但若即若離的境界。但後面有明顯失控敗筆之處，如化用楊佳襲警的那個故事，就顯得無必要、不倫不類，又落入《兄弟》下卷的惡趣味之中了。

余華還未能做成拓荒人，但我欣賞他絕望的勇氣，欣賞他不做犬儒的勇氣，對於一個內向的憤懣者來說這勇氣已經非常大了。微博時代的來臨，對長於獨善其身的中國作家不是一件好事，那當然，你可以阻擋自己的絕望，但也要描繪眼前的廢墟，當這個廢墟以每天千萬帖的速度在你前面增長的時候，當現實混雜著虛擬的念力籠罩你蒼茫尚待著墨一字的空白文檔之際，給予亡靈重新認識自己的頭七天顯然還不夠，既然已經發現了蝙蝠之姿，倒不妨自此忘記鳥兒的世界，在黑暗中真實地飛下去。

《炸裂志》：炸裂與躍進掩飾不了的困頓

「時代不幸詩人幸」這句老話，有時候也可以是「時代不幸詩人也沒轍」，尤其在中國，紛繁現實與寫作者之間的關係複雜糾纏，不是每個作家都有杜甫的抵抗力和反饋力。不過在時代無情的輾壓機前面，可堪告慰的是多數我們一直寄予期望的作家都迎頭而上，縱然後果未如人意。這樣的壯烈犧牲，前有余華的《兄弟》，今有閻連科的《炸裂志》。

閻連科一直都是一個主動直面中國現實的小說家，和許多迫不得已招架現實的作家不同。他二〇〇五年的《丁莊夢》，無論題材還是冷峻簡美如聖經的文字都讓人肅然起敬，此後他最惹人共鳴的現實作品不是小說，而是因為二〇一一年為了抗拆遷而寫給最高領導人的一封公開陳情信，和此後他在紐約時報發表的一篇名為〈喪家狗的一年〉的隨筆，內容涉及他的書被拒絕出版和房子被強拆，在後者他寫道：「一個公民和作家的尊嚴，尚不如一隻餓犬向主人搖尾乞食重要；一個公民可享有的權力，還不如一個人手中握住的空氣多。」這篇讓人讀之悲戚的文章以英文發表，迅速被讀者翻譯回中文，在互聯網上廣為流傳。

這是一個非常重要的文本，對理解一個當代中國作家的困境，對理解日後《炸裂志》的困頓面貌都很重要。文章裡遭遇一連串打擊的閻連科感慨道：「在這個社會中，人們像狗一樣活著。我夢想能在我的書中大聲喊出這一切，並將我的吶喊變成優美的樂曲。」之後二〇一二年的春天，他在旅居的香港寫出了今天我們所見的《炸裂志》的初稿，但並沒有把吶喊變成優美的樂曲，而是變成了瘋狂的悲劇。

閻連科其人和之前的寫作，都是給人老實殷殷之感，即使在其作品精巧之處，依然是一個老工匠那樣一絲不苟傾盡心力的精巧。但《炸裂志》很不一樣，雖然部分內容是《丁莊夢》裡死亡狂歡的延續和變奏，但越寫越肆意放縱，如失控的顛倒夢魘，亦似喝醉的葬禮嗩吶，嬉笑佯狂，沉重時有但是被迅速拆解。小說裡面潛藏的作者閻連科不像一個經驗老到的藝匠，倒像〈喪家狗的一年〉結尾處那個不知所措地在離家的車上痛哭的焦慮者。

以好小說的標準，這樣一部失控的作品，是失敗了。可能是藉書寫出一口悶氣的欲望太迫切，結果腳步一踉蹌，反而吸進更多霧霾。這種因為跑太快而出現的踉蹌，就好像大躍進。

閻連科被國內出版社婉拒出版的《四書》所寫到的大躍進，在《炸裂志》換了另外兩種形式出現：一方面是故事裡炸裂史，炸裂這個村子從村到鄉到縣到市到超級市，就是一個大躍進的典型，使用的是大躍進的方式：為達到目的不顧道德不擇手段、沒有條件也硬創條件；另一方面是閻連科的自增值式寫法，文本在發展中不斷加速度，小說的節奏、緩急、繁簡等等細節考量越來越少，寓言的直白和臉譜化卻越來越坦蕩，這導致日後閻連科接受訪問時也承認的：「甚至你會覺得小說某些地方是粗糙的，不如我原來小說細膩。」

閻連科的壓力來自現實，他以及別的作家都不止一次地談到中國讀者對小說的不滿是因為小說家的想像力趕不上現實的超現實——但我必須指出這一點，閻連科和這些中國作家誤讀了這句網絡傳言，這是一句調侃，調侃的對象是「現實」而不是「小說家」，但小說家卻因此壓力山大，決心以自己寶貴的想像力去挑戰現實那種粗野狂亂的「超現實」——結果落入了後者的陷阱，你越是掙扎反抗，越是俯就了其邏輯，這就跟文革後傷痕文學的失敗是一樣的，你不可能用你所反抗的東西的語言、邏輯去進行反抗。

余華的《兄弟》的上下部分別代表了傷痕文學與戲謔文學的失敗，《炸裂志》由比余華更深的痛感而來，結果卻和《兄弟》下部殊途同歸，莫言的某些小說同樣有這些問題。這是老革命遇上了新問題嗎？不是，問題本來就埋藏在他們一代之中。

閻連科發明了「神實主義」來解釋他的實驗，其實神實主義也頗符合余華《兄弟》與《第七天》的特性，閻連科在訪談中說神實主義與別不同的是它有一個內因果，也就是任何變形離奇只需服從作家內心需要——從《炸裂志》具體看來，還服從中國潛規則的需要。正如他多次寫到權力的魔力，孔明亮升官，祕書的紐扣會自動解開，鐵樹會開花，甚至官的一紙簽名能讓瑞雪天降，這都是閻連科把他憤懣地感受到的中國潛規則的具象化，他的內心需要是發洩憤懣、嘲諷二十年來目睹之怪現象。這個動機當然很好，但往往僅止於此了，不時讓我們對閻連科做為一個大作家應有的突破期待落空。

從現有的實驗看來，神實主義不像魔幻現實主義，魔幻現實主義的魔幻是為了挖掘現實的深層含義，為了把現實的晦暗一面用貌似天真實則殘酷的夢境彰露出來，但中國的神實主義往往機械轉換現實，結果俯就於現實。想像力是用來刺穿現實的，而不是疲於奔命地追趕現實。炸裂村的亂象讓我們看到中國的縮影，但這個看到除了令人唏噓一番，並未帶來更多啟示和反思。

神實主義也不是超現實主義，我們須看到超現實主義與符號化想像的不同，就以法國超現實主義小說代表作鮑里斯．維昂《流年的泡沫》為例，《流年的泡沫》裡事物變形盛衰亦都隨主角的心神所往，女主角的心上甚至長著一朵嗜血的蓮花，這個意象是顛覆性的，作家通過它去探究愛情可能存在的傷害性和黑暗。但《炸裂志》裡面的花果植物一再地隨由權力升跌而來的喜悲而開放枯萎，對熟悉這種隱喻的中國讀者沒有意外，也沒有增加「權力反思」應有的複雜性。

我還要提到荒誕荒謬與荒腔走板的不同、作家內心邏輯與小說人物邏輯的混淆，這些都是《炸裂志》在失控時暴露的缺點。以上這些我稱之為小說的困頓的，也許正是寫作者不假思索一揮即就的暢快，它能快速地「解決」掉作者一時的壓力，結果並未解決，小說結束時作者的焦慮毫無寸進。

這種壓力還來自作家在大時代裡的一種誤判（實際上所謂的「大時代」是否存在也可疑），以閻連科的話說，他覺得「我們慣有的認識現實的方法已經無法抵達今天中國最深層的現實，你可以抵達一個人的靈魂，但無法抵達一個民族、一群人、一個國家的靈魂。」於是在《炸裂志》裡剛剛相反，裡面有一個籠統的族群靈魂，卻看不到每一個人的靈魂，孔家兄弟和朱穎的形象塑造都是單薄線性的，朱穎本來是個矛盾的角色，但她的矛盾一次次被輕而易舉地轉化——這才是最大的神實主義，只有中國傳統女性邏輯能夠勉強解釋這個女性的愚蠢失敗。

這是一個令人極度遺憾的誤判，閻連科忘記了抵達一個人的靈魂才是文學最偉大的使命，人是一個個具體存在的，族群和國家並沒有靈魂，只有概念。小說因此滑向寓言，當然依然有它嘲世、諫世的功能，卻錯過更多的理解和反思時代中個體命運的可能，後者未必令人震驚炸裂，卻堪一代代人沉默咀嚼。

另一個新疆的神祕聲音

我所認識的新疆，絕對不是一個恐怖更不是一個絕望的所在。且不論我曾從哈密吐魯番一路到烏魯木齊的遠遊所見多麼豐饒琳琅，我在二道橋大巴扎所見人們的生活與交流何其熱氣騰騰生機勃勃，就在我身邊的許多本新疆文學書籍中，我們看見的也更多是生活的真誠和美麗——當然他們給真誠和美賦予了與漢地文學大不同的含義，甚至超出後者的想像。

看看劉亮程，看看李娟，看看王力雄，看看更多的新疆各族作家，多認識多溝通，讓美與惡較量，絕大多數人會選擇前者。已經停刊的《天南》雜誌，有一期特別策劃最宜此刻重讀：「新疆時間」。新疆時間比北京早兩個小時，通用於民間，有論者認為這是維吾爾精神獨立的一種象徵，我則認為這至少是一個與主流的劃一性相區別，在文化上忠實於因地制宜獨闢蹊徑的隱喻。

「新疆時間」推出不少新疆本土作家，比如說維吾爾族作家阿拉提·阿斯木，一個在語言的熱辣程度不亞於莫言的饒舌者，饒舌之中又時刻沉入芸芸眾生命運深處的智者，還有哈薩克族作家葉爾克西．胡爾曼別克的魔幻現實。但我更留意的是那些生活在新疆的漢族作家，我想通過他們的眼睛去看新疆、看維漢、哈漢民間關係，看一個遊客、旅遊作家看不到的邊陲。

這些漢族作家中我最熱愛的，當然是李娟，她的著作是我過去一個冬天的枕邊書。《天南》別出心裁刊登了她的詩而不是散文，實際上是強調了她的詩人氣質，在我看來她的散文處處皆是詩，是天生於靈魂骨髓裡的詩，不是所謂詩情畫意的詩。李娟文字中的高貴與幽默互相平衡，這樣的詩人從一開始就具有了端正的品格，對於真正的詩，品格遠遠高於技巧。

《我的阿勒泰》或《阿勒泰的角落》是李娟的成名作，在那些渾然的篇章裡阿勒泰的雪與文字相混成了火，成了撲朔的小獸的足印，成了一片握在小髒手上的藍水晶。李娟就像從她寫的那個水晶背後的世界走來的使者，就像她說她小時候看過並喜歡的聖埃蘇佩里的小王子，總之不是我們這個簡陋蠻荒的世界的人。相對於我們的城市的寒磣，阿勒泰的無論森林還是荒野都那麼豐盛，但做為寫作者的李娟大氣磅礴，容納了兩個世界毫不介懷。

在阿勒泰系列散文里，李娟所寫的「李娟」是一個長襪子皮皮式的姑娘——當然李娟筆下的她媽媽也是。長襪子皮皮始終對生命充滿熱情，而她們面對艱苦的生存、未知的世界毫無畏懼，不但笑著迎上去，還要與之嬉戲與之熱戀一番，李娟的文字充滿獨創性的細節描繪，這就是一個戀人眼中的世界。而且她如小王子一樣真誠並且信任這個世界神祕、無從解釋的那些部分，就如阿勒泰的黑夜——要麼月光星光輝煌如教堂的燭火，要麼全然漆黑死寂如地球最初的夜晚。而這當中，哈薩克的孩子、森林裡的幼獸和李娟一樣感知到這個世界的所有礦苗都在小聲呼吸。然後她像淘金者，把黑夜啟示自己的祕密挖掘出來。

最難得的是，她始終沒有忘記自己是這麼一個森林裡的幼獸，所以她的文字裡始終有著最率性的呼吸、最謙卑的驚訝和最驕傲的富足：即使風霜雨雪之時，她的世界也沒有與她為敵。在近作《冬牧場》裡這點比《阿勒泰的角落》來得更赤裸，文字的瑰麗被大力揚棄而去，漸漸只剩下殘酷生存環境（哈薩克牧民艱辛的冬窩子生活）的極簡細節，在物質生活的貧乏中這些細節天然地長大，成為極堅細節，支撐起寥廓蒼穹，讓你看到樸素的「與真理為鄰的存在」的閃光。

至於她並非只寫阿勒泰生活的那本《走夜路請放聲歌唱》和其他作品滿不一樣，李娟的筆從對外的細察轉向自身，那困苦的童年和艱澀的青春，有一些篇章讓人難過得無法釋懷，直面生命的困苦讓我想起貝拉·塔爾的電影《都靈老馬》，直面青春之酸又讓我想起莫迪亞諾的小說，都是描寫在時間漩渦中迷失的青春，令人恍兮惚兮，耿耿在懷——這點，在盛世烏魯木齊的青春消耗者竟然與戰時巴黎的青春浪擲者相濡以沫。

劉亮程是李娟的伯樂，他倆如今是新疆散文的雙璧。也是《天南》讓我留意到劉亮程的小說，〈驢叫是紅色的〉寫一個新疆少年失去了聲音，想像力奇崛詭異，令人難忘，後來我才發現這短篇出自他著名的長篇小說《鑿空》。《鑿空》曾獲亞洲周刊年度十大小說，表面上與魔幻現實主義小說傳統塑造一個虛構村莊與家族相似，但他的阿不旦村寫得比中原作家所寫很多村莊都強悍飽滿。他的角色不是符號不是象徵，是有血有肉的此在。但又也許因為生存在和田這個傳奇邊地特有的非正統性，人物的行為帶有幽靈性質——尤其是主角少年的爸爸張旺才，一個熱衷於不斷在河畔和村莊地下挖長且深的地洞的漢族農民，讓人想起卡夫卡的鼴鼠們。張旺才在深入大地核心的同時在摸索一個漢人遺失了千年的野性復生，與此同時的是地面上的維族百姓生活被「西氣東輸」這個國家大夢搞得日益荒誕。

劉亮程小說的細膩與瘋狂都與他的散文相關。他的代表作《一個人的村莊》和《在新疆》已經成為新疆散文的經典，分別重建著他所經歷的新疆漢人與維族百姓的百科全書式生活圖景，文字懇切又不失想像力的縱橫，精細又不乏深情。這樣的一個新疆，即使神祕，也是它自己自在自由的神祕，它不應和殖民者的偷窺與意淫，反而以強大的生命力統攝本土與外來的欲望，我想這也是劉亮程與李娟等漢族作家，從中自然領受的智慧。

立春精神

立春那天，蘭州的青年作家韓松落一大早發了個微博：「王彩玲發表立春講話二十周年紀念日」，馬上就有也是蘭州的樂隊「低苦艾」轉帖並且補充了這段著名的講話：「立春一過，實際上城市裡還沒啥春天的跡象，但是風真的就不一樣了。風好像一夜間就變得溫潤潮濕起來了。這樣的風一吹過來，我就可想哭了。我知道我是自己被自己給感動了。」

王彩玲，顧長衛電影《立春》主角，蔣雯麗飾。這段話可謂當代中國電影最佳的內心獨白之一，可以與費穆《小城之春》開頭韋偉的開場白一比。和很多人以為《立春》是調侃外省藝術青年如福樓拜調侃包法利夫人不同，我偏不覺得是調侃，顧長衛明白在一個最不文藝的環境下人對藝術的渴望，就像荒草渴望春天一樣，是比文藝大城裡那些書香門第的「藝二代」們強烈得多，爆發起來也兇猛得多的。自我感動在她們身上恰恰可以原諒——那淚水不是刻奇／媚俗，而是她們能灑向自身的唯一的甘露。

同代作家能和我同感這一點的人，我想除了韓松落，就是女作家綠妖。恰巧的是，立春的下午，我就收到了綠妖的新散文集《沉默也會歌唱》，翻開書，序言就是韓松落寫的，他寫到她的縣城背景，還寫到「我對那些在創作和生活的美學上，保持著某種堅忍、倔強、忤逆，始終不肯過江東的人，懷有敬意。比如綠妖。」這讓我想起幾年前我曾那樣評說韓松落的散文集《怒河春醒》：「……在他們疲於較量的壓頂現實之深處，他們卻潛藏著他們曾窺見和踐行的一部分可堪執著的真理。韓松落的文字即為我對七〇後作家的期待提供了力證，因其敏感於七、八〇年代樸素之美又不止於美，按耐不住的是那個年代留給我們的那些銳利的悲傷，或是明淨的怒火。」韓也是這樣堅忍的一個作家。

因為出身於邊緣城市、成長於清貧的七、八〇年代，給他們帶來的傷害很大，但因此滋養的力量更大。就像《立春》裡的王彩玲，他們在開腔歌唱之前有一段等待，而這等待時的沉默成了我們最好的養分，讓他們歌唱的時候不忘記現實的崎嶇萬象，不忘記大時代潛流的黑暗。

但是沒有大城的存在，小城的天才則無法再一次誕生。《沉默也會歌唱》裡除了「自述身世」的那些凜冽文章，書中好幾篇打動我的都和漂泊在北京等大城的青年有關——他們也許是未名的詩人，也許只是王彩玲們，這不重要，重要的是他們與這個那個城市的碰撞重塑了自己也重塑了城市的氣象。

綠妖那段印在書封底的話盪氣迴腸：「誰曾在年輕時到過一座大城，奮身躍入萬千生命熱望回程的熱氣蒸騰，與生活短兵相接……誰的生命曾被如此擦拭，必將終身懷念這段旋律。」當然讓人無法不想到海明威《巴黎，流動的盛宴》那句「假如你有幸年輕時在巴黎生活過，那麼你此後一生中不論去到哪裡她都與你同在，因為巴黎是一席流動的盛宴」，但這些外省的唐吉訶德們更像是詩人蘭波，綠妖一篇文章題目是〈一代外省青年瘋癲史〉，蘭波就是那一代瘋癲的外省詩人，他永遠渴望遠方，渴望巴黎和北非，臨死還在故鄉的病榻上詢問：「下一班開往馬賽的船哪天出發？」

立春並不許諾豐收，但它樹立起「東風解凍、蟄蟲始振、魚陟負冰」的起勢，好承擔日後一切熙熙攘攘的奔湧。在即將再度出發之前不忘回頭細顧那些代替我們留下的人，〈致我縣城的兄弟〉、〈沉默的年輕人〉等是《沉默也會歌唱》中最疼痛的篇章，就像賈樟柯拍攝的汾陽青年，劉小東繪畫的「金城小子」，這種「不忍」和「終須」，也是立春前的大寒，有其意義。誰也想不到襤褸的理想能練成文字的黑白之甲——區別於那些貴冑。相對於《立春》裡那些被戕死於凍土裡的未熟之苗，我們不過是幸運走出來的歌者，必須回饋犧牲者給我們的滋養。

江澤民時代的「人間喜劇」

——康赫的小說《人類學》

過去十年，每當有港台小說家要我推薦他們所未知的大陸好小說，我必然會推薦康赫的《斯巴達》，但這部小說依舊是鮮為人知，就像它那俠隱江湖中的作者康赫。康赫是中國當代最優秀的青年小說家，多年前我在《今天》雜誌讀到他的短篇小說時就這樣認為，長篇《斯巴達》更證明了這一點。當年我是這樣向朋友推介的：「他的小說師承巴爾扎克和喬伊斯，對世界兼容並包，運筆看似自由即興，其實結構複雜窮極心思。他的小說人物嘻笑怒罵，出離這乖巧世界同時又擁有著塵俗的莫名活力，這也是他小說的魅力所在。」

沒想到十年後，他拿出了比《斯巴達》更為磅礡的作品，這部名為《人類學》的超長篇小說，無論它的寫作還是出版，在當下中國都近乎奇蹟。寫作難度來自康赫試圖書寫一部中國的《人間喜劇》，而且是餘威猶存的江澤民時代的喜劇——也可以看作墓誌，涵蓋三教九流的七情六慾。而出版難度當然是指對尚未能蓋棺論定的一個時代的避諱，領導人的名字隨時會成為敏感詞的今天，這部小說有時佯狂有時任性有時尖刻地寫及彼時的半邊晴雨的政治空氣，如今即使是刪減本也依然保留了大量的雷區。這部小說注定成為二〇一五年最重要的中國小說。

「江澤民使出了全力，要讓聲音傳得更遠。他不能像鄧小平那樣懶洋洋地喊。究竟是什麼口音？……我在她面前模仿江。」諸如這樣的片段在出版物中得以存留，除了編輯的大膽，也因為其本身的隱喻魅力讓人難以割捨，除了一個詩人，沒有人能從江的口音聯想到時代的難堪。《人類學》的故事背景是一九九九年初的北京，江全面接掌權力之後兩年，政治出現了一個表面上模糊的寬鬆期，所以那時也是所謂波希米亞北京的養成期，後崔健時代的搖滾、圓明園畫家村的化整為零、詩歌在八九重創之後尷尬翻身……大量懷才不遇的外省奇葩連夜入城——《人類學》原本就打算叫《入城記》。

康赫的幾個主要人物，都是廣義的紹興人在北京，這契合了康赫和魯迅的隱祕關係，他是一個不掩飾自己的魯迅，「對於魯迅，無所適從是一個可以自由搏擊的開闊地帶」——主角麥弓如是論魯迅，也許是康赫的自我期許，他的小說人物常常陷入一種奇怪的無所適從，與卡夫卡人物的無所適從相比，他更接近魯迅的，因為康赫與他的人物一樣有一種偏執、近乎惡的生命力——這和那個骨子裡的魯迅一起屬於尼采的超人。

至於人類，他們看似以孤島實際上以蟻穴存在。小說內的人物有千絲萬縷的關係，他們與現實的人也有千絲萬縷的關係，除了主流社會的名人、惡棍，更多的九〇年代圓明園藝術家和流竄的詩人們紛紛登場，甚至遠在美國的蘇珊．桑塔格，也在「老太太的疲勞症」一節表演了一把——康赫輕易地鑽進了她內心，把一位老公共知識分子作家的困頓與自負寫得唯妙唯肖，同時帶出的，卻是九〇年代中國知識分子的天真與自以為狡黠——小說中的其他影射，亦有此意。

在知識分子和詩人藝術家之外，有更多不同身分的人在演繹這那個時代的大起大落的命運。比如西北窮少年金志剛是一個最重要的串聯式人物，以他最底層的宿命去交織其他人的流動：最終，大家都是向下流的階層，金志剛只不過比大家先到達煉獄。此外就是幾個不同階層的女性：布藍、孔令梅、湯娟等，承受著彼時的種種困頓，比男人們更熟悉悲劇的意義，卻也更從容，即使這從容在男人眼中是委屈是絕望，康赫卻熟知她們並無原罪，依然是手握蘋果的夏娃。但這是一個永恆的女性也不能引領我們上升的時代，更何況這些時刻抱緊你一起淪落的女性。

極端的富人和窮人之劃分也從那個時代開始。康赫能同時洞察兩者實屬難得，傳媒圈多年的浸淫讓他摸透了北京上層社會的幽暗，少年時代在南方農村的赤貧生活、青年時代在北京的浪蕩使他不忘底層的哀樂細節。民間知識分子麥弓的生存處境不是安貧樂道四字可以開解，而麥弓還鄉所帶出的近乎自虐的回憶也並非為了治癒，卻如此叫人動容：「她拿木棍打了我的腿。噢謝謝你謝你。我忘了我做了什麼，可是謝謝你謝謝你。尊嚴之光投在痙攣的肉體上。我們非凡的演出，血淚的喜悅。母嬤，我用冷漠和暴躁向你示愛，人世間最驕傲的崇拜。」

其實最打動我的是康赫剖析自我的激情，它掩蓋在剖析人類之下，其實一樣強烈，藉由一個夢魘一樣的意象凝聚：「光頭鐵匠一下把那隻小鳥吸成一具軟軟的空殼。」「這個打鐵匠，他現在還是一個無情無義的人，也許以後會不一樣。同一棵樹的不同枝椏，梅林灣的梅城的上海的北京的，從各自的裂口分泌著各自的記憶，一陣苦澀一陣馨香，只是可能不會出現在過去。過去的馨香留在過去，在過去的裂口裡流著過去的汁液，不會再長出枝葉紛披的可能來，連接到現在，通向未來。它們沒有未來。」

吸進與分泌，激盪而完成，麥弓於是又成為江湖的隱喻，即便他和康赫都是這個江湖的畸零者、楚狂接輿。

《人類學》：失去的好地獄

美國詩人路易斯．辛普森寫過：「美國詩歌需要一個強大的胃，可以消化橡皮、煤、鈾和月亮。」中國當代詩歌肯定也需要這麼一個胃，但江澤民時代及其後的中國，明顯比杜魯門以後的美國更難消化。一個時代的矛盾與龐雜面前，有一個自稱「不寫詩的詩人」呈現了他對那個荊棘世界的好胃口，這個詩人是康赫，他的詩篇，是長達一千三百四十五頁的小說《人類學》。

這是一部多聲部長詩／詩劇一般的小說，介乎於《尤利西斯》與《詩章》，內裡瘋長洶湧的內心獨白，與其說像意識流，不如說像詩歌——像《野草》裡面的散文詩，諸如「即使在無神的天幕下，快樂也有一副偷盜者的面孔。在偷盜的快樂，我們呼吸著蹲伏在那間死屋裡的惡與不幸」這樣的句子不只一次讓愉悅於敘事狂歡的讀者放慢了腳步，魯迅的《野草》曾以一種骨子裡的慢來抵擋那時中國天翻地覆的激流，反白話文學通俗流暢之動；康赫的《人類學》在泥石流一般的磅礴推進底下，是一種更沉重的慢，其抒情如漩渦，拽住了那群後鄧時代北京的進城者的腳，也拽住了讀者試圖凌越那個尷尬時代的腳。

莫道不抒情，康赫的酒鬼語氣就是抒情，他時而烏七八糟地抒情，時而高傲地混雜著狂飆突進時代、歌德式的大發感慨，時而冷峻鐵面，敲打著那些極其不堪的生活其上的詩意，就如表現主義詩人、醫生貝恩，走過癌病房卻歌唱起死者胸腔裡的那朵怪異的蓮花。他書寫的不是但丁，而是博斯（Bosch）和卡夫卡的地獄：

「他深陷於黑暗，並樂於觀察他所深陷的黑暗。他是黑暗的肯定者，在黑暗中探尋黑暗的多樣性。他對自己的黑暗之旅充滿欣喜，但絕非源於我們通常所見的受虐的快感……他以尼采式的肯定面對叔本華式的黑暗，卻遠比兩者的簡單混合來得奇妙。」小說第一章中也許是杜撰的這段白佩德夫人論卡夫卡的話，很適合來用描述寫《人類學》的康赫。

在一千多頁之後，主角麥弓再次向瑞典華人姑娘俞琳表白：「我是在這兒出生的，在這兒成長的，這不會是完全偶然的。就算這裡是地獄，我也是地獄裡出生成長，說著地獄語言的人，也許瑞典是天堂，可天堂對於我除了想像沒有更多的意義。我在這裡擁有的和有過的一切，卻不只是想像，它們和我血肉相連。我只想好好地觀察這個地獄。地獄的祕密就是我的祕密了。」

《人類學》裡眾多的外國人「被嚇壞了」，「被這裡古老的消極和新鮮的躁動。」麥弓說——這就是江澤民時代的精髓。一個細節讓我把小說的發生時間鎖定在一九九九年初，因為裡面瑞典大使館文化參贊閻幽磬說：「明天ABBA會在北展演出。」據資料，那場演唱會發生在一九九九年三月五日。九〇年代的最後一個春天——在今天自由主義者或者右派青年的懷舊中，那個時代可堪稱一個奇異的自由時代，江澤民的某些西化表現和寬容，在九斤老太的回憶中也蒙上了一種夢幻色彩，彷彿可以比擬為魯迅所謂的「失去的好地獄」。

《人類學》幾乎是唯一一部充分切入江澤民時代的北京各階層的歡樂頌或者哭喪調，這是一個精神眩暈的前波希米亞中國，過去的十年放縱建立起了牢固不可撼動的虛無。他嘗試從虛無中找回那個也許是烏有的「好地獄」，因為後者如子宮，孕育著未來十五年至今中國城市的繁種。

為了完成這種荒誕的使命，康赫被迫展示他身上除了卡夫卡與魯迅的其他才能，比如當他書寫如長卷展開的北京胡同圖，你可以說他是一個新老舍，能把北京平民生活寫得如此聲色俱全；你也可以視他為平江不肖生，假名《人類學》寫著反人類的黃書、當代《金瓶梅》，康赫延續著前作《斯巴達》對性事痴狂的描寫，以求挖掘愛的限度，審視存在之上龐大的倦怠，然而沒想到一千三百四十五頁的最後沒有沉淪，康赫的生命力在他的角色上同樣神奇地彈跳著，焚燒著。據說最難讀的第五章，那回憶中的梅林是一個悲慘世界，這死亡與汙穢之書可堪媲美蕭紅那一代鄉村出走者的疾病文學；而緊接著的第六章卻以地圖一樣的顯淺效果證明他有一個順風耳和無底胃，就看他寫窮人求婚那段，就知道他有過硬的現實主義功力，當他書寫家庭與時代變遷的緊扣，如北京土著孔祥勝孔令梅一家，則完全是巴爾扎克筆法。

不過，《人類學》的主要角色大都是外來人，俗稱京漂，這本小說原本打算叫《進城記》。進城者不一定是被動的——起碼麥弓與他的朋友們不願意被動，於是才有了人類學，他們由被鄙視的外來者反客為主變成了俯瞰北京的人類學家——狂妄的導演龐大海如是說：「我剛剛完成了一次非凡的田野調查……北京城就是一個他媽的大田野。」接著他聲稱他在一隻高位俯拍的鴨子身上看到了末日，這就是典型的康赫式的人類學研究方式，最極端的意象對位法：比如這隻最形而下的描寫的鴨子，與那個最形而上的宏大的末日相連，你不知道你面對的是那個哲學家康赫還是詩人康赫，因為兩種身分帶來的答案將完全不同。但是康赫和麥弓，正是用這種禪宗公案的無情力把他們面前的這個山寨利維坦：北京，拆解乾淨。麥弓，一如其名，面對僵硬的世界擁有最大的彈性。

麥弓們的生命力，康赫的生命力，也是屬於江澤民時代那些草莽地生長著的遺孑們的生命力。那是一個沒有互聯網沒有微信陌陌的江湖世界，色情男女如何約？或者說，約，在那個時代到底是否具有我們這個速食時代所沒有的意義。「麥弓從地上撿起一個已有些乾癟的棗子，在手上搓一下，丟進了嘴裡。還真甜。嗯，人間的氣息。嘿，人類的氣息。既不是蒼蠅的也不是灰塵的。」這種人間氣息並不因為科技與摩登時尚的尚未完全統領而顯得高貴，卻是把末法時代開啟之前，那些人性的魔鬼與魔性的人類區分開的關鍵，人類學，不就為了得出這個赤裸裸的結果嗎？

自由在路途上發生
——讀黃碧雲《媚行者》

「自由是什麼意思？如果存在的話，以怎樣的處境或語言存在？」「《媚行者》並沒有解答自由。我們是從不自由而嘗試理解自由的。《媚行者》所能做到的，到後來，只是比較理解自由不是……」這一問一答是摘自黃碧雲《媚行者》一書封底的說話，那一段話，如果不是她自己寫的，也會是一個真正經歷了書中那對「自由」二字的漫長跋涉與質問的人才能說出。在問句中，特意點出的是「處境」和「語言」兩詞，這是一個作家專有的理解自由的兩個領域，作家正是在作品的構成中通過這兩者的變化來實踐她的自由。而在後句中，她亦是通過「語言」來暗示答案，「從……而嘗試」、「到後來」和最後的「……」這些詞句符號都呈現了一個行進中的狀態，答案是：自由是一個永不完結的現在進行式。

「媚行者」中「行者」一詞所指向的，就是這種不斷嘗試和實踐，像垮掉派凱魯亞克（J.Kerouac）《在路上》（*On the Road*）的尋覓過程。小說一開始，她就上路了，香港，到日本，到北美，到南美，玻利維亞，阿根廷，尋找切．格瓦拉；

從旅程中跳出，到香港，生者和死者之中；再跳出，到紐約，倫敦，威尼斯，不知地球上那個健忘症患者的角落；又落回現世最殘酷的戰場，薩拉熱窩，科索沃；她私有的尋根——客家梅州，媚行者的尋根——吉卜賽東歐，尋找合而為一；最後到達「聖地」古巴，她發現自己：失蹤者坦妮亞。

如果只是這樣，這本書就只是一本西方傳統上的「流浪小說」和「成長小說」的混合體，如何完成她那獨有的對自由的尋問呢？這時，我們要問問，「媚行者」中的「媚」的所指。「媚」，形容詞：「嫵媚」、動詞：「媚惑」——兩者都是多麼柔韌、神祕，它們是怎樣和「行者」——這個不羈、滄桑甚至有點陽剛的詞相遇，並且合為一個像雲一樣變幻、又充斥四方的形態——「自由」的形態呢？

讓我們再回到書的開始。開始是一個死亡，「我」的父親的死亡，博爾赫斯說：「一個人的死或一個人的出生都是最適合作一本小說的開頭的。」而黃碧雲把兩者融會了，從死亡開始是兩個人的對自由的尋問之路的出發：「我」——少年時父親的一場毒打使她決心離開束縛，投入茫茫然的漂泊和對自己及父親的痛苦質問中，這心靈之路；切．格瓦拉（《媚行者》中譯為哲古華拉）從阿根廷出發到投身古巴革命直至在玻利維亞的死亡之路。而把這兩者交叉的是現時性的：「我」的旅程。

第二章是一個她者的故事，飛行救援隊員趙眉。作者開始她「處境」上的自由，這首先由「語言」來進行。如詩人蘭波（A.Rimbaud）所說：「我希望我是任何人。」

這裡代入的不只是趙眉的疼痛與麻木，還有醫生趙重生、義肢矯形師小蜜、物理治療師小鬍子羅烈坦的疼痛與麻木。做為小說敘述手段的敘述主體變換從此不斷出現，成為小說結構上的最大特點，這就是形式上的自由，視角在不同方向轉換，作者對「處境」的體味亦不斷改變。當面對傷痛（所有人）和割裂（肉體的割裂和人與人的割裂）、缺失（趙眉對張遲）和困頓（所有人）時，如果不要趙重生和小鬍子羅烈坦的夭折，就只有像小蜜和趙眉那種頑強——「媚」的柔韌性——也許僅僅是面對，並留下在路上繼續走，在天空守望自由。

對於一個經歷並且質問者，最可怕的莫如記憶的喪失了。第三章的敘述者正是一個喪失記憶的中年婦人——曾經的名舞者陳玉，但也許是越南女人再絲·阮、女爵士小號手露西亞·阿曼、南非女子姬絲汀·波達，甚至被敘述者葉細細，記憶的喪失令敘述更加混淆，但敘述者的轉換卻更自由。不過無論如何轉換，都是一個被損害的女人肖像，她最後說：「忘記是，從來沒有，將來也不會有，應該有的事情，但不存在，猶如自由。」在這裡，失憶是做為對不完美的回憶的反抗，這種反抗一方面不能不說是消極的，因為隨著創痛之回憶的喪失，生命亦因之而失重；但另一方面這種完全的輕，卻將敘述者帶到一種無所顧忌的放任狀態的自由中，如結尾所說：「狂歡節已經完了，另外有一個狂歡節。」帶來一個不穩定的世界，因其不穩定而嶄新的世界。

第四章猶如一個地獄的訪問記。科索沃戰爭的現場，戰爭的殘酷和非理性，被施暴者的悲慘和施暴者的瘋狂都令人悚然；更可怕的是沉默的旁觀者們——因為沉默他們成了暴行的同謀者。而女性又一次成為最大的被侮辱和被損害者。這裡的世界幾乎完全是絕望的，如果不是有中間的那一首詩「我城　薩拉熱窩」。一個媚女子，正如詩中所說「不過是你生命裡的微小事情」，但生命中的意義正來自於這些「微小事情」：空襲前的舞會、戰火中的婚禮、父親發脾氣、母親養雞、排隊取水……「但我只想活著　接近泥土／並寫下／生活中的微小事情」。這裡對自由的追尋和上一章同歸而殊途——和忘記相反，她選擇了記下。記錄成為藝術，而藝術是一種慰解，是面對這個殘酷、不完美的世界的微笑，並且像女爵士樂歌手 Billie Holiday 所唱：「When you are smiling，the whole world smiles with you。」世界也跟著微笑起來，人的生存因而不至於絕望。

無論從敘述形式還是從敘述內容來說，第五章都是最豐富的一章。形式上出現了大量的「文體戲仿」，文中不斷插入模仿古歐洲神話、塔羅牌詮釋、中國族譜、詩劇、中國傳奇筆記，甚至和合本聖經創世紀譯文的風格的敘事片段，作者更加自由地出入其間，將之編織成一部多聲部的哀歌。在內容上兩條線索互相穿插，作者對自己的族群——客家人，和對相似的族群——吉卜賽人的追索尋問與比較，各自回溯著自己的源頭：通過偽族譜和偽創世紀，又互相呼應和匯合。

客家人和吉卜賽人的相似是那種漂泊、故鄉的失卻及因此而來的貧窮苦難；但相異處是，客家人像猶太人的遷移是處於被動之中的，並且渴望定居下來（就像現在，他們都有了安定的住地），而吉卜賽人卻懷著像遊牧民族逐水草而居的天性，永遠渴望著蘭波式「生活在別處」的生活，主動地漂泊，在漂泊中尋找生命的樂趣。這正與尋問自由者如切．格瓦拉和作者的意圖相合，她們都要在路上發現自由。「媚行者」一詞也在這裡正式出現，說的是「媚行者我姊維多利亞，她不相信命運，以為可以，以意志承受。」她說：「聽說那些和命運搏鬥的人，就叫做媚行者。」媚行者我姊維多利亞結過兩次婚，兩個丈夫和一個求婚者都死於非命，「我祖母」說她是黑貓命，剋男人。但媚行者我姊維多利亞卻要反抗這一命運繼續去愛，去冒險。「我」也選擇了反抗命運：神話中嫁給怪馬的公主的命運，追尋她的自由：她戴上了神話中象徵厄運的吊死人右手的指環，去找回她的馬——老詩人若奇。與「客家族譜」上那些盲目受苦死去的「先朝婦女」相比，吉卜賽女子們的反抗命運更加有其意義。

和怪馬神話並行的還有一個不斷出現和改變的神話：石匠築橋的神話。神話的大概是：石匠或兄弟們築橋或城堡屢築屢塌，最後要把其中一人的妻子築進磚石中獻祭才築成功。這個女子的犧牲是命定的：誰第一個來到工地，誰就得死。但在每一個神話中，那個命定犧牲的女子都要反抗命運——一種悲劇的反抗，首先她們不理預言堅持去見丈夫，最後她們都被築進石裡但仍成為命運的障礙：她們詛咒城堡永遠荒廢、詛咒丈夫永遠揀不起她扔棄河中的戒指（愛的譴責）、讓每一個晚上橋都流血……這就是「媚行者」，第一章「我」的反抗、第二章趙眉的反抗、第三章陳玉的反抗、第四章詩人的反抗，還有最後一章的革命者格瓦拉和坦妮亞都如是，逆天而行，而自由就在這反逆的路程上發生了。

最後一章的路又接續回第一章去，作者來到古巴尋問「媚行者」坦妮亞。坦妮亞，切．格瓦拉在玻利維亞遊擊隊中唯一一個正式的女隊員，相傳是格瓦拉的情人，於一九六七年八月三十一日，先於切．格瓦拉一個月遇害。但關於她的生平和死亡語焉不詳，以致有人說她其實是出賣格瓦拉的雙料特工，一九六七年也沒死，後來流亡海外最後自殺。其實這些真偽都不重要，從她和格瓦拉在玻利維亞以數十人的兵力，在極其惡劣的環境下進行絕無取勝希望的遊擊戰這一浪漫主義的行為來看，他們追求的不只是革命成功這一現實目標（即使玻利維亞革命成功了，切．格瓦拉也會離開，「開創更多的越南」），而是更高的、生命意義上的反抗命運的搏鬥，「媚行者」，這是一種哲學家海德格爾所說的「冒險」、「向死而生」的狀態，通過冒險而發現存在的意義——「哪裡有危險，哪裡就有救」。他們的戰鬥與殉難，實際上也是為了個人心靈上對自由的渴慕而為，並最終贏得了自由。

與坦妮亞的故事並行的，是作者在古巴的經歷。莫大諷刺的是，當年切．格瓦拉和卡斯楚為追求自由而建立的國度，今天竟成了一個尋問自由的人被監控的地方。當寫到這裡的時候，我卻想起剛在香港電影節看的溫達斯（W.Wenders）的電影《樂滿夏灣拿》（Buena Vista Social Club），可惜作者「我」沒有見到這些古巴的老樂手，否則也會感染到他們的自由和快樂的。他們也和廣大古巴人民一樣在貧困與破敗中生活，然而他們歌唱，這歌唱就像上文所說的，成為了他們的慰解和自由。其實作者也感到了這一點，就在「我」被帶到她的監察者麥加爾破爛的家中那一天，她和監視她的大人們玩了一下午的多米諾骨牌，而旁邊的兩個小孩彈吉他、敲鍋作鼓也玩得不亦樂乎——就像《樂滿夏灣拿》中的老樂手們一樣自由、快樂。

最後作者仍然問：「你渴望自由與完整的心情，是否始終如一。」這本書以它的旅程、文字已經作了回答。坦妮亞的遺詩也回答說：「請不要離開，吉他嘻荷（彈吉他的人）／因為我靈魂裡的光，經已熄滅／（但）我想再見一個黎明／在一個查查巴雅斯盛宴中逝亡」，這是豁達的，對「吉他嘻荷」的呼喚就像Bob Dylan對「鈴鼓手先生」（Mr. Tambourine Man）的呼喚一樣，是媚行者再次上路，再次尋問自由的呼喚。

天真之重

——在二〇一〇年再讀《我城》

簡體版《我城》封面上，這座城長出了兩隻腳，長出了兩隻腳，它卻不走，是為了給飛鳥提供遮蔭、提供一個隱祕的飛翔之地。

這是設計者陸智昌理解的現在的「我城」吧？他也來自香港，恰恰是和《我城》裡的阿果、或更小的阿發是一代。我想像他重讀《我城》，那種百感交集，應該遠超於我，於是才有了這個隱喻深沉的封面。他們的城，有人選擇留下，如貌似嬉皮實質樸實的阿果和麥快樂；有人憂傷地離開，也許包括阿瑜和她的丈夫、還有草地上變成了肥皂泡的人們；有人離開是為了更好地回來，如乘船遠航的阿遊，我希望，還包括陸智昌。

離開和留下，向來是香港人的重大問題，糾纏於文學藝術、更糾纏於上幾代人的心。但對於《我城》裡那個明朗純淨的西西，對於讀《我城》長大的香港最年輕一輩，似乎都不成問題。香港，是經由西西和她一代的理想主義者命名為「我城」的，而他們的後後一代的年輕行動者，以自己的態度和行為確證了這一命名，現在，我城早已不止是一本小說的名字，而是一種信念，由新的阿果和麥快樂演繹著，甚至感染了內地和臺灣的年輕人。念茲在茲，如果可以這麼理解，把一個過客之城接受為我城，那是對自己存在的確證。

但《我城》起初的確是一本小說，現在也是一本小說，一個優秀的藝術品，正是以其形式確證其信念的。現在這本小說被簡體字印刷出來，簡體的西西更顯天真舒爽，也更配她那些克利式的簡筆劃，甚至更配書中那個簡樸的七〇年代。

我還用普通話重讀了一遍，才知道以前臺灣的西西迷和現在內地的西西粉是如何感受這本書的原始魅力的，西西的語言節奏和內地小說的完全不一樣，帶來拗口的美感；而她輕快散漫的童心奇想，更是為內地已顯世故的讀者久違——也許正好讓我們反思我們無所不用其極的被文學味精泡壞了的口味。西西也有紛呈的語言遊樂，其想像在彈指間縱橫，略加細滲的魔幻現實主義，時而又詩般任性和濃稠，她的敘事線隨意漫遊，散點開花，處處有驚喜——但這一切奇思妙想，始於一種素人畫家盧梭的單純、止於哲人畫家克利的神祕，然後豁然開朗。

這是有愛者阿果、阿發、悠悠等的單純，靜寂的七〇年代被帶出，這是香港的天真一面，不止是西西和阿果保有，就算是那個時代的平凡年輕人，如和阿果一起應聘電話公司工作的人也有，他們天真地解構死板的問題，彷彿世界之糾結會迎刃而解。七〇年代的成年人班主任（也許是阿瑜一代）對學生阿發說的，其實也是西西一代對現在香港七〇後、八〇後說的：「你們不必灰心難過；你們既然來了，看見了，知道了，而且你們年輕，你們可以依你們的理想來創造美麗的新世界。」於是我們再次相信，再次以理想為矛，更多了叛逆和反思為盾，來嘗試創造一個未知美麗與否、但可以淋漓呼吸的新世界。

阿發的願望又小又大：到世界各地旅行和創造美麗新世界，她如今也有四十多五十歲了吧，她們一代往往都做到第一點了，但很多人只做到第一點就停下來了，我們一代能做到第二點嗎？兩代中，仍惦記著這第二點的，還有多少人？我現在在遠離香港遊歷中的另一個島嶼上重讀《我城》，別是一番滋味在心頭。讀到阿發的理想，更是黯然傷懷——三十年了，香港似乎仍被迫彷徨如許。現在香港的年輕人，能選擇的是用腳投票，用身體的碰撞，去書寫一個更艱難的我城。

西西這本書是寫給同樣有童心的人看的，但潛藏悲憫，比如她突然說：「曾經有一次，不知是一個什麼人說，中國功夫啊。人叢中即傳來一聲：中國痛苦啊。」歷史的殘酷在那樸素的烏托邦裡稍稍探頭，那是殘酷未消的另一個七〇年代，寂靜的火車裡運載著屍體和棺材，離島月光下美麗的鳳梨田令西西想起的是六七暴動時期的土製炸彈——那「鳳梨」吃了小孩子。還有兩隊人捉迷藏和莫洛托夫雞尾酒的隱喻，喝過酒的人都醉了，醉了之後一個也沒有醒來。還有難民問題，巴比龍是一隻不會飛的蝴蝶，在阿遊的敘述中，和尚能飛翔的香港人形成無情的對比。如此等等，天真之重，幾乎難以承受。

阿果和麥快樂卻意外地承受了。這兩個長頭髮的香港「嬉皮」，是很健康的嬉皮，也是極喜歡和人微笑的人，阿果被問問題的時候，總也想反問一些有趣頑皮的問題。但是這樣的人，現在香港也是更少了。那時代人的理想很樸素，做一個電話技工、鐵路技工，都是幸福的，「雙手勞動，慰藉心靈」，現在是多麼困難——其原因在即使表面很像童話的《我城》也早露端倪：如第九章，結尾火車一段，觸及我城開始不斷拆除變容的現實，呼應該章開頭房地產投機者的升值欲，夾在中間的是對樸素的生活的描寫，教人傷感。現在西西的小讀者，就是要站出來保護中間這樸素而珍貴的生活。和第十章的舞劍者不同，包裹的城市與舞劍者的寓言中那想要割破城市包裹的舞劍者最後只能睡著，現在我們是不能睡著了，因為枕榻旁邊，乃是無厭的饕餮商業怪獸，要把一切無價者變成買賣之分毫。

我們感激西西對我們的提醒，我城不只是香港，是一切我們仍珍惜及想要駐足之地。麥快樂說的「足下這個小小的城市」，等於露營的人說的世界：「世界原來是這樣的，要你耐心去慢慢看，你總能發現一些美好的事物；事物的出現，又十分偶然，使你感到詫異驚訝。」比如我高興地發現，西西寫的離島就是大嶼山島，涌鎮就是我居住的東涌，而東涌的美麗行山徑，也許是當年的犯人修築出來的……一代人就這樣重新認識自己之所處、重新認識自己。

曾經，「你把身分證明書看了又看，你原來是一個只有城籍的人。」但你祈禱「天佑我城」——那是一個香港人還要唱〈天佑女皇〉的時代。現在電視新聞播放前奏的是〈義勇軍進行曲〉，你仍然是一個只有城籍的人，口號裡喊著「背靠祖國、面向世界」，但你知道我城之所以能成為我城，靠的仍是我等小民。

《我城》有一個 Happy Ending，因為阿果是一個電話技術員，他能接通未來的電話，問一句：世界會更好嗎？而我們在長達三十年的電話線另一端，學習了天真之重，也學習了卡爾維諾所言的俊逸與輕盈的力量，因此仍然能回一句：「很好，我很好。」

從拜物者的烏托邦走向可能世界

——讀董啓章《天工開物．栩栩如真》

董啟章的《天工開物．栩栩如真》這種個人史詩式長篇小說，其寫作毅力本身就值得敬佩，尤其在香港這個崇尚輕薄的社會，一本近五百頁的小說是一個奇蹟。而董啟章從開始寫作就有意識地通過多部作品建造一個共同的虛擬世界，他們沿用相同的名字，像V城、董富、栩栩、小冬，這是西方正典的敘述大師的基本手法和野心，這「自然史三部曲」無疑是他的世界目前最重要的部分。

當然，我們衡量一部作品的傑出絕不是看其厚度或作者的野心，而是看作品本身所達到的深度。打開這本《天工開物．栩栩如真》，一路翻下去，首先我們只會滿足於這是一部技藝純熟的現代小說，它展示自己的各個細節引誘著學院式批評家的解讀；後來你驚訝於這是一部複雜到極致的後置小說，把那個術語的可能性發揮得淋漓盡致，當以上兩種發現反而令你做為一個有所期待的最佳讀者覺得不夠過癮時，最後你卻發現不知不覺被董啟章引領到一個技藝難以涵蓋的境地，在那裡你只能和作者一起慨歎寫作之痴。

這部小說首先是董啟章或「我」個人的物史。現實中的董啟章的名片上印著「董富記文字工廠」，這是他對他小說中敘述的他的爺爺和爸爸經營的「董富記」機械零件製作工廠的繼承，而在這部小說裡他採取的基本手法就是像製造零件一樣製造出組成故事的物的意象，再製造出物的隱喻以及隱喻的延伸，再由這些意象群編織出一個完整的象徵體系。

實際上這更接近一組長詩的經營手法而不是一個故事的敘述手法。但這二聲部小說的其中一聲部「天工開物」的部分全是這樣組成，並且為另一聲部「栩栩如真」提供了把想像沉澱下來的喻體。「天工開物」的部分是關於作者董啟章或敘述者「我」個人的物件發展史，從收音機、電報、電話……到照相機、答錄機和書本身，每一章都由「我」向他虛構的人物「栩栩」回憶一件對他和他祖、父輩有意義的人工創造物件，再帶出「我」和「如真」等人的情感經歷，其間糾纏著對歷史、血脈、愛情和寫作本身的思考。你可以大致推理出這麼一個在「真實」世界的故事脈絡：「我／董啟章」是怎樣繼承其祖父母「正直人董富」和「扭曲人龍金玉」的特徵，經歷了「V城」的盛衰、友情和戀情的破滅，成為作家，通過寫作創造了自己的替代性人物「小冬」和理想女性人物「栩栩」，「栩栩」為了尋找「小冬」來過「真實」世界然後回去「人物」世界，於是就有了這一聲部的「我」寫給「栩栩」的信，意圖細說從頭。

什麼是「正直人董富」和「扭曲人龍金玉」的特徵？所謂的正直人董福迷戀的是不自然的電子製品／電波／收音機，所謂的扭曲人龍金玉沉迷的卻是自然的神祕／蟬聲／貝殼化石，但兩人卻能通過各自的媒介聯絡起來，因而相愛、結合，在龍金玉死去以後董福還繼續向夜空中她的靈魂發去不可解的密碼訊息。「而我，更接近阿爺的虛幻，阿嫲的曲折。」董如是說，他迷信「製造」的力量，相信寫作和想像能夠改變世界。

從製造出發，「我」走向對人造物的膜拜，其實是對其蘊含的隱喻的力量的膜拜。小說中反覆出現的葉慈的〈航向拜占庭〉是一個關鍵的潛文本：「一旦超脫自然，我將絕不再採用／任何自然物做我身體的外形，／而只要那種古希臘金匠運用／鎏金和鍍金法製作的完美造型……棲止在一根金色的枝頭唱吟」（傅浩譯）。拜占庭所含的完美主義人工世界的隱喻，是物之極致，他們認為機械的鳥兒比夜鶯唱得更婉轉。少年、青年的「我」也如此相信。但是到故事的最後，他卻發現做為科技發展產物的 Walkman 答錄機竟成了他和摯友「顯」的隔阻，甚至成為泯滅他的愛人「如真」的聲音的偶然力量。人造物的神話破滅，遠遠比不上先祖龍金玉賴以收聽神祕之聲的一對貝殼。

「我」企圖以「開物」代替「天工」，但是沒有天工，物豈能開？而栩栩，也只是如真，不是真。只有擺脫對物的依賴，「栩栩」才能成為另一個真實的存在而不是「如真」的替代物。

在繁富的物的歷史敘述之上折現的，更吸引我的是和這些物的製造演變密切相關的香港現當代史。小說一開始就涉入對二戰前V城（隱喻香港）的描寫／虛構，在本土寫作中是相當罕見的，但董卻擅長於此，就像他曾沉迷九龍城寨一樣沉迷於那段歷史。

這種折現越來越沉痛。「電視機」一章後來的故事便是V城的盛衰史，（或者，所有香港當代小說都是）但，V城的盛衰有那麼重要嗎？這個問題請允許我們當局者迷。還有後面電子錶一代的悲歌：「我們這一代在石英晶體三萬二千七百六十八赫茲的標準頻率和每年不超過一分鐘的誤差下成長，我們的行動劃一整齊，我們的腦袋裝嵌有序，就算部分難免粗製濫造，也保證能夠大量出廠。只是，我們的能源有限，損折率高，而且漸漸被培養成貪新棄舊的敗家子性格。視野短淺的我們，沒法明白純機械的永恆運動是怎樣的夢想，怎樣的境界。我們漠視了機械，因此也無法瞭解自然。」這個隱喻建立得巧妙，但與作者同代的大陸讀者可能比較難代入這個人史，而且也很難感受香港人在變遷中的巨大失落，這失落能夠容忍適當的濫情。

但董啟章的歷史抒情目的並不在於城市憑弔，「那些渴望沉醉於歷史緬懷和童年憶舊的同代人，則會覺得一切太缺乏代表性和共鳴感。至於那些只願讀到政治正確的童話故事的新派批評家，也許會詬病我對某些題材的沉溺和描繪上的放縱吧。我不知道，我不應該說這種自以為不被理解的晦氣說話。我已經盡力把事情說好，準備回應你的責問，謀求你的認同。栩栩，如果你明白，說到鬼的時候的哀傷。」鬼的哀傷是曾在者的哀傷，我們慶幸它在，卻害怕見到它在。

做為純粹從虛構中產生的小說「人物」是物的特例，它是完全從無到有，又呼應著鬼的哀傷，鬼，是從有到無。這是二聲部小說之另一聲部「栩栩如真」的辯證法。

首先我們目睹了栩栩的誕生，她做為一個人物從開始就是十七歲，因為作者的安排，沒有過去。栩栩的世界是個物化的世界，人均有物的部分、工具的部分做為肢體，此所謂「人物」世界，人和物是不分的，但栩栩彷彿除外，即使栩栩偏偏是個小說家塑造的中心「人物」。

董啟章乘機批評了傳統小說的角色，實際也批判了香港或現代城市的異化，所謂人物法則，就是抹殺人的可能性，把人制約為人物，要求人物扮演好固定的社會角色。在人物世界，一群董創造的「我」創造的人物在董的安排下反思起人物存在的意義。雖說歸根到柢還是在獨裁者的控制下的反思，因為作者「在溫文的動作中，在親愛的表態裡，我其實依然是個獨裁者」。而在「天工開物」部分「我」的童年裡，所有必須的角色亦都有其扮演人物，每個人都代表了成長小說中的一個類型。此也恐怕是「我」做為作家無法避免的。

「栩栩如真」部分的故事就是：栩栩在人物世界被創造出來，她在學校遇到小冬，後者令她產生了人之特性和愛情，她為了尋找小冬去到真實世界，遇見「我」然後仍回到人物世界，參與人物的革命，發現小冬是她的創造者，最終脫離「物」迎向「可能世界」的新生。

實際上，「我」和「我創造的人物」都是董啟章創造的人物，董創造的「我」創造了「小冬」，「我／小冬」又創造了「栩栩」，這真是極端的故事裡的故事結構。其中關係糾葛生痛。

作者給自己的人物栩栩寫信，無意暗示著他對她的愛慾渴望關係。即使是明知在「文字工廠的想像書寫過程」裡。做為文中作家的「我」是一個多少有些自私的「我」，下意識裡一步步達到了目的：想拿栩栩替代如真。但這就涉及「虛構」的道德感問題。最終他反省了，放棄了這欲望。在「真實世界」一章裡扭轉乾坤，「我」也真正獲得「人物」的身分，徹底從董身上出離。真實、虛構、虛構之虛構，在這裡完全交錯相生，複雜得無有頭緒。從「我」對栩栩／如真的「痴」裡帶出的是董對寫作行為的痴迷，箇中滋味，非寫作者難會。

關鍵在於：這時出現的關於「巧飾」的說法，是「我」，也是葉慈巨大的迷思。在〈航向拜占庭〉裡，這「巧飾」會可怕地否定人性：「耗盡我的心吧；它思欲成病，／緊附於一隻垂死的動物肉身，／迷失了本性；請把我收集／到那永恆不朽的技藝裡」，這技藝就是「巧飾」。

「我」嘗試「在文字遊戲世界裡，創造了真實的你，並且通過跟你的傾談和告解，去正視自己扭曲人的遺傳，並且從對正直人的反思和學習中得到救贖？」但這可能嗎？為什麼要這樣做呢？「由物件虛擬合成的你，通過文字工廠的想像模式，蛻變成真實的肉身。」因為是不可能的，所以這部小說是拜物者的烏托邦藍圖。物的拜占庭上升為寫作的拜占庭，拜物者也因而在痛苦中淨化。

栩栩和小冬的愛情故事，本來是兩個人物的愛情故事，但因為小冬又是作者的投射，因而痛苦。為什麼人物不可以和創造者永結同心，白頭偕老？這幾乎成了一個悲劇童話的經典模式了。回看正直人董富和扭曲人龍金玉電波相交的愛情故事，那才是全書最美的部分，因為它不依賴那麼多東西，所以接近創世神話的純粹。

這時讓我們回看書首的序，署名「獨裁者」的序很可能是董啟章自己寫的，很不留情地自我批評，「這本書所標誌的就是對這統一體的追求，和對其不可得的焦慮和失落。」

序指責這是一本自我的書，即指作者是獨裁者。這獨裁者甚至不是傳統小說裡那全知全能式作者，而是一個抱不可能理想的悲劇英雄人物，因為他無法獨裁，「作者所憂慮的，其實就是『無用』的想像和寫作，如何能回應現實世界和現實人生的問題吧。」序的猜測，加上後面引的巴赫金的壯語：「藝術與生活不是同一回事，但應在我身上統一起來，於統一的責任中。」關鍵字都是「統一」，但這只是「虛幻的，暫時的一致性。至於真正的完整，也許，還要期望於自我的崩解，和對他人的回應。」而「回應」則與前面的「責任」同義：「answerability」。

實際上，作者只能承擔責任，而不是去主宰。小說的發展到最後是逆反獨裁者的控制的，栩栩選擇的可能世界，是一個作者「我」和「小冬」，甚至作者董啟章本人也未能把握的世界，但是，它在栩栩的能動性下存在了、存在著。它期待著在此後兩部「自然史」中的生長，照料這生長，就是作者的責任。

文學與行動的學習年代

「香港從來不在乎文學，何況董啟章式的書寫。但因為有了董啟章，香港有了另類奇觀」，這是王德威為董啟章的《物種源始・貝貝重生之學習年代》（下稱《學習年代》）寫的序言中最直接明瞭的一句話，它有兩重意義：小說本身的獨特，以及在香港這樣一個環境中寫作這本小說這一行為的獨特。這是一本獨一無二的奇書，它的生成方式訴諸形而上的思辨而不是訴諸對形而下生活細節的把握，也是它有別於其他的主流「先鋒」小說的。目前漢語文學有一種潮流是逃避難度、掩飾難度、甚至貶抑難度（無論它本身是否具有難度），以至於像董啟章這樣直面寫作難度的小說家成為了難以理喻的異類。

這個難度不止存在於小說做為文學的構成上（小說的一半內容是對其他作品的討論，議論而非敘事成為了小說的另一個重心，挑戰著讀者的耐心和細心——如何在議論中尋找到未來敘事的走向？），它更觸及兩個長期質問著每一個嚴肅寫作者的、讓人非常為難的問題：第一，作家做為一個創造者，他的自由有沒有限度？

這是董啟章一貫反思的一個主題；第二，文學與行動之間關係如何、思考者能否對現實採取行動、而行動又能否取得結果？這種問題在「自然史」三部曲的這第三部上篇終於大面積地起動，然而並不提供答案，也許寫作的過程本身就蘊含著答案，也許並沒有答案。這一切的發生就像觀看喇嘛辯經，我們聽論辯如音樂，但在最後的沉默與擊掌之間，意義獲得了自足或者說我們所不理解的自由。

《學習年代》仍然是董啟章著迷的成長小說（也許他的所有小說都是成長小說），《學習年代》調動一切手段來呈現作用於一個特殊個體的成長之上的種種，與傳統成長小說不同，這裡的小說角色和小說本身都被置於一個實驗場內提問、回答、甚至行動。故事說簡單也簡單：一群青年在遠離香港市區的西貢組織了讀書會，一起閱讀有隱含的共同主題的十二本書，其後此地發生保育運動，青年們以不同的方式作出了行動，閱讀與行動暗中有關涉，這期間，小說的主角阿芝記下了自己的「學習與成長」。

巴赫金說有兩種成長小說，一種「成長的是人，而不是世界本身」，另一種「人與世界一起成長，他自身反映著世界本身的歷史成長。他已經不在一個時代的內部，而處於兩個時代的交叉點，處於一個時代向另一個時代的轉折點上，這一轉折寄寓於他身上，通過他來完成。他不得不成為前所未有的新人」，《學習年代》屬於後者，阿芝和讀書會的成員接受的是成為新人的考驗，現在的香港的確來到了一個轉折點——這也折射出時代的轉折點：此時此地，資本和權貴的赤裸裸交易已經到達極限——從小型的拆遷（碼頭、街道）到巨大的賭局（高鐵和相關地產項目），香港還能再忍嗎？青年們還能再忍嗎？在此刻抵押著的就是香港的未來，現實的香港青年們也選擇了行動來抵抗這一切。

《學習年代》從小處入手，虛構西貢的「大廟行動」、「樹人行動」，然後把這些可能成為「新人」的青年們從讀書會的紙上談兵中拉出來、投入直接的矛盾中試煉。他們展示出不同的可能性，這也是董啟章做為一個行動者和小說家雙重身分的特殊行動：他的行動必須通過小說來進行（對比董啟章在二〇〇七年清拆利東街事件時在報章上寫的文章，小說更具有啟發性，是其他形式的寫作所無法取代、無法想像的）。

就人物角色來說，董啟章的角色並不等於他小說裡引讀的葡萄牙詩人佩索阿的「異名者」，阿芝as貝貝、中as不是蘋果，這兩個主角已經承載著之前董啟章小說世界所賦予的自主生長性，她們的成長和發展受制於之前的整個小說世界，而不止是董的想像和立場。而其他不少次要角色則與香港的現實相關，受制於他們的原型和現實。真正成為董啟章的「異名者」的，在本書中最突出的是阿角，與作家董啟章埋首寫作小說相反，阿角成為一個向自己負責的安那其式新人，選擇的是最極端的行動：無論他攀上燈柱時他是渴盼天堂的傑克、還是被傑克殺死的綠巨人（在童話的深層兩者其實同一），他是真正的行動者，阿角說：「至少我在大家面前示範了這個跨越的動作。」這裡有一個富有意味的細節：阿角最後展開的標語「在空中不停揚盪，很快就扭作一團，完全讀不到了」，阿角的訴求並不重要，重要的是他「採取行動」這一行動本身。而弔詭的是只有小說後半部的一連串行動使小說回到傳統意義上的小說，小說人物的行動成全了董啟章的行動。

在小說裡讀書會最後一部閱讀的作品薩伊德的《晚期風格》中說，「在藝術史裡，晚期風格是災難。」「大師姐」解讀說：「通過製造災難，通過把自己變成一場災難，藝術家實現了自己在美學上的自由。」這並非是操控角色命運的自由（董啟章一直反思這種自由的限度，無論是在第一、二部還是現在——「小說寫作當中，作者有多大的自由？而小說的自由又如何引領到現實的自由？虛構和真實之間有怎樣的關係？把虛構用於真實，或者把真實用於虛構，會否出現問題？」），就《學習年代》而言，一部這麼不小說的小說，董嘗試的還有小說本體上的反叛，它對抗的是小說的規律本身。現實的香港青年在挑戰香港已經僵化的政經規則的同時，小說家也在挑戰僵化的小說規則，這也是想像力的操練，缺乏想像力的行動和抗爭，就像一部描寫革命的陳套風格小說（如蘇俄大量的革命現實主義小說）一樣失敗；而一部反思革命的實驗小說，就像富有想像力的行動抗爭一樣成功。

這時候來理解董啟章此小說的意義則相當明瞭，如果生活皆政治，寫作也是作家的政治實踐。就像討論詩人佩索阿的時候，「華華」所說：「他就有本事把這『一事無成』變成一回事。一個無法完成作品的人，反過來把未完成性變成他的作品的特質……佩索阿是形態非常特殊的行動者，他以非行動的方式來行動！他以推翻自我，化整為零的方式，向這個一體化的世界發動自殺式襲擊！」選擇一種寫作方式就是作家面對世界的姿態、立場所在。反過來說，目前我們的行動者在現實上的一系列失敗，是否就是真正的失敗呢？貌似這巨大的權貴機器及其世俗糾葛不可撼動，就像小說裡一樣，那麼我們的行動者有沒有可能像佩索阿、董啟章或者阿角一樣，以一種特殊的方式去襲擊這個頑固的世界？小說從各種方面提供了啟迪，如梭羅的「公民抗命」、巴赫金的「狂歡節」、一行法師的「入世佛教」等等，但是並不提供答案，因為小說還是小說而不是行動指導冊子，董啟章必須在自己的小說中實現小說本身的自由，它不一定對應現實的自由，但是它挑戰著個體的有限性，小說就是作者的阿基米德點！在那裡我們「可以看到地球的整體，可以完全把握地球的一切，可以舉起整個地球、也可能把整個地球扳倒」。

對於學習時代、成長期的阿芝和中，性一度是她們的阿基米德點，阿基米德點並非在地球外，而是在身體之內，既是通過性對自身的確認（中和阿志的做愛），又是超越了性的一種推翻（兩人做愛時想像另一人在某點的凝視、撞破別人做愛的時候自己的凝視），推翻世界和自身，從而走向更深的自我認識。而阿芝重新認識了漢娜・阿倫特所說的愛：「愛不僅是非政治而且是反政治的人類力量，甚至可能是最強大的反政治力量。」這未必是最佳答案，但起碼是阿芝在整個學習時期中能夠把握的一種信念。

說回行動本身，行動也應該找到這個阿基米德點，否則將永遠局限於一時一地的拉鋸戰（當然我也贊同寸土必爭），且必須承受大部分的失敗、或者迷失運動的意義（俯就小市民邏輯、甚至建制邏輯）。但就像性和愛是極端個人化地屬於小說裡的阿芝和中甚至魔豆，行動的阿基米德點也應該是個人化地屬於行動中的每個人，這點上我只能認同阿角——「我唯一的期望，是更多的個人，以自己的方式提問，以自己的方式行動起來，以行動貫徹自己的提問。這就是我們必須發動的——**和平年代的戰爭！**」

「和平年代的戰爭」據說就是未來的第三部下篇、也即終結篇的主題。在一個反智反「玄談」的城市／時代，可以想像在《學習年代》裡自我辯論者董啟章的孤獨，辯經中沉默和擊掌的是同一人乎？這群讀書會的青年們讓我想起八〇年代的北方詩人們，但青年們最後選擇了行動而不是繼續「玄談」下去，他們讀書會涉及的小說都很「泛政治化」，而且是寫青年對政治的獨立選擇其艱難其挫折。暴雨將至，「和平年代的戰爭」會是如何？可以想見的是這並非真正意義的戰爭、甚至不是目前我們在香港選擇的「抗爭」，它將包含更多的反思和想像力，也將有更大的難度：它將提供更多的問題而不是答案。

這正是一部小說、文學應該做的事。如果我們期待董啟章的小說竟能提供行動的指南、社會抗爭的創見的話，我們必然會失望——而我卻讚賞這失望，因為文學源於失敗、源於人類偉大的失敗；我們的社會創造與抗爭也經歷了一場接一場的失敗，這個我們毋需諱言，但是怎樣使失敗具有意義（不是尋找下台階）？文學和行動者都有義務苦思下去，雖然未必獲得成功但將學習到各自的自由。小說不提供具操作性的圖解，但它是展示存在之可能性的一幅變化著的圖景——這也是好文學自身應有的魅力和力量。

美德：近未來的靈薄獄劇場

董啟章看似永遠不打算完成的百萬字巨著「自然史三部曲」，又衍生出一枝《美德》，我毫不意外，這部介乎中篇與小長篇的小說看似即興戲劇，卻是開啟下一輪「太平盛世」的魔法鑰匙。

美和德分成兩人，兩人也是鑰匙，但分別遇上不同的阻礙。林秉德能讀心，而心的資訊氾濫淤塞；石兼美有攝影式記憶，外界的影像氾濫淤塞。林秉德在伊甸園樓下賣咖啡，他的洋名叫維吉爾，但他未遇到自己要引領的但丁，他仍身處靈薄獄（Limbo，某些天主教神學家認為的耶穌誕生前的好人和未及受洗的嬰兒靈魂所在地，裡面的靈魂命運是未決的，但丁《神曲》把它置於地獄的第一圈）。石兼美攀岩，類似《神曲》天堂篇引領上升的俾德麗采，她同樣沒有遇見但丁。

「他通過讀心所得到的，並不是對世界的更深更廣的認識，而只是一個又一個孤獨的個體的自言自語而已。當中，並不存在溝通或者理解。」直到他看到石兼美，平行世界的另一個自己。兩個找不到被引領者的角色，和小說作者一起投入這場冒險，他們即使身處未來，但和現在的香港人一樣，如靈薄獄之靈，命運懸宕而未決。

董啟章對戲劇、對聚合的興趣，實際上也是對孤獨的興趣，林秉德的咖啡館無限擴大成為上百角色亮相的舞台，僅僅亮相而未發，也是在凝聚著孤獨的力量、準備著孤獨行星之間理應存在的遙遠和鳴。這種引而未發的孤獨，也像極了香港目前的狀態。

「自然史三部曲」生長至此，樣貌像接近科幻小說的一種特殊狀態：近未來小說。香港的近未來，與過去的聯繫均和未曾釋解的怨念有關，如出現在只剩下一份報紙報導的六四燭光晚會、在民間繼續發酵的反拆遷保育運動……把他們連接起來的一封激進分子 The Furies 寫的公開信「為死去的孩子復仇」，最高政權一直希望香港人放下的「包袱」，反而成為驅使後者獲得自己未來的動力。這種未來是未知的，卻飽含魅力，一如背著 The Furies 所委託在高空展示標語的攀爬者石兼美那蓄勢待發的姿勢，無人知曉她將要展示的標語的內容，然而更無人願意繼續保持沉默，這就是現在的香港給近未來的香港埋下的種子。

一百多個角色的密集出現如一本未來的錄鬼簿，這些鬼魂在說故事的「獨裁者」的心底帷幄裡應該都是有故事的人，他們大多數並不像我們在當下接觸的香港人，但誰說香港人不可能是這樣呢？他們就像塔羅牌裡的角色，雖然均來自過去的典故，卻是未來任何可能組合的隱喻，他們等待的，只是發牌／占卜者把他們組合起來。

「孩子們看似同行，實則孤立，心不在焉地以散漫的隊形進發」，董啟章有意無意地寫出了新世代抗爭者的特點，他們是新的安那其主義者，是不需要發牌者的塔羅牌們，三部曲中一直強勢的作家「獨裁者」在此退隱到近乎無和負數，他也必須如此退隱，才能為三部曲在最後的無窮增值開路。董啟章「自然史三部曲」已經出版了三部半，但最後半部明確將分裂成五部，並衍生像《美德》這樣的別傳或前傳。也許作者董啟章將與平行世界的作家「黑」聯手顛覆他們共同的歸屬「獨裁者」，這是故事文本內裡的革命同構的文本本身的革命，觸及到小說寫作本體論上的許多根本問題，同樣是一觸即發。

董啟章一直在西方現代小說的大傳統下進行寫作，《美德》這本中篇長度的小說卻成為一個靈巧而關鍵的轉身：在劇場描述式敘事的後半部，故事突然轉入中國傳統小說風格濃厚的奇幻套盒之中。先是在孜孜不倦的對團體、尤其是女性團體的迷戀式書寫，從角色、對話到旁述語氣都使讀者意識到《紅樓夢》女兒們結詩社那一經典場景的復活，而在結社者的命名癖（當然也是董啟章一以貫之甚至變本加厲的命名癖）裡這本小書又和古典裡兩部帶有「魔幻」色彩的名著《鏡花緣》與《西遊補》相勾連，至於各種有現實影射的角色的亂入（最明顯的像影射香港此時最有影響力的兩名公共知識分子、意見領袖的一僧一道）卻又讓人想到《老殘遊記》的政治寓言。小說讀到此處，尤見精彩紛呈，董啟章的突擊，竟然以古為新殺了個漂亮的回馬槍。

老殘遊記又是滄桑者的太虛幻境，董啟章直承中國小說家法，不單是結構上的學習，還是靈魂上的歸宗：他一直在其他小說掩映未明的一種大觀園／賈寶玉情結，被一僧一道以調侃道出，乃是一個「痴」字。曹雪芹的痴，也是賈寶玉的痴，一僧一道的亂入，乃從石頭記穿越而來。

董啟章近年創作中對社運、革命的執迷，也從中得到連接點：對小說革命的執著。

面對「反抗」這個絕不簡單的議題，小說家的方式理應比政論家要複雜。董啟章選擇了開放一切可能性，讓我想起蘇珊．桑塔格所說：「文學是一座細微差別和相反意見的屋子，而不是簡化的聲音的屋子。作家的職責是使人們不輕易聽信於精神掠奪者」（出自蘇珊桑塔格的最後一本隨筆與講演集《同時》裡面最著名的一篇〈文字的良心：耶路撒冷獎受獎演說〉）。思想的戰場始終在我們身邊，挾帶未來向我們無限接近，文學是我們遭遇可能的自己的一根敏銳的探針——作者首先遭遇每個人物所攜帶的自我、超我、反我等等各種可能，繼而這些可能讓我們無限代入但又清楚地窺見我們之間的陌生。

虛齒旁記

「吾妻橋」是東京我最喜歡的一個地名，就好比「不忍池」，非常有愛，又有一種東方的淒楚在。我讀我妻曹疏影的詩文，常常想起這一座橋，如廢名先生的小林那座似過未過之橋，迷失處我也一時回首不辨東西南北。有時我眺望她的文字世界，會像《東京日和》中荒木經惟遠眺過馬路的荒木陽子，知道她自己曉得東西南北，便一陣悵茫混雜一陣嚮往襲來，竟像對陌生人的渴慕一樣。

「我和你一同蹲下，世界便傾斜了片刻。」曹疏影看完雲門舞集的《紅樓夢．園子裡的年輕人》之後，寫下這句話。當時我就在她身邊，沒有與他和她一同蹲下，沒有感覺到世界的傾斜。我感到嫉妒，不是因為她和他，是因為我們對彼此世界的缺席。我又感到幸福，因為我們共有的世界因為彼此不同的開拓而變得疆域更廣。

《虛齒記》裡往往如此，這是曹疏影自己的世界，雖然我、他、她、它偶爾漂過。我和她一起遊歷了半個地球之遙，讀這些文字的時候依然常感新奇，這個我熟悉的腦袋裡面到底有多神祕的祕密是我難以想像的。在現實的世界她常常走點兒神，在文字的世界卻神氣氤氳，對她來說，大千世界好比一個縮微景觀圖，她隨意點開就勾線敷色，她繼承的是詩人做為語言魔術師的那個傳統：古如李賀，今如洛爾迦和威廉斯．斯蒂文斯，都是她的老師。

所以《虛齒記》更接近詩，而不是散文，姑且叫做散文詩亦可。即使是最散文的第一輯，她寫食物，其實寫的是食色性也的色與性——文字色相與我你性情、加上故事以外的弦外之音，那就是詩之三味。寫一杯「鴛鴦」，她寫到了幻想中的中年人的愛情、暮色中的曖昧；寫棗泥糕，她寫到了棗紅臉赤兔馬的關羽一個人的戰爭，其實是對那流亡詩人最推心置腹的同情。如果說這些還帶有專欄文字對敘述的遷就，那麼後面寫夢境、寫漫遊的更率性飛起了，字句的流動完全從心而行，自由跳脫、層層翻新，這正是散文詩的拿手處。

「春遊記夢」，這是張伯駒先生的一本集子的好名字，曹疏影寫雲門的文章也借用此，實際上這四個字恰好能形容疏影的散文詩、以及我們的浪蕩時光。我極喜愛她的文字帶有的一種濕潤和瀲灩，如沐春光，而其想像之出其不意，則是枕邊人亦為之驚奇的夢游。關鍵是春遊我們不願記得所遊，只願記下旅途被那些做夢的人激發的夢境種種，隨後才發現所遊恍惚亦夢。這就如我們都喜歡的一部押井守的動畫《夢先案內人》一樣，案內人即導遊者，在曹疏影的散文詩中，我們被我們遇見的人物導遊進連環的夢，接著她又成為新的導遊者，帶領我、或者讀者做夢。

散文詩獨愛寫夢，魯迅先生的《野草》、夏目漱石先生的《夢十夜》皆如此。曹疏影所寫的夢不同於兩位近代文豪的蒼莽大夢，也不是我們想像中文藝青年的黑甜小夢，她如獲一念則長執之，繞它千回萬轉，再放如溪山清遠，我常常在她的重述中重新遊歷我粗枝大葉地撞個滿懷的那個世界，忽而迷失、忽而醒覺，原來都是一個「好的故事」。

因此讀她的作品需要一種對她的信任，亦即是對詩的信任。正如她寫〈火與雪，同一種祕密〉的結尾所寫：「——不要怕，你只要心裡念住，唵嘛呢叭咪吽，六字真言會帶你一溜煙走下去，老多吉或是老巴桑，果真如此走去，我因此覺得他也像近海近雲霧的漢鍾離；回望頭來，安達盧西亞的深歌正一路哭進沙原欖林，同路過的悲風相抗。那捂著肺腑嘶叫出來的，和我們從古笑著不說的，如何不是同一種祕密。」數個世界在她的字裡行間出沒自如，讀者（如我）就自然會引入另一個世界，比如說凱魯亞克《達摩流浪者》的世界，雷蒙隨賈菲縱身闊步跳躍下山那一段「禪宗公案」，實際上潛游於曹疏影文章其中，我們信任詩的力量能帶我們到其深潛處，就像信任當時在雲南達摩山那喇嘛對我們所示、其後在西班牙安達盧西亞那些洛爾迦的深歌對我們所唱的奧義。

純文學自有純文學的力量，它不作用於激動的肝膽，但作用於心臟的細微一顫。欲尋找強烈的社會議題、文化熱點的讀者在曹疏影的文字中必定會失望，雖然她也觸及人世間不公事、不平事，但即使是她那篇最激烈最「入世」的〈含在口裡的中國〉，面對中國崩殘處，她尋找的依然是文字的力量：「黑暗是一番命運，山河丹青，水墨皴筆也即滿目瘢痕；而對這國度的愛，也是一番命運，愛成為心事，壓得最深，掏之不盡，一個『國』字，就是『玉』色的心事含在『口』裡——這國是文化、山河、庶民之國。總有黑暗中的青草，石，和流水，有倀在尋找自己的字，看見這青草，石，和流水，如今倒被汙染出可怖的顏色，有一段花紋隱得真深，是文字之前的文字。力量是這樣一種會從花紋和石頭縫裡突然迸出的東西，這又是另一種命運。」有這些琳琅文字在，此國方才存在，這是她的，也是我們每一個堅持寫作漢語文學的人的信念。

當然這樣一種安靜的文字在當下騷動的「公共知識」話語場注定寂寞，曹疏影所入之世在尋找辣椒火藥味的人眼中是一個桃花源似的世，理想主義潔白無瑕的世，而非狂亂此世。殊不知世界本應是桃花源，我們不過忘記了自己所處「不知有漢，無論魏晉」，非要安許多框架規矩來社會化這個世界。那些童真的人自有她們的青青世界可堪大哭大笑，她們提醒了我們常常只是庸人自擾，浮世的結構若回到最初，恰如曹疏影〈飢餓書〉所寫：「內臟間／慣於緘默折疊的陰影」，自有它清涼、幽暗、靜謐的邏輯，這也是漢字的邏輯。

漢字天生適於敏感、細析和多義衍生，而不是議論和鬥爭，這是漢字的短處也是其妙不可言的佳處。真如曹疏影對《虛齒記》的「虛齒」的解畫：「惟有盲目，才可行星辰之旅。虛齒兩個字，也有年華的意思。時光是一組不知誰人之齒叩出的寒顫，為這宇宙之廣漠而終有孤膽。」虛齒並非廣長舌，夜來三萬八千偈也非必須解釋不可，我導讀曹疏影的文字常常是一種冒險，在言語斗膽走險處你方感到五味紛呈。我也常常與她辯駁，為她慣於把「意義」隱藏太深的詩人癖性而苦惱，她愛寫「好的故事」，即使怒嗔悲苦也是好故事裡的怒嗔悲苦，這是她妙不可言的佳處也是其短處，若果她也能從容擁抱那個壞世界中的快意恩仇，這個宇宙的孤膽終也不孤。

人皆裸命

被壓迫者的傳統告訴我們，我們所生活的「例外狀態」不是什麼例外，而是常規。

——班雅明

「你算是什麼，不就是一條命，人命不值幾個錢。像你這樣的人，說你意外死你就意外死，說你是自殺你就是自殺。像你這樣的人，叫你頂案你就頂案，說你犯過多少刑案你就犯了多少刑案……」《裸命》裡的維吾爾族打手阿力對主角藏人強巴演說「裸命」最赤裸的意思，強巴不寒而慄，因此當阿力真要對他下手捉他去頂案時，強巴警覺逃出了生天。

讀罷陳冠中《裸命》翌日，我在微博上看到了上述虛構一幕的現實重現，但主角結局更悲慘。那是十五年前轟動內蒙的呼格吉勒圖案，蒙古族青年呼格吉勒圖夜聞呼救，驚見女子被姦殺，遂報警，竟被屈為凶手，六十二日後火速處決。九年後真凶落網並供認不諱，傳媒譁然，而呼格吉勒圖卻至今未得到平反，其家人上訪受壓，近日老父赴京，下車即被「維穩」。原因很簡單粗暴：製造冤案的原公檢法人員，不少早已升遷，如何追究？

「裸命」二字，豈獨蒙古人呼格吉勒圖當之、藏人強巴當之，現實中還有河北人聶樹斌、福建人吳昌龍……不勝枚舉，盛世背後，人皆裸命。陳冠中預言的二〇一三盛世早已罪貫滿盈，如今他又以一本《裸命》來為芻狗百姓存照。與打手阿力的覺悟殊途同歸，關於「裸命」的另一解釋來自義大利當代哲學家阿岡本（Giorgio Agamben）：「藉由古希臘時期代表生命（life）所使用的兩個詞彙自然生命（zoe）及政治生命（bios）開啟裸命（bare life）於生命政治（biopolitics）律法內（inclusion）／外（exclusion）場域的表述。裸命為一種被排除法之外，置身阿岡本所云政治之原初結構——例外狀態（state of exception）中，介於自然生命與政治生命的生命態式。裸命是為現代政治建構的基本及主要單位，於法內法外有著悲情與困頓的樣貌。」（引自台灣英文文學與文化資料庫）

陳冠中未必是去演繹阿岡本的理論，也許恰恰是他所書寫的此時此國的人民都處於這麼一種例外狀態——無法、無天可以庇護的狀態，或者做為香港作家的他還想到了「裸命」的粵語諧音「攞命」，乃是「真要命」、「納命來」的意思，這裡的例外狀態即他第三章「異域」狀態，在後一狀態中，人若不攞別人之命，便被人擺自己條命。但是這樣一個例外異域，是怎樣層層羅織而成？每一個人又如何參與共織呢？

這裡的裸命者包括一個被視作小藏獒的被包養男人，一群飛蠓和一車狗，一車上訪者與一間維穩賓館裡的上訪者，一個自焚的藏人以及更多藏人——小說寫的就是一個人的法外狀態，一個群體的隨時可以被消失狀態，一個族群的被脅逼狀態。強巴的存在一度維繫於包養他的漢族女人梅姐，亦一度維繫於她送給他的車，甚至梅姐的女兒貝貝，一旦失去梅姐的關照，他的生命在北京就任人魚肉，他以為等同於他的自由的一輛越野車也會被輕易取回——而做為一個藏人，他不像後來可能自焚了的尼瑪有著精神上的歸屬。尼瑪的方式是思考死亡衝動和實踐死亡的意義，倉央嘉措不是說嗎：「對於無常和死／若不常常去想，／縱有蓋世聰明／實際和傻子一樣。」死亡本來就是藏文化敬重和嚴肅對待的部分，但在今天的西藏，喪失信仰的人選擇信仰娛樂、信仰金錢，就跟《盛世》裡那些幸福感天下第一的盛世人一樣，實際上生活在一個偽天堂。

籠罩著《盛世》裡老陳的那種尋找慰藉而不得的憂傷，也籠罩著強巴，當強巴離開拉薩前往北京尋找貝貝，那一章進入一個壓抑下去的例外狀態，介乎《盛世》所寫的好地獄與偽天堂之間。強巴開始漸漸意識到自己的裸命狀態，通過思考那些無意義地死亡的蠓蟲：「現在，蠓的命運與我的命運撞上了，那麼撞死牠們的也只能是我了，牠們逃不掉，我也逃不掉。」逃不掉的不但是施殺者的命運，也是被殺者的命運——這一點他要到最後在維穩賓館擔任保安才覺悟到。接著他遇見尼瑪，後者反覆講述的死亡衝動，由一場毫無理由的車禍來驗證。陳冠中一直平實的敘述，在這一章帶有公路電影感的場景中開始略帶魔幻，現實的恍惚呼應著強巴的動搖：他之前一直習而為常的自得生活實際上危機重重。

愛比死更冷，在死亡的提醒下，強巴此前對性愛的焦慮獲得了意義：強巴對梅姐的喪失性慾，實質上是對自身存在的合理性產生懷疑，他靠觀想度母的形態來獲得性慾，絕非對本身文化的褻瀆，而恰恰是一種返源式的尋求，就像古希臘的大力神安泰必須從土地母神蓋婭那裡獲得力量一樣。但是在整個處於例外狀態的藏族現況的背景前，強巴的觀想也必然喪失其正宗——原來白度母像是梅姐的女兒貝貝根據自己形象設計的，於是強巴繼而追逐貝貝，這追逐注定是一個誤會而失敗，但又因失敗帶來強巴的頓悟。

藏傳佛教中，白度母為觀世音菩薩的眼淚所化身，象徵其慈悲救難。對於做為自然人（zoe）的強巴來說，她最早的救度來自性的救度，這部分情節是陳冠中最大膽的構想，隨時會被追求政治正確的人指責他褻瀆宗教。但是我要為之一辯：度母千萬度必然包括性愛之度，未經此度難以語更高的救度，還是倉央嘉措說的：「默想喇嘛的面孔／不顯現在心上，／沒想的情人的容顏／卻映在心中明明朗朗。」

度母像順利的擔當了從信仰過渡到情欲的橋梁，強巴發現度母像與貝貝的相像，為他自己的背叛和覺醒提供了一個臨時的正當性，驅使他脫離拉薩的懸浮狀態（亦即被動的例外狀態），漸漸進入一個主動的例外狀態，亦即班雅明所說「真實的例外狀態」中。

貝貝在北京的生活，就帶有這種主動的成分。她是自由職業的設計師、雙性戀者，愛護動物並行動去解救將被屠宰的狗——強巴和貝貝的重逢即以此為背景，這樣一個人物為作家陳冠中所鍾愛，就是從他的《波希米亞中國》走出來的典型，這樣一個後現代社會典型與強巴這個幾乎還是自然人的典型相碰撞必然有火花。貝貝也喜歡上強巴，並不只是因為出於報復母親的欲望。狗的意向貫穿始終：強巴被視為藏獒——貝貝曾認為他不如狗——強巴拯救狗車上的傷狗得力終於獲得貝貝信任——他們倆相戀並且在「狗窩」一起相依為命，這種生存是例外於北京城裡的盛世的。

但貝貝畢竟不是白度母，她有自己的尋找。在他倆分手的最後一夜，強巴的內心獨白最為感人：「我慾火焚身，你焚身侍我，我的救度佛母，慈悲的卓嘎，我的藥，我的甘露……」這是訴說貝貝也是訴說度母。度母為強巴安排的最後一劫是讓他置身於一個最為人間地獄的例外狀態中，那就是北京的一間維穩賓館。阿岡本曾引用漢娜．鄂蘭（Hannah Arendt）的論點：「集中營是支撐集權主義統治之最基本準則」（「集中營被視為例外在於其為一塊被置於司法之外的疆域，正因為被置外才又必須被擭捕於司法之內加以控管。集中營裡的人被剝奪政治公民身分，降為裸命，由主權（如納粹）決斷及法懸置／棄置之方式來定其生死。」）來闡釋裸命，如此看來所謂維穩賓館，實際上與集中營無異，它非法控制上訪者的自由但以和諧的名義，裡面關押的上訪者生死與奪取決於保安打手的心情——而強巴，意外地受聘於此成為打手的一員。

也許是對自身的裸命狀態的隱約有感，強巴從一開始就對裸命的上訪者抱有同情，雖然他尚未能如解救狗一樣解救這些被視為芻狗的人們，只是在他逃離這一例外異域之時把自己的手機扔給了被關押者。這裡陳冠中的處理還是曖昧的，強巴給自己的遁詞是不想手機留在身邊暴露逃亡行蹤，但亦是他不願意承認自己與芻狗們的同病相憐，他始終認為自己是自由的自然生命，直到維吾爾族打手阿力告訴他他的命如何赤裸，直到「主權控制者」直接要「攞」他的命。

不是維穩警察，而是他的政治生命在最後一刻追捕到他，這個生命以尼瑪的自焚呈現，裸命之人強巴才終於與他裸命的民族相遇。他之前對貝貝／白度母的囈語在此刻終於落到實處：「你的烈火也焚燒盡了你心的魔障和身的不由自主，你就好像是脫了一層皮，消了幾生業，更接近解脫了。你焚燒的時候，我是在你身邊的。」關鍵是「身的不由自主」，這是裸命人的桎梏，在此時此地的困頓中竟只有最極端的方式方能消除。還好強巴不用以尼瑪的方式解脫，現實中的貝貝救他出北京送他車子回西藏，精神上的白度母真正引領他回歸其故鄉，正如強巴的最後一句話：「現在，先把度母帶去送給我的奶奶。她會喜歡。」藏人的身分認同必須以藏人自己的方式完成，無論是燃燒還是回歸，還是回歸之後的再出發。

再出發，去認識各個民族的地方，「跟各個民族包括漢族打交道，長見識。」這是強巴樸素的心願，也是陳冠中的期許。陳最後對強巴的期許也代表進步漢人知識分子對藏人的期許，誠懇而未必為藏人待見，但無論如何，我們要阻止的是例外狀態變成常規，變成永遠存在，如果人皆裸命，那麼反抗裸命，應該成為無論漢人蒙古人維吾爾人還是漢人的共識。

一代風流的賦別曲

——評陳智德《地文誌》

「黯然銷魂者，唯別而已矣！」嚴冬臥讀陳智德新著《地文誌：追憶香港地方與文學》，覺昔日各種絢爛，返照今日香港的徬徨，突然就想到江淹〈別賦〉這個棒喝一樣的開頭。《地文誌》，於作者智德、於讀者我，均是一場聲勢頗大而驟然收結的告別式。

往日從智德或其他香港前輩、老前輩口中筆中，均有聞我城過往文化史上種種不可能的奇蹟，奇蹟由奇人造就，「奇蹟」二字又抹殺了奇人們篳路藍縷的血汗，一個半個世紀過去，如露電泡影，只剩下一個恍恍惚惚的時代光暈，教我們追憶時徒生憧憬，繼而唯被懷舊銷磨。智德一直在梳理那些尚未淪為一個籠統的「懷舊」幻象的人與細節，這次他終於找到一條可以明晰珠串它們的鏈子，那就是他自己的半生年華，一卷《地文誌》寫來，不但是對香港一代文苑風流的追憶，更是對一代青春的心靈史的回訪。

因此他要架構的迷宮不同於一般的「人文地理」，地文誌不同於古代的藝文誌，也不同於地方誌，大地有文，如水經注的水經，成文成經，有賴筆墨連綴。在香港長久被目為「文化沙漠」（亦有自嘲自貶）的時代，本地的文脈潛行並未自惜自矜，而那些作古的遺民、隱逸的文字耕耘者、神祕的書店奴隸……誰都沒有留意有一個少年（此後是青年、後青年、前中年）鄭重地與他們擦肩而過，把他們零星的火光都收集在自己的文字裡，幾十年後，用一本《地文誌》建一個惜字亭。

地即文，生活即文學，這一點我們現在遲來的發現，從《地文誌》看來，少年陳智德早就體悟了。如果你能想像他彷彿一個時代又一個時代收穫季最後的拾穗者那份狂熱和目光炯炯——他總慨嘆「吾生也晚」，我卻羨慕他能「攀上時代的車邊」，他能在童年體驗消逝的各種城市飛地，在少年時親臨初悸的社運現場，在青年投身高山劇場也即香港樂隊文化的盛衰……這一切當他今日回溯，發現舊時代不但給了他懷舊的寶藏，更多給了他抗世者的氣格和演繹這氣格的鏗鏘文字。告別也是繼承，在陳智德的文心中，可見他已沾染透了他所寫及的抗爭者或遺民的孤絕。

通過文學與地誌寫社運史、精神史，夾以詩人獨有的傷逝情懷以及從傷逝中打磨出來的洞察，這裡面做為詩人的陳滅對追憶者陳智德貢獻尤大。《地文誌》上卷最精彩的那幾篇文章，時刻可見詩人的身影徘徊，或獨語，或與其他幽靈對話。許多片段簡直可以做為散文詩抽取出來獨立成章，讓我想起在鈔古文時寫《野草》的魯迅，想必也是一樣的從黯淡心境中回身竭力敲打出未甘沉寂的火星來。如「虎地」一文，從難民的魑魅，到一間大學的魑魅，到詩人們的魑魅，到自身的魑魅，渾然不覺地輾轉而成，像寫《橫時雨》的丸谷才一，表面是考據是援引，其實在在是作自己不滅的青春祭。

做為一本文學作品的《地文誌》，注目許多此前均為「傳說」的香港斷代文化史，視野廣博又具體而微，其情低迴熨貼，其筆痛幻交錯，無論以散文論還是以文史隨筆論，都是傑作。而從史料梳理與文學地理寫作的角度看，它與小思老師的《香港文學散步》、《香港的憂鬱》等名著互補，令我城那個不斷被霧霾磨蝕的另一面精神的輪廓，繼續掙扎呈現。賦別之後，文字仍有一縷離魂，與我們同行。

南音時代的烈佬

紅樓夢世界華文長篇小說獎到第五屆才花落本家，香港小說家黃碧雲以《烈佬傳》得獎。《烈佬傳》驟看不像黃碧雲過往小說鬼雕險琢、剛柔錯落，篇幅也僅僅比一個中篇稍長，寫的只是一個微小邊緣人物崎嶇大半生，因此得獎後有一些爭議，有說《烈佬傳》不算黃碧雲的重量級作品，也有說這個獎是頒發給香港而不是香港作家黃碧雲的。

這兩種說法，從某種意義來說，是對的。第一，黃碧雲這次捨棄過往的濃墨重彩，使用近乎白描速寫的語言講述一個沒有什麼文化的男人的口述史，她並不追求傳統意義的「重量級」書寫，毋寧說她更想探究「輕」的力量到底能去到哪個程度，她取的甚至不是卡爾維諾所推崇的「輕逸」，而倒更像日本無賴文學的近乎無限透明的輕，放到一個不承認自己苦難的人（主角名叫周未難）身上，更形殘酷。這種殘酷與黃碧雲以前風格小說裡那些男女命運沉重的殘酷，殊途同歸，一樣令人讀之耿耿不能釋懷。

第二點，這個獎即使是頒發給香港、香港人，也不損黃碧雲騰挪文字之功。的確，《烈佬傳》裡的烈佬們，以阿難為代表，象徵著香港老一代最底層、低得不可能翻身的那些邊緣人物，涉黑涉毒，一生出入於教養院、監獄和戒毒中心，既是傷害正常社會也被社會嚴重地傷害著的這些「地底泥」。他們和他們青年時求存的那個發展中香港共生死同榮辱，那是五、六〇年代的香港，貪汙氾濫殖民霸道黑白混亂的煉獄——至少對於草根階層如此。

那個香港一直在當代文學缺席，誰也講不好那個時代的故事，要不因為難堪，要不因為意識形態的站隊或容易「被站隊」。黃碧雲此舉，實在是偏向難中求，正如她自述：「以輕取難，以微容大，至烈而無烈，在我們生長的土地，他的是灣仔，而我們的是香港，飄搖之島，我為之描圖寫傳的，不過是那麼一個影子。」這影子香港說，突然讓我想起魯迅的〈影之告別〉：「有我所不樂意的在天堂裡，我不願去；有我所不樂意的在地獄裡，我不願去；有我所不樂意的在你們將來的黃金世界裡，我不願去。」這孤介無疑也是黃碧雲的孤介、烈佬阿難的孤介、一個會說不的香港的孤介。

講述老香港底層故事的聲音，除去原先某些老左派作家的心誠手拙之作，實際上還有很多，比如說地水南音。最為人知的地水南音是〈客途秋恨〉，文辭雅致雜有口語，在發展過程中，妓院裡受歡迎的「老舉南音」像〈男燒衣〉、〈女燒衣〉，俗語成分漸濃，至於〈爛大鼓〉那樣的就是色情「鹹濕歌」了。但不可忽略的一個發展就是隨著廣播的出現，南音做為平民娛樂而沒落，最後一代南音藝人走向個人歷史、以歌申命，以末代宗師杜煥為代表，一曲長達六小時的〈失明人杜煥憶往〉既是他的個人史也是香港斷代史，一唱三嘆、欲怨還笑、堅韌斷續，充滿了猶如《烈佬傳》的「無火之烈」。

是的，讀《烈佬傳》我想起的就是〈失明人杜煥憶往〉，不單是苦命人的申命，更是語言本身的相似，當一個歷盡滄桑的人跟你訴說的時候，必然如此爽直坦誠，而且謝絕抒情。後來在上個月的香港書展，聽黃碧雲說起，果然她也想到了南音。然而這是黃碧雲的南音，她原先文字保有的那種聖經和合本雅俗兼雜的魅力、果斷而有隱喻的啟示錄語調，完美植入了烈佬阿難的老派粵語裡。此外，還有她中期作品裡那些佛朗明歌舞的西班牙血性男女，也如幽靈在阿難那具被生活之惡壓至佝僂但仍挺身彈起的微軀上起舞，一樣在宣示和質問：「一個人的自由由誰界定？」

黃碧雲筆下，自由的追問不息，從媚行者到烈佬，從周未難到阿難。阿難者，有人告訴他，這也是佛的十大弟子之一的名字。阿難曾「隨佛入天宮龍宮，心無樂著，故名無染」，無染者無畏，是為烈佬，周未難，實證著「存在先於本質」的人生真相，此處阿難與卡繆的局外人略同，超乎善惡，都是隨命運前行，最後直面命運的真實之人。無火之烈，曾經是南音時代香港的硬骨頭之一種，今天，燒未殆盡乎？

當代名家・廖偉棠作品集1

異托邦指南/閱讀卷：魅與祛魅

2016年2月初版　　定價：新臺幣320元

著者	廖偉棠
總編輯	胡金倫
總經理	羅國俊
發行人	林載爵

出版者	聯經出版事業股份有限公司
地址	台北市基隆路一段180號4樓
編輯部地址	台北市基隆路一段180號4樓
叢書主編電話	(02)87876242轉224
台北聯經書房	台北市新生南路三段94號
電話	(02)23620308
台中分公司	台中市北區崇德路一段198號
暨門市電話	(04)22312023
台中電子信箱	e-mail：linking2@ms42.hinet.net
郵政劃撥帳戶第	0100559-3號
郵撥電話	(02)23620308
印刷者	世和印製企業有限公司
總經銷	聯合發行股份有限公司
發行所	新北市新店區寶橋路235巷6弄6號2樓
電話	(02)29178022

叢書編輯	陳逸華
校對	施亞蒨
封面設計	兒日
內文排版	綠貝殼

行政院新聞局出版事業登記證局版臺業字第0130號

本書如有缺頁，破損，倒裝請寄回台北聯經書房更換。　　ISBN 978-957-08-4684-3 (平裝)
聯經網址：www.linkingbooks.com.tw
電子信箱：linking@udngroup.com

國家圖書館出版品預行編目資料

異托邦指南/閱讀卷：魅與祛魅/廖偉棠著.
初版．臺北市．聯經．2016年2月（民105年）.
304面．14.8×21公分（當代名家・廖偉棠作品集1）

ISBN 978-957-08-4684-3（平裝）

855　　105000689